MAFIATOCHTER

Karen Gravano mit Lisa Pulitzer

MAFIA TOCHTER

Aufgewachsen unter Gangstern

Mein Leben mit Vater Sammy »the Bull« Gravano

Karen Gravano

mit Lisa Pulitzer

Aus dem Amerikanischen übersetzt von Henning Dedekind

HANNIBAL CRIME

Impressum

Die Autorinnen: Karen Gravano mit Lisa Pulitzer
Deutsche Erstausgabe 2012

Titel der Originalausgabe:
„MOB DOUGHTER" (c) 2012 by Karen Gravano mit Lisa Pulitzer
ISBN 978-1-250-00305-8

Dieses Werk wurde im Auftrag von St. Martin's Press LLC durch die Literarische Agentur Thomas Schlück GmbH, 30827 Garbsen, vermittelt.

Druck: CPI books GmbH, Ulm
Coverdesign: © bürosüd°, www.buerosued.de
Layout und Satz: © Thomas Auer, www.buchsatz.com
Übersetzung: Henning Dedekind
Lektorat und Korrektorat: Hollow Skai

Hannibal Verlag, ein Imprint der KOCH International GmbH, A-6604 Höfen
www.hannibal-verlag.de

ISBN 978-3-85445-387-1
Auch als E-Book erhältlich mit der ISBN 978-3-85445-388-8

Printed in Germany

Inhalt

Prolog

»Gott gefällt das nicht, Nick.«

Ich spürte, wie sich mein Magen zusammenkrampfte, als ich mit dem Mietwagen auf den ausgedehnten Komplex trister Betonbauten zusteuerte. Das Gefängnis, in dem mein Vater einsaß, sah noch unheimlicher aus, als ich es mir vorgestellt hatte, isoliert am Ende einer schmalen, nicht asphaltierten Straße, sechzig Meilen von der nächsten Stadt entfernt und umgeben von Bergen und vier Meter hohen Stacheldrahtzäunen.

Mein Vater war in diese Anstalt verlegt worden, nachdem er zwei Jahre in Einzelhaft in einem geheimen Bundesgefängnis und weitere fünf im ADX in der Nähe von Florence im Bundesstaat Colorado verbracht hatte. ADX, auch bekannt als das »Alcatraz der Rockies«, ist ein »Supergefängnis« ausschließlich für Männer, das einige der gefährlichsten Kriminellen des Landes beherbergt: hochrangige Mafiosi, Terroristen und Serienmörder.

Es war fünf Jahre her, dass ich meinen Vater, Sammy »the Bull« Gravano, das letzte Mal von Angesicht zu Angesicht gesehen hatte. Damals war unser Besuch nicht sehr harmonisch verlaufen. Einen Großteil der Zeit hatten wir uns gestritten. Genau wie mein Vater war auch ich sehr stur, und wir waren nicht immer derselben Meinung. Ich hoffte, dass sich das Ganze diesmal nicht wiederholen würde, insbesondere, weil mich meine Mutter, meine neunjährige Tochter Karina und mein zehnjähriger Neffe Nicholas begleiteten.

Während mein Vater im ADX eingesperrt war, konnte man kaum mit ihm telefonieren. Er verbrachte insgesamt sieben Jahre in Einzelhaft und durfte nur einmal im Monat ein maximal fünfzehnminütiges Telefongespräch führen. Wenn ich zufällig nicht zu Hause war, musste er einen ganzen Monat warten und es dann erneut versuchen. Bei den seltenen Gelegenheiten, wenn wir miteinander sprachen, wirkte er frustriert und zornig. Fünf Jahre lang verbrachte er dreiundzwanzig Stunden täglich in der Zelle. Außer seinem monatlichen Telefonat war ihm keinerlei Kontakt zur Außenwelt gestattet. Er duschte und nahm sämtliche Mahlzeiten in seiner winzigen Zelle ein, die in einem Flügel lag, wo die Lichter vierundzwanzig Stunden am Tag an blieben. In jeder Zelle befand sich zudem eine Überwachungskamera.

Der einzige Mensch, der ihn im ADX Florence besuchte, war meine Mutter. Sie erzählte mir, er sei in einem Käfig mit Rädern in den Besucherbereich gebracht worden, wie Hannibal Lecter in dem Film *Das Schweigen der Lämmer*. Er war in einem Spezialtrakt für Schwerverbrecher untergebracht. Jeglicher Körperkontakt war untersagt. Sie durften sich nicht einmal an den Händen halten und mussten durch eine kugelsichere Panzerglasscheibe miteinander sprechen. Sie nahmen ihm für die Dauer des Besuchs nicht einmal seine Fußschellen ab.

Die Jahre des Eingesperrtseins und der sozialen Isolation forderten ihren Tribut. Während seiner Zeit im ADX rief er mich einmal an und begann mir von den Wanzen zu erzählen, die ihn abends in der Zelle besuchten. Das regte mich wahnsinnig auf. Er scherzte, dass sie seine »Freunde« seien. Aus lauter Langeweile habe er ihnen sogar Namen gegeben. Anschließend hatte ich monatelang Albträume. Er sagte, er wolle nicht, dass ihn jemand besuchte, und stattdessen lieber Briefkontakt halten.

Schließlich wurde mein Vater aus der Einzelhaft entlassen. Er klang nun weitaus weniger zornig und mehr wie der Mann, den ich aus meiner Kindheit in Erinnerung hatte. In Einzelhaft hatte er sich für seine Familie nutzlos gefühlt, was sehr frustrierend für ihn gewesen war. Die Telefongespräche mit ihm hatten Erinnerungen an glücklichere Zeiten wachgerufen, und ich hatte angefangen, ihn zu vermissen. Meinem Vater ging es nicht gut, und ich wusste nicht, wie lange er noch zu leben hatte. Man hatte im Gefängnis die Basedow'sche Krankheit bei ihm diagnostiziert, eine chronische Schilddrüsenerkrankung, die das gesamte Immunsystem beeinträchtigt. Ich fürchtete, er könnte über kurz oder lang der Krankheit erliegen. Die schlechte medizinische Versorgung und die Tatsache, dass er nicht die Bewegung hatte, die er eigentlich gewohnt war, bereiteten mir Sorgen.

Aufgrund seines Prominentenstatus als Mafiaboss war er in einem Hochsicherheits-Bundesgefängnis an einem geheim gehaltenen Ort eingesperrt. Wir waren aus Arizona mit dem Flugzeug hergekommen und in einem Hotel am Flughafen abgestiegen, weil es in der Nähe der Strafanstalt keine anderen Unterkünfte gab.

Die Sonne ging gerade über den Hügeln auf, als ich die Kinder weckte, sie fertig machte und mit ihnen zum Wagen eilte. Die Besuchszeiten begannen pünktlich um acht Uhr morgens, und ich wusste, dass mein Vater uns erwartete. Ich war aufgeregt, ihn zu sehen, machte mir aber auch Sorgen wegen der Kinder. Sie fanden nichts dabei, ihren Großvater in einer Strafanstalt zu besuchen. Sie waren zuvor schon in Gefängnissen gewesen. Mein Bruder Gerard und der Vater meiner Tochter verbüßten beide Haftstrafen, also waren sie es gewohnt, Leute im Gefängnis zu besuchen und einen Tag dort zu verbringen. Dieser Besuch war jedoch etwas Anderes.

Die Anstalt, in der mein Vater einsaß, war ein Hochsicherheitsgefängnis, in dem es strenge Regeln über den Kontakt zur Außenwelt gab. Diese Regeln besagten, dass Nicholas, Karina, meine Mutter und ich nach dem Betreten der Anstalt volle acht Stunden dort bleiben mussten. Ein Aufseher würde sieben Meter von unserem Tisch entfernt sitzen und unsere Gespräche überwachen. Für die Kinder gab es nicht viel zu tun. In den anderen Gefängnissen, das wussten sie, gab es einen Fernseher, Kartenspiele und viele gleichaltrige Spielkameraden.

Die Besuchsbereiche waren üblicherweise recht groß, sodass bis zu vierzig Insassen gleichzeitig Besuch empfangen konnten. Uns teilte man mit, dass an jenem Wochenende nur ein einziger weiterer Insasse Besuch bekomme.

Im Auto herrschte eine fröhliche Stimmung. Meine Mutter saß auf dem Beifahrersitz, die Kinder spielten auf der Rückbank Karten. Es war ein warmer Sommertag, und einen Großteil der Fahrt über sah ich aus dem Seitenfenster und genoss die Landschaft. Etwas, das ich vermisste, seit ich in Süd-Arizona lebte, waren das Grün und die Blätter. Während meiner Kindheit in New York hatte ich zwischen den Bäumen in unserem Hinterhof auf Staten Island immer Verstecken gespielt. Es waren nun beinahe zehn Jahre vergangen, seit ich die Ostküste verlassen hatte, aber ich hatte immer noch Heimweh.

Wir waren etwa eine Stunde lang gefahren, als die Pinyon-Kiefern nach und nach vom Straßenrand verschwanden und die Straße schmaler wurde. Aus vier Spuren wurden zwei, und aus dem Asphalt ein trockener, steiniger Lehmboden. Der holprige Fahrbahnbelag war Gift für meinen ohnehin schon nervösen Magen. Ich spürte, dass sich auch die Laune meiner Tochter veränderte. Als sich unser Wagen dem ersten Sicherheitszaun um die Anstalt näherte, wurde sie plötzlich ganz still und wirkte zunehmend angespannt.

»Mama, ist das ein schlimmer Ort für ganz schlimme Leute?«, fragte sie und blickte nervös zu den Zement-Wachtürmen hinaus, die mit schwer bewaffneten Wärtern besetzt waren. »Schlimmer als der Ort, wo mein Papa und Onkel Gerard sind? Da oben ist nämlich ein Mann mit einem Gewehr.«

»Warum ist Papa Bull in einem größeren Gefängnis als mein Vater?«, wollte Nicholas wissen. »Warum ist es komplizierter, ihn zu besuchen?«

»Euer Großvater gilt als einflussreicher und gefährlicher Krimineller, weil er ein berühmter Gangster war«, erklärte ich ihnen.

Die Kinder verstummten. Mama sagte kein Wort.

Der uniformierte Wachmann in dem Häuschen zeigte mir einen Parkplatz und wies mich an, im Auto zu warten, bis uns jemand abholte. Von diesem Moment an wuchs meine Spannung. Ich hatte meinen Vater lange nicht gesehen. Ich hatte so schöne Erinnerungen an ihn aus meiner Kindheit. Er war ein wichtiger Mensch in meinem Leben gewesen, der mich geformt und geprägt hatte. Über die Jahre hatten wir unsere Auseinandersetzungen gehabt, doch mit siebenunddreißig war ich an einen Punkt gelangt, wo ich über den vergangenen Zorn hinwegsehen und ihn als Mensch, der er war, akzeptieren und lieben konnte. Ich wollte, dass die Kinder ihn kennen lernten und mein Vater sah, wie groß sie geworden waren.

Wir warteten nur wenige Minuten, dann kam ein Gefängniswärter zum Wagen und nahm uns mit hinein. Wir füllten ein paar Formulare aus, mussten durch einen Metalldetektor gehen und wurden nach Schmuggelware durchsucht.

»Ihr Vater erwartet den Besuch mit großer Spannung«, sagte mir einer der Wärter. »Wissen Sie, Ihr Vater ist ein guter Kerl.«

»Er ist verrückt«, sagte ich lächelnd.

»Oh ja, er ist verrückt, aber ein guter Kerl.«

Ich sah mich nach den Kindern um und bemerkte, dass sie ein wenig fröhlicher wirkten, weil der Wärter solche Dinge über ihren Großvater sagte. Draußen schien die Sonne grell, und ich kniff die Augen zusammen. Hastig geleitete ich sie aus dem Besucherzentrum hinaus und durch ein zweites Tor, das weiter ins Innere der Anstalt führte. Sämtliche Gebäude waren niedrig und sahen aus wie Kasernen. Keines hatte Fenster.

Das Gebäude, das wir nun betraten, war kleiner als der Rest. Es hatte triste Wände aus Zementblöcken. Drinnen sah es aus wie in einer Zelle. Ich konnte meinen Vater mit einem Wärter an seiner Seite am Ende des Ganges stehen sehen. Er trug die übliche Gefängniskleidung: braune Hosen, einen schwarzen Gürtel, schwarze Schuhe und ein hellbraunes, langärmeliges Hemd. Er wirkte fast wie ein Angehöriger der Streitkräfte, allerdings mit einer braunen Uniform statt einer grünen.

Selbst aus der Entfernung sah er beängstigend krank aus. Durch die Basedow'sche Krankheit hatte er seine gesamte Körperbehaarung verloren. Sogar seine Wimpern waren ihm ausgefallen. Er war vollkommen kahl. Seine Haut war grau, und durch das fehlende Sonnenlicht während seiner langen Haft litt er inzwischen an Vitaminmangel.

Mein Vater war erst fünfundsechzig Jahre alt, aber er sah aus wie achtzig. Seine Haut war schlaff und seine Wangen waren eingefallen. Als wir näher kamen, bemerkte ich, dass er keine Zähne mehr hatte. Damals, als er noch mit John Gotti zugange gewesen war, hatte er sich spezielle Kronen machen lassen, eine dünne Emailleschicht über die Zahnvorderseiten, damit er ein weißeres Lächeln bekäme. Er hatte sie gerade auswechseln lassen wollen, als er ins Gefängnis kam. In der Haft machten ihm seine Zähne andauernd Probleme, bis er schließlich den Gefängniszahnarzt bat, ihm die meisten davon zu ziehen. Ich wusste, dass er sie nicht mehr hatte, dachte aber, er würde seine Prothese tragen. Er hasste die falschen Zähne und scherzte immer, dass sie sich wie ein Klavier im Mund anfühlten.

Ich hätte am liebsten geweint, wollte aber die Kinder nicht verunsichern, also rannte ich auf ihn zu und umarmte ihn. »Schön, dich zu sehen, Papa«, flüsterte ich, während die Tränen über meine Wangen rollten. Ich trat einen Schritt zurück und sah, dass beide Kinder ihn anstarrten. Ich begriff, dass sie keine Ahnung gehabt hatten, was sie erwarten würde. Sie hatten ihren Großvater sieben Jahre lang nicht mehr gesehen, und alles, was ich ihnen hatte zeigen können, waren alte Familienfotos gewesen. Da Nicholas seinen Großvater still bewunderte, hatte er sich aus dem Internet ein altes Foto von ihm auf sein Mobiltelefon heruntergeladen. Doch der hagere, kahle, zahnlose Mann, der jetzt vor ihm stand, hatte mit diesem Bild überhaupt nichts gemein.

Mein Vater versuchte, die Spannung zu lösen, und machte einen Witz: »Euer Großvater sieht aus wie Elmer Fudd.«

Die Kinder wussten nicht, wer Elmer Fudd war, aber ich lachte. Nicholas schien sich mit dem Aussehen seines Großvaters abzufinden, aber Karina wirkte verängstigt. Eigentlich waren den Insassen nur ein schneller Kuss und eine Umarmung gestattet, doch der Wärter sah weg. Mein Vater verteilte ein paar Extra-Küsse und zog meine Tochter scherzhaft an den Haaren. Bald hatte er sie zum Lächeln gebracht.

Der Wärter führte uns zu einem kleinen fensterlosen Raum. Dort gab es einen Fernseher und zwei Automaten mit Snacks und Soft Drinks, da es uns nicht gestattet war, selbst Lebensmittel mitzubringen. »Ich hole was für euch«, sagte mein Vater aufgeregt. Er hatte sein ganzes Taschengeld gespart, um den Kindern Chips und Limonade aus den Automaten zu kaufen.

Mein Vater verbrachte den Vormittag damit, das Neueste über die Kinder und ihr Leben zu erfahren. Ein Wärter besorgte uns ein Uno-Spiel. Wir saßen auf Plastikstühlen beieinander und spielten Karten. Ich fühlte mich fast wieder wie als Kind, wenn wir im Sommer Ferien auf unserer Farm in New Jersey machten.

Dort saßen wir am Esstisch, aßen Chips und spielten Dame oder Karten. Mein Vater spielt sehr gerne und ließ uns solange aufbleiben, wie wir mit ihm Karten spielten. Er war wie ein anderer Mensch. Es war der einzige Ort, an dem er entspannen und er selbst sein konnte.

Auf der Farm merkte man nichts von seinen Mafia-Aktivitäten. Es ging ausschließlich um Urlaub und Spaß. Er lachte und scherzte. Niemals empfand ich den Stress, den ich verspürte, wenn wir zu Hause auf Staten Island waren. Dort war mein Vater immer sehr beschäftigt und hatte kaum Zeit, mit uns zu spielen. An manchen Abenden saß er im Dunkeln allein am Tisch. Dann fragte ich ihn nicht, was los sei. Stattdessen kam ich herein und machte einen Witz. Sobald ich zu sprechen anfing, verhielt er sich ganz normal, als wäre alles in Ordnung. Ich merkte aber trotzdem immer, wenn ihn etwas belastete, dann wurde er ganz still und starrte abwesend ins Leere.

Heute, da ich weiß, was er durchmachte, kann ich bestimmte Ereignisse rückblickend beinahe auf den Tag genau festmachen, etwa, als sein bester Freund Joe »Stymie« d'Angelo in einem Restaurant erschossen wurde, das mein Vater und er zusammen gekauft hatten. An jenem Abend traf ich ihn in Gedanken versunken in der Küche an.

»Vermisst du Stymie?«, fragte ich.

»Ich werde Stymie immer vermissen«, sagte er und räusperte sich. Es war das einzige Mal, dass ich ihn so mitgenommen erlebte.

Mein Vater ist ein sehr gefährlicher Mann. Er kann jemanden töten, ohne mit der Wimper zu zucken. Er blickt nicht auf andere Menschen herab. Aber wenn er das Gefühl hat, dass ihn jemand übervorteilt oder ihn in die Enge treibt, muss man sich in Acht nehmen. Ich wusste es damals nicht, aber an jenem Abend plante er einen Mord. Er wollte sich rächen und überlegte, wie er Stymies Mörder hinrichten könnte, ein Mitglied der Gangsterfamilie Colombo, der eine Angestellte des Restaurants belästigt hatte. Wenn ich so zurückdenke, erinnere ich mich an so manchen Abend, an dem ich meinen Vater nach Mitternacht noch in der Küche sitzend antraf.

»Danke euch, dass ihr so brav wart«, lobte ich die Kinder, als wir an jenem Abend zum Hotel zurückfuhren. Vor dem Abendessen gingen wir alle noch eine Runde im Pool schwimmen. »Was denkt ihr über den Besuch?«, fragte ich, als sie am tiefen Ende des Beckens herumtobten.

»Tante Karen, kann ich dich was fragen?«, sagte Nicholas. »Hat Opa mal jemanden umgebracht?«

Oh mein Gott. Wir hatten noch einen Tag vor uns, und ich wollte nicht, dass die Kinder Angst vor ihrem Großvater hatten. Anlügen wollte ich sie aber auch nicht.

»Ja, das hat er«, sagte ich nüchtern. »Das gehört dazu, wenn man bei der Mafia ist.«

Nicholas bohrte weiter. »Was ist die Mafia?«

Ich versuchte, es ihm zu erklären, so gut es ging. »Was ich als Kind wusste, war, dass es eine Gruppe italienischer Männer war, die nach Amerika gekommen waren. Sie hatten Schwierigkeiten, Arbeit zu finden und so weiter, also schlossen sie sich zusammen und bildeten eine Geheimorganisation, damit sie füreinander sorgen konnten, ganz ähnlich wie eine Familie. Dazu gehörten vermutlich auch Diebstahl und Raub.«

»Warum haben sie dann Menschen getötet?«

Ich wusste nicht, was ich darauf entgegnen sollte. »Warum fragst du nicht Papa Bull, wenn wir ihn morgen besuchen?«

»Ich will nicht, dass er wütend auf mich wird.«

An jenem Abend dachte ich lange über Nicholas und seine Fragen nach. Er erinnerte mich an mich selbst, als ich in seinem Alter war. Er war aus ganz anderen Gründen als meine Tochter an der Geschichte interessiert. Er versuchte sie zu begreifen, wie ich einst auch.

»Na, was haben die Kinder gesagt?«, flüsterte mir mein Vater zu, als ich ihn am Morgen darauf zur Begrüßung umarmte.

»Es war ein netter Besuch für sie«, sagte ich lächelnd.

Mit einem Seitenblick auf meinen Neffen sagte mein Vater: »Du glaubst also, dein Opa ist verrückt?«

»Nein, du bist in Ordnung«, sagte Nicholas und schüttelte ihm die Hand.

»Papa, Nick möchte dir ein paar Fragen stellen.«

Nicholas verschränkte die Arme vor der Brust. »Nein«, murmelte er.

»Was? Was ist denn, Nick?«

»Nichts.«

»Papa, er will wissen, was ein Gangster ist. Und die Mafia.« Ich forschte im Gesicht meines Vaters nach einer Reaktion, bemerkte jedoch nichts. Ich nahm meinen Neffen beim Arm und führte ihn zu einem der Plastikstühle, die an der Wand standen.

»Weißt du, Nick«, begann mein Vater, »es gibt bestimmte Dinge, auf die ich vielleicht keine Antwort geben kann, aber ich werde mein Bestes versuchen, damit du alles verstehst.«

Es war nicht zu fassen. Es war dasselbe, was er rund siebenundzwanzig Jahre zuvor in der Küche unseres Hauses auf Staten Island zu mir gesagt hatte. In kindgerechten Worten erklärte mein Vater, was die Mafia war und was sie tat. »Die Mafia wurde vor langer Zeit in Italien gegründet. Es war eine Gruppe von Männern, die sich zu einer Bruderschaft zusammenschlossen. Sie schützten ihre Dörfer und ihre Familien. Diese neue Bruderschaft gründete sich auf Vertrauen und Loyalität. Sie taten, was zu ihrem und dem Schutze ihrer Familien nötig war. Diese Bruderschaft nannten sie ›Cosa Nostra‹; das ist Italienisch und bedeutet ›unsere Sache‹.

Als nach und nach immer mehr Italiener in Amerika einwanderten, schufteten viele der ersten Immigranten sehr hart, aber sie waren Ausländer und fanden kaum Arbeit. Also fingen sie an, zu stehlen und zu rauben und was sonst noch notwendig war, um ihre Familien durchzubringen.

Als diese Männer begannen, viel Geld zu verdienen, ernteten sie großen Respekt, und viele der jüngeren Männer wollten Teil der Organisation sein, die inzwischen Mafia genannt wurde. Auch ich wollte dazugehören, Nick«, erklärte mein Vater.

»Ich blickte so sehr zu dieser Bruderschaft auf, dass ich genau wie sie sein wollte, selbst wenn das bedeutete, nicht immer das Richtige zu tun. Es gefiel mir, dass es Regeln gab, eine Struktur und eine Organisation. Für mich war es, als wäre ich in der Armee, und die Cosa Nostra wurde zu meiner Regierung.«

Meine Tochter sagte kein Wort, sie hörte nur zu.

»Hast du einmal jemanden umgebracht?«, fragte Nicholas mit leiser Stimme.

»Ja, das habe ich, aber Gott gefällt das nicht, Nick. Deshalb bin ich hier drin. Wenn ich heute zurückblicke, sehe ich, dass ich den einfachen Weg gewählt habe. Alles, was ich in meinem Leben je getan habe, geschah nur, weil ich meiner Familie ein besseres Leben bieten wollte. Und weil ich Fehler begangen habe, bin ich hier im Gefängnis gelandet. Ich lebe jeden Tag mit meinen Taten. Also sieh zu, dass das alles nicht ganz umsonst war. Sieh zu, dass du nie hier drin landest.«

Bevor wir das Gefängnis an jenem Tag verließen, nahm mein Vater Nicholas beiseite. »Du musst Papa Bull eines versprechen. Du wirst immer ein braver Junge sein und dich um deine Tante kümmern, deine Kusine Karina und deine Oma. Geh' immer zur Schule. Das ist wichtig. Wenn etwas zu einfach aussieht, dann schlag einen anderen Weg ein.«

TEIL I

Kapitel 1

»Wenn wir in den Krieg ziehen müssen, dann tun wir das eben.«

Ich war neun Jahre alt, als ich meinen Vater zu verdächtigen begann, ein Gangster zu sein. Es war Sonntag, und Papa hatte uns alle ins Auto gepackt, um einen Nachmittag lang auf Hausbesichtigungstour zu gehen. Er liebte es, durch verschiedene Viertel zu fahren, uns Häuser zu zeigen, die ihm gefielen, und über seine Renovierungsideen zu reden. An jenem Sonntag fuhren wir in Todt Hill herum, einer wohlhabenden Gemeinde am südlichen Ende von Staten Island, in der Ärzte, Rechtsanwälte und »Geschäftsleute« ihre Häuser hatten.

Mama saß mit Papa und meinem kleinen Bruder Gerard auf der Vorderbank, mich hatte man hinten angeschnallt. Mein Vater hatte gerade die Renovierungsarbeiten an einem Dreizimmer-Haus fertig gestellt, das er für uns gekauft hatte. Es lag in Bulls Head, einer vornehmlich von Arbeitern bewohnten Gegend auf der anderen Seite der Verrazano-Narrows Brücke und nicht weit von der Wohnung, in der wir in Bensonhurst, Brooklyn, zur Miete gewohnt hatten.

Mein Vater war besessen vom Bauen und Umbauen. Jede Bleibe, in der wir je lebten, nahm er auseinander und gestaltete sie neu. Wir hatten kaum das Eigentum an unserem neuen Haus erworben, da machte er sich schon an eine Runderneuerung, riss Wände ein und verbesserte die künftige Wohnqualität, etwa durch hübsche Fliesen aus Europa.

Mein Bruder und ich besuchten die örtliche staatliche Schule, die PS 60. Meine Mutter begleitete mich jeden Tag dorthin. Ich hatte einige gute Freunde dort, aber Papas Freund Louie Milito meinte immer, er solle mich an der privaten Grundschule »auf dem Hügel« unterbringen. Seine eigene Tochter Dina besuchte sie, ebenso wie Dori LaForte. Doris Großvater war ein wichtiges Mitglied der Familie Gambino. Auf dem

»Hügel« säumten hübsch herausgeputzte Häuschen die steilen Straßen. Die Gegend lag etwa zehn Minuten von unserem Dreizimmerhaus am Leggett Place entfernt. Wer etwas auf sich hielt, wohnte auf dem »Hügel«.

Ein Haus in dieser feineren Gegend gehörte Paul Castellano, einem Gangsterboss der Familie Gambino. Auf einer unserer sonntäglichen Expeditionen zeigte Papa es uns. Es war ein gewaltiges Monster von einem Haus, das in dem Viertel seinesgleichen suchte. Es war viel prächtiger und aufwändiger verziert. Mit seinem schmiedeeisernen Tor, unglaublich akkurat geschnittenen Rasenflächen und einem gigantischen Springbrunnen inmitten der breiten, kreisrunden Einfahrt voller teurer Autos ähnelte es mehr einer italienischen Villa oder einem Museum.

Es musste ein Vermögen gekostet haben. Das Anwesen, das einen ganzen Block einzunehmen schien, wurde durch ein ausgeklügeltes Sicherheitssystem mit Überwachungskameras abgeschirmt.

»Wow«, sagte ich. »Was macht denn Paul beruflich, dass er so ein großes Haus hat?«

»Er ist im Baugewerbe«, erwiderte mein Vater.

Ich erinnere mich, wie froh ich darüber war, dass mein Vater in derselben Branche tätig war wie Paul, weil wir dann eines Tages eine ähnliche Villa beziehen könnten. Papa sagte nichts davon, dass Paul sein Boss in einer der größten, blutrünstigsten und am meisten gefürchteten Familien New Yorks war – auch nicht, dass im »Baugewerbe« niemandem ein kleines Häuschen gebaut wurde, sondern dass damit organisiertes Verbrechen, Gaunerei und Erpressung gemeint waren. Er erwähnte nicht, dass ein Geschäftsmann wie Paul mit dem Leben anderer Menschen spielte. Es sollte noch eine Weile dauern, bis ich diesen Aspekt des Geschäfts kennen lernte.

Im Herbst desselben Jahres verkündete mein Vater, dass für mich ein Schulwechsel anstehe. Er wolle, dass ich eine bessere Bildung erhalte, daher habe er mich an der prestigeträchtigen Staten Island Academy angemeldet. Ich war wütend, weil ich mich von meinen Freunden trennen musste, und hatte Angst, dass mich die Kinder an der Privatschule vielleicht nicht akzeptieren würden. Ich war gerade ein paar Wochen dort, da lud mich eine Klassenkameradin zum Spielen zu sich nach Hause ein. Sie lebte so nah bei der Schule, dass wir von ihrem Hof aus den Spielplatz sehen konnten. Es war ein schöner Tag, und wir waren draußen auf dem Rasen vor dem Haus. Ihre Mutter war gerade hineingegangen, um uns Limonade zu machen, als meine neue Freundin etwas sehr Verblüffendes kundtat.

»Meine Mutter und mein Vater sagen, dass in dem Haus dort ein großer Gangster wohnt«, sagte sie und zeigte über die Straße auf das Castellano-Anwesen.

Ich wusste, dass Paul Papas Freund war. Ich zählte zwei und zwei zusammen. Wenn Paul Castellano ein Gangster war, dann war mein Vater auch einer. Er benahm sich nur nicht wie ein Gangster. Meine Vorstellung eines Gangsters war Vito Corleone, der fiktive Mafiaboss aus *Der Pate*. Der Film war sogar ein paar Blocks von meiner Schule entfernt gedreht worden.

An jenem Nachmittag wurde ich allerdings nicht zum ersten Mal mit der Möglichkeit konfrontiert, dass mein Vater »Verbindungen« haben könnte. Als ich sechs war, fand ich im Schlafzimmer meiner Eltern in unserer Wohnung an der 61. Straße in Bensonhurst eine Pistole. Mama war gerade in der Küche und ich amüsierte mich damit, einige meiner Lieblingsbücher unter ihrem Bett zu verstecken. Dabei entdeckte ich die Pistole, die Papa unter die Matratze gesteckt hatte. Ich wusste, dass Papa während des Vietnamkriegs in der Armee gedient hatte, weil ich seine Hundemarken gesehen hatte. Ich fragte mich also, ob dies ein Souvenir aus dem Krieg war. Ich rannte in die Küche und fragte meine Mutter, was es mit dieser erstaunlichen Entdeckung auf sich habe.

»Mami, hat Papa eine Pistole, weil er in der Armee war?«

»Ja«, war alles, was ihr darauf einfiel.

Am nächsten Tag gab ich vor meinen Schulfreunden an und erzählte ihnen, mein Vater habe eine Pistole unter dem Bett, weil er in der Armee gewesen sei. Meine Lehrerin hörte das zufällig und ging direkt zu meiner Mutter. Als Papa davon erfuhr, war er nicht böse. Er befahl mir lediglich, nie wieder mit jemandem darüber zu sprechen.

Mein Vater hatte diese gewisse »Coolness« an sich. Er war schicker als die Väter der anderen Kinder. Er trug Sweatshirts und Goldketten und hatte Tätowierungen: Jesus auf dem einen Arm und eine Rose auf dem anderen. Dazu trug er mitten auf der Brust noch einen kleinen Diamanten. Er besaß Nachtclubs und blieb immer sehr lange aus. Einige seiner Freunde waren Türsteher. Sie sprachen anders als die Väter der anderen Kinder an der Schule und kleideten sich auch anders. Sie hatten Geldbündel in ihren Taschen und brachten immer Geschenke mit – und wenn es auch nur eine Schachtel Gebäck am Sonntag war.

An den Wochenenden nahm mich mein Vater manchmal mit in »den Club« in Bensonhurst. Damals wusste ich es noch nicht, aber es war ein örtlicher Mafiatreff, auch bekannt als »Geselligkeitsverein« für Männer. Bevor wir dort vorbeischauten, ließ Papa zuerst das Auto waschen. Die Männer im Club spielten Karten und tranken Kaffee. Es sah aus wie in einer großen Küche. Im Raum verteilt standen Tische und Stühle, und an den Wänden hingen ein paar Bilder, meist Ansichten aus Italien. Frauen traf man dort niemals an. Ein älterer Herr namens Toddo saß meistens an einem der hinteren Tische. Er war stets adrett gekleidet, trug Tuchhosen, eine Strickjacke, eine große, auffällige Uhr und einen Ring am kleinen Finger.

»He Bo, was geht?«, sagte mein Vater immer. So sprach er alle an, sogar mich. Ich wusste nicht, warum er die Leute mit »Bo« ansprach und nicht mit »Bro« wie »Brother«.

»Geh und sag hallo zu Onkel Toddo«, wies er mich an und schob mich in Richtung des alten Mannes.

Ich musste zu ihm gehen, ihn umarmen und küssen. »Wie geht's dir, Kindchen?«, fragte er dann. Der alte Mann tätschelte mir den Kopf und steckte mir einen Zwanzig-Dollar-Schein in die Tasche.

Ich fand es etwas seltsam, dass die Männer sich erst auf eine Wange küssten und dann einen festen Händedruck austauschten. Niemand betrat einfach den Raum und sagte hallo; es wurden stets die Hände geschüttelt, und es schien eine feste Ordnung zu geben, wessen Hand man als erste zu schütteln hatte. Freilich wusste ich nicht, dass Toddo eigentlich Salvatore »Toddo« Aurello war, ein Capo in der Familie Gambino und der Boss und Mentor meines Vaters bei der Mafia. Ich dachte einfach, mein Vater respektiere ihn deshalb, weil er älter war. Erst als ich zwölf Jahre alt war, wusste ich mit Sicherheit, dass mein Vater ein Gangster war. Selbst da stellte ich aber lieber keine Fragen.

Als ich in der Mittelschule war, hörte ich einmal, wie meine Eltern über einen Typen sprachen, der einen der Nachtclubs meines Vaters kaufen wollte. Es war am späten Sonntagnachmittag und wir waren zum Abendessen bei meiner Tante Fran. Sie war eine von Papas älteren Schwestern. Fran und ihr Ehemann Eddie lebten in einem Zweifamilienhaus auf der anderen Straßenseite. Auch Papas Mutter wohnte dort, in einem Apartment im Souterrain.

Tante Fran stand meinem Vater näher als seine Schwester Jean. Papa und Fran waren altersmäßig näher beieinander und schienen auch mehr gemeinsam zu haben. Fran war immer freundlich und liebevoll. Sie spielte Klavier und brachte es auch Gerard und mir bei. Sie setzte sich zu uns und erzählte uns Geschichten von meinen Großeltern und wie sie aus Italien gekommen waren. Die Mutter meines Vaters, Kay, schrieb Kindergeschichten, die in den Vereinigten Staaten erschienen.

Tante Fran las uns diese Geschichten immer vor und schmückte sie mit ihren eigenen bunten Phantasien aus. Eine von Oma Kays Geschichten handelte von einem Mädchen namens Karen und einem Kaninchen. In einer anderen ging es um meine Kusinen, die auf den Schwingen eines Adlers durch die Stadt flogen. Meine Tante Jean, oder Jeannie, Papas älteste Schwester, bewahrte die Bücher in ihrem Haus auf, doch sie fielen nach dem Tod von Oma Gravano einem Brand zum Opfer. Jeannie war mit meinem Onkel Angelo verheiratet. Er hatte mit »dem Leben« nichts zu tun. Er war Ingenieur.

Jeannie war wesentlich älter als Papa. Wir besuchten sie oft zu Hause. Onkel Angelo spielte gern Golf und Tennis und hatte ein Aquarium im Keller. Wir durften nichts von seinen Sachen anfassen. Papa mochte Angelo sehr. Er war für Sammy mehr wie eine Vaterfigur. Onkel Angelo war ein strenger Mann, aber auch sehr großzügig. Er hatte feste Vorsätze, die er konsequent vertrat. Als zwei seiner Kinder in Schwierigkeiten gerieten, weil sie Marihuana geraucht hatten, warf er sie aus dem Haus. Papa konnte mit dieser Art von Disziplin nichts anfangen; ganz egal, was ich auch angestellt hätte, er hätte mich nie verstoßen.

An den Abenden, an denen Papa länger in Brooklyn zu tun hatte, gingen wir in der Regel zu Tante Fran zum Abendessen. Papa gesellte sich dann zu uns, wenn er nach Hause kam. Es war ihm wichtig, dass wir jeden Abend als Familie zusammen aßen, und er versuchte, stets pünktlich um fünf zu Hause zu sein.

Ich erinnere mich, dass wir einmal um den langen weißen Tisch in Tante Frans Esszimmer saßen und Papa begann, allen von diesem tschechoslowakischen Kerl namens Frank Fiala zu erzählen. Er sagte, der Typ sei »wahnsinnig«. Ich wusste nicht, was dieser Typ tat, dass Papa dachte, er sei nicht ganz richtig im Kopf, aber was es auch war, es begann meinen Vater zu ärgern. Ich wusste, dass Frank Fiala die Plaza Suite an der 68. Straße in Gravesend in Brooklyn kaufen wollte. Es war der erfolgreichste Nachclub meines Vaters. Papa gehörte das gesamte Gebäude. Er leitete die Plaza Suite vom ersten Stock aus. Die Büros seiner Bauunternehmung und die Ausstellungsräume seiner Teppich- und Bodenbelagsfirma befanden sich im Erdgeschoss. Die Diskothek war riesig. Sie nahm eine Fläche von vierhundertundfünfzig Quadratmetern in dem Gebäude ein und verfügte über eine Bar, eine Tanzfläche und eine private VIP-Lounge. Die Leute standen stundenlang draußen Schlange, um hineinzukommen. Eine Zeitlang war Papa praktisch jeden Abend dort, doch als das Bauunternehmen mehr Zeit in Anspruch nahm, wollte er den Laden abstoßen.

Frank bot meinem Vater eine Million Dollar für den Club. Papa hatte das Angebot angenommen, aber ich glaube, er hatte dabei Hintergedanken. Ein paar Tage, nachdem wir zum ersten Mal etwas von Frank Fiala gehört hatten, erschien mein Vater nicht zum Abendessen. Ich hatte auf ihn gewartet, weil ich ihn fragen wollte, ob meine beste Freundin Toniann bei uns übernachten dürfe. Mama sagte, ich bräuchte Papas Erlaubnis. Er sagte fast immer ja.

Die Uhr schlug sechs, und er war immer noch nicht zu Hause.

»Wo bleibt Papa denn?«, fragte ich meine Mutter.

Sie blickte von ihrem Topf mit Tomatensauce auf. »Dein Vater hat zu tun. Er isst heute nicht mit uns zu Abend.«

»Kann Toniann denn bei uns übernachten?«

»Warten wir, bis dein Vater nach Hause kommt, und hören, was er dazu sagt.«

»Aber du hast doch gerade gesagt, dass er nicht zum Abendessen kommt. Wann ist er denn wieder da?«

»Weiß ich nicht. Und, ehrlich gesagt, ist es vielleicht ohnehin nicht gut, wenn Toniann heute Abend bei uns bleibt. Vielleicht sollte sie jetzt besser heimgehen.« Sie füllte die Sauce in Plastikbehälter. »Wir gehen über die Straße und essen bei deiner Großmutter, Tante Fran und den Kindern. Hol deinen Bruder, zieh ein paar saubere Kleider an und beeil dich ein bisschen.«

An jenem Abend herrschte in Tante Frans Haus eine seltsame Stimmung. Onkel Eddie war nicht da, was ebenfalls ungewöhnlich war. Keiner der Erwachsenen sagte etwas, während das Essen aufgetragen wurde – ein sicheres Zeichen dafür, dass etwas nicht stimmte, denn ansonsten unterhielten sich die Mitglieder meiner Familie sehr gerne. Obwohl ich sehr neugierig war, stellte ich Mama keine weiteren Fragen.

Nach dem Abendessen fragte ich sie, ob ich zu Toniann zum Spielen gehen könne, bis mein Vater nach Hause kam. Meine Freundin wohnte gleich gegenüber. »Du kannst spielen gehen, aber nur eine halbe Stunde.«

»Was ist mit dem Übernachten«, drängelte ich.

Sie seufzte. »Frag deinen Vater, wenn er heimkommt. Wenn er nicht heimkommt, müssen wir es eben verschieben.«

Wir spielten gerade in Toniann's Vorhof, als Onkel Eddies Wagen um die Ecke gebraust kam und mit quietschenden Reifen in unsere Auffahrt einbog. Papa sprang heraus und rannte ins Haus, ich hinterher. Als ich ihn im Wohnzimmer und in der Küche nicht fand, ging ich nach oben. Die Schlafzimmertür war geschlossen. Ich öffnete sie einen Spaltbreit. Im selben Augenblick drehte sich Papa um und sah mich mit ernster Miene an.

»Kannst du nicht anklopfen?« Hastig kehrte er mir wieder den Rücken zu, aber ich konnte noch sehen, wie er sich einen Revolver in den Bund seiner Jeans steckte. Ich fragte mich, ob etwas nicht in Ordnung sei, doch seine Körpersprache verriet nichts. Er war ganz ruhig und gefasst. Ich starrte ihn an und versuchte mir einzureden, dass ich die Pistole nicht gesehen hätte. Nach einer langen Pause sagte ich schließlich: »Ich wollte dich gerade fragen, ob eine Freundin bei mir übernachten…«

»Nein, das geht nicht!«, unterbrach er mich. Dann zog er sein T-Shirt aus dem Hosenbund, drehte sich um und sah mich an.

»Warum denn nicht?«, quengelte ich. »Was ist denn daran so besonderes?«

»Nicht heute Abend. Wie wäre es denn am Wochenende? Ich kann jetzt nicht weiter darüber reden, ich muss gehen.« Seine Augen waren kalt; ich hatte das Gefühl, als blickte er durch mich hindurch. Er sprach ziemlich schnell und war ganz offensichtlich mit seinen Gedanken woanders. Er nahm ein Paar schwarze Lederhandschuhe von seiner Kommode und verließ das Zimmer.

Ich folgte ihm auf den Flur, sah zu, wie er die Treppe hinab polterte, und rief ihm nach: »Wozu brauchst du denn die Handschuhe? Es ist doch Hochsommer.« In meinem Herzen spürte ich, dass etwas Schreckliches geschehen würde, und ich fürchtete mich.

Er hielt inne, starrte mich an und sagte: »Warum stellst du so viele Fragen?«

»Weiß nicht. Ich habe ja nur gefragt.«

»Eines Tages wird noch eine gute Rechtsanwältin aus dir werden.« Er ging langsam die Treppe wieder herauf, bückte sich und küsste mich auf die Stirn. »Ich verspreche dir, dass jemand bei uns zum Übernachten kommen darf, bevor wir nächste Woche zur Farm fahren.« Die Farm war Papas ganzer Stolz, ein zehn Hektar großer bewirtschafteter Pferdehof im ländlichen Teil von New Jersey. Seit Papa das Anwesen gekauft hatte, verbrachten wir jeden Sommer dort.

»Glaub mir, heute ist kein guter Abend«, sagte mein Vater zu mir. »Ich will, dass du jetzt ein braves Mädchen bist. Du bist die Älteste. Du hast die Verantwortung und musst dich um deinen Bruder kümmern. Und treib' Mama nicht zum Wahnsinn.« Er küsste mich noch einmal, dann ging er nach draußen.

Mein Vater verstand es ausgezeichnet, mir ungeachtet der tatsächlichen Umstände stets das Gefühl zu geben, alles wäre in schönster Ordnung. Wenn er also an jenem Abend mit einem Revolver im Hosenbund das Haus verließ, würde das schon seine Richtigkeit haben.

Meine Mutter war in der Küche und hatte von unserem Gespräch nichts mitbekommen. Ich hatte nicht vor, ihr zu erzählen, was ich gesehen hatte.

Am nächsten Morgen lautete die Schlagzeile in der Zeitung auf unserem Küchentisch: »Mord vor der Plaza Suite«. Papa war in der Küche und verhielt sich ganz normal. Ich wusste nicht einmal, ob er bemerkte, dass ich den Artikel las. Ich hatte keine, Zeit, ihn ganz zu lesen, aber ich erfuhr, dass das Opfer Frank Fiala war.

Ich wusste, dass der Typ ein paar Sachen gemacht hatte, über die sich mein Vater geärgert hatte. Aber Mord? Als sich mein Vater an den Frühstückstisch setzte, hörte ich sofort auf zu lesen. Keiner von uns sagte ein Wort.

Später in derselben Woche wies mein Vater meine Mutter an, meinen Bruder und mich ins Auto zu packen und zu der Farm in Cream Ridge zu fahren. Als Papa das Anwesen gekauft hatte, war es ziemlich heruntergekommen gewesen. Doch er sagte, es habe Potential und verfüge zudem über ein großes Grundstück. Mein Vater verliebte sich sofort in die Farm. Sobald wir den Besitz übernommen hatten, riss er wieder Wände ein und machte sich gekonnt an die Renovierung.

Bald wurde aus dem abgewirtschafteten Bauernhaus mit ein paar Scheunen und verrosteten Gerätschaften ein spektakuläres Anwesen mit eingelassenem Swimmingpool. Es verfügte über topmoderne Einrichtungen für die Pflege und Ausbildung von Pferden sowie eine professionelle Rennbahn im Vorhof, eine exakte Nachbildung des Freehold Raceway in New Jersey. Mein Vater stellte einen Trainer aus dem Stall in Staten Island an, wo mein Bruder und ich Reitunterricht hatten, und baute ihm ein kleines Haus auf dem Gelände. Die meisten Pferde, mit denen der Trainer arbeitete, waren Traber, die auf dem Meadowlands Racetrack Rennen liefen. Mein Vater restaurierte sogar die alte Pferdekutsche, die ein früherer Besitzer zurückgelassen hatte.

Es beunruhigte mich, dass wir so plötzlich und ohne Papa zur Farm aufbrachen. Eigentlich wollten wir erst ein paar Tage später fahren. Die Farm war ein Ort, an dem meine Familie stets viel Spaß hatte. Es gab dort immer etwas zu tun. Sie lag etwa eine Stunde und fünfundvierzig Minuten von Staten Island entfernt im historischen Cream Ridge. Verglichen mit Staten Island war die Gegend sehr ländlich. Es gab mit Bäumen bestandene Hügel, schmale zweispurige Straßen und viele große Pferdehöfe. Allein für die nicht asphaltierte Ruckelpiste, die zu unserem Haus führte, brauchte man mit dem Auto fünf Minuten.

Das Haupthaus war riesig und bot atemberaubende Blicke über unsere zehn Hektar Grasland. Als wir es kauften, war die Fassade weiß; mittlerweile war sie grau. Es war umgeben von einer schönen, steinernen Veranda mit einem großen Tisch und vielen Gartenstühlen. Ich fand das Haus klasse. Mein Zimmer war oben, mit Blick auf die Rennbahn, was mir sehr gut gefiel. Ich ritt gerne und verbrachte viele Stunden mit meinem wunderschönen weißen Pony Snowflake. Auf Staten Island ritt ich mit einem englischen Sattel, auf der Farm hingegen im Western-Stil.

Wir verbrachten den Großteil des Sommers in Cream Ridge. Mama werkelte gerne im Garten herum, und mein Bruder Gerard fuhr mit dem Fahrrad querfeldein über das riesige Anwesen. Während des Sommers pendelte Papa hin und her. Meist verließ er dienstags die Farm und kehrte donnerstags wieder zurück. Mein Vater war ein ganz anderer Mensch, wenn er auf der Farm war. Dann saß er morgens auf der vorderen Veranda, schlürfte seinen Kaffe und sah den Trainern auf der Rennbahn zu. Er wirkte stets entspannt, als könnte ihn nichts auf der Welt aus der Ruhe bringen.

Oft lud er Freunde und ihre Familien aus New York ein. Ich wusste es damals noch nicht, aber all diese Freunde waren Mitglieder der Mafia. Mein Vater hatte eine feste Regel: Auf der Farm wurde nicht übers Geschäft gesprochen. »Wenn ihr kommt, bringt eure Overalls mit, weil jeder mit anpacken muss«, pflegte er zu sagen. Wir hatten viel zu lachen. Es waren immer Leute zu Besuch, und ständig wurde irgendwo gebaut.

Doch an jenem Tag, als uns Papa zur Farm vorausschickte, verlief nicht alles nach den Regeln. Es begann damit, dass er unerwartet eintraf. Kurz vor dem Abendessen hörte ich, wie der Kies in der Einfahrt knirschte. Ich rannte zum Fenster und sah, wie Papas brauner Lincoln vor dem Haus hielt, gefolgt von mehreren anderen Wagen. Mein Vater hatte uns gesagt, er würde erst in einigen Tagen nachkommen.

Doch nun war er da. Und damit nicht genug: Er hatte »Stymie« bei sich im Auto. Stymie war Joe d'Angelo, der beste Freund meines Vaters. Papa sagte, er habe ihn »auf der Straße« getroffen. Die beiden Männer waren sich so sympathisch, dass sie sich mit ihrem braunen Haar und ihrer untersetzten Statur sogar ähnelten, wenngleich Stymie mit seinen über ein Meter siebzig gute sieben Zentimeter größer war als mein Vater. Sie kleideten sich auch gleich, trugen ähnliche Trainingsanzüge und Turnschuhe. Stymie besaß eine Bar in Brooklyn namens Docks. Papa hatte ihn einmal als seine rechte Hand bezeichnet.

Als mein Vater aus dem Wagen stieg, trug er ein weißes T-Shirt und eine Sporthose. Stymie trug ein Sweatshirt über seinem Hemd. Seine Frau war nicht mitgekommen, was sehr ungewöhnlich war. Wenn Papas Freunde zu Besuch kamen, brachten sie immer ihre Familien mit. Onkel Eddie und einige andere von Papas Leuten stiegen aus den anderen Fahrzeugen. Keiner hatte Frau und Kinder dabei.

Ich rannte hinüber in die Küche, um meinen Vater zu begrüßen. Er redete in gedämpftem Ton mit meiner Mutter. Ich sah, wie sie den Kopf schüttelte. »Okay«, flüsterte sie, bevor sie meinem Papa ins Freie folgte.

An jenem Abend servierte Mama das Dinner draußen auf der hinteren Veranda, die komplett mit Mückengittern verkleidet war. Entlang des Fundaments verlief eine niedrige Mauer, auf der die Gitter und Rahmen ruhten. Wenn ich die Gespräche meiner Eltern belauschen wollte, konnte ich mich dahinter verstecken und war nicht zu sehen. Ich nutzte diese Möglichkeit recht häufig, um Diskussionen über meine Wünsche zu verfolgen, etwa, wenn ich meine Eltern gefragt hatte, ob wir den Great Adventure Amusement Park besuchten. Wenn ich sie gefragt hatte, verschwand ich aus dem Zimmer und schlich mich dann von der Rückseite des Hauses wieder an, um zuzuhören, wie sie ihre Entscheidung fällten.

An jenem Abend aber hatte ich das Gefühl, dass Papa nicht er selbst war. Seine Stimmung ängstigte mich. Ich merkte immer sofort, wenn er etwas auf dem Herzen hatte. Dann wurde er still und starrte ins Leere. Ich war mir sicher, dass etwas passiert war, und überzeugt, dass es mit der Pistole und dem Mord vor seinem Nachtclub zu tun hatte. Ich wollte gar nicht daran denken, dass er darin verwickelt sein könnte.

»Hilf deiner Mama beim Aufräumen«, sagte mein Vater zu mir nach dem Abendessen. Ich räumte den Tisch ab, dann fragte ich ihn, ob er mir zusehen wolle, wie ich auf Snowflake ritt.

»Nein, ich komme später raus«, sagte er. »Ich rede gerade mit den Jungs.«

Mama war noch in der Küche, als ich mich außen um die Veranda herum schlich und zu meinem Versteck kroch. Ich lehnte mit dem Rücken an der Wand, saß im Indianersitz und lauschte. Das hatte ich noch nie zuvor getan, ein Gespräch meines Vaters mit seinen Freunden belauscht. Aber ich wollte wissen, was vorgefallen war.

»Paul ist außer sich deshalb«, hörte ich einen der Männer sagen. Ich wusste, dass sie wahrscheinlich Paul Castellano meinten. Ich dachte, er wäre Papas Chef im Baugewerbe oder so etwas.

»Ich musste jedenfalls tun, was zu tun war«, hörte ich meinen Vater sagen. »Scheiß' auf Paul. Wenn wir in den Krieg ziehen müssen, dann tun wir das eben.«

Krieg? Wovon sprach mein Vater da?

Ich hörte, wie Onkel Eddie ihn unterbrach: »Ich habe dir gesagt, wir hätten die Finger davon lassen sollen.«

»Schon gut Eddie, hör auf zu jammern«, fauchte Papa.

Ganz offensichtlich stimmte etwas nicht. Vielleicht steckte mein Vater in Schwierigkeiten. Ich war mir sicher, dass es mit den Geschehnissen jenes Abends zu tun hatte, als mein Vater mit dem Revolver das Haus verließ. Ich begann, die Puzzleteile zusammenzufügen. Erst hatte ich ihn mit der Waffe gesehen, dann hatte ich erfahren, dass der Typ, der seinen Nachtclub kaufen wollte, ermordet worden war. Und jetzt sagte mein Vater, er habe »getan, was zu tun gewesen sei«.

Ich begann über all das nachzudenken, was ich in den vergangenen Jahren gesehen und nicht begriffen hatte; ich dachte daran, wie ich mit sechs die Pistole unter seiner Matratze entdeckt hatte, an die vielen Abende, an denen er sich mit Leuten getroffen hatte, die anders aussahen als die Väter meiner Freunde, und dass er erst spät nach Hause gekommen war.

Ich wollte noch ein wenig bleiben und weiter zuhören, fürchtete jedoch, entdeckt zu werden. Außerdem hatte ich ein schlechtes Gewissen, dass ich Dinge belauschte, die eindeutig nicht für meine Ohren bestimmt waren. ich krabbelte davon und ging durch die Vordertür zurück ins Haus.

In diesem Augenblick kam mein Vater zurück in die Küche.

»Ich dachte, du wärst reiten?«, sagte er.

»Ich habe keine Lust.« Ich spürte, dass mich mein Vater ansah, als wüsste er, dass ich gelauscht hatte.

»Alles klar mit dir?« Er sah mich seltsam an.

»Ja, warum?«

Er lächelte. »Komm, wir machen etwas Obst zurecht und bringen es den Jungs raus.«

Ich sah zu, wie er an der Küchentheke stand und sorgfältig die Schale von einer Wassermelone entfernte. Als ich ihm auf die Veranda folgte, beobachtete ich genau, wie er sich den Jungs gegenüber verhielt. Mein Vater war gelöst, unterhielt sich und genoss seinen Nachtisch. Er schien wieder ganz er selbst zu sein. Ich war verwirrt. Vielleicht hatte ich alles nur missverstanden.

Später an jenem Abend gingen Papa und ich zur Scheune, um das Licht auszuschalten. Snowflake scharrte in ihrer Box, glücklich, uns zu sehen. »Ihr geht für ein paar Tage zurück nach Staten Island«, sagte mein Vater.

»Warum das denn? Ich dachte, wir würden hier den ganzen Sommer bleiben?«

»So ist es auch«, lächelte er. »Trotzdem fahrt ihr für ein paar Tage zurück nach Staten Island.«

Da dachte ich wieder, dass doch etwas nicht stimmte – was ich eben gehört hatte, die Pistole, der Mann, der vor Papas Nachtclub ermordet worden war. Ich bekam es langsam mit der Angst.

»Papa, wenn du einmal sterben solltest, würden wir dann hier auf der Farm leben?«

Mein Vater blieb stehen. Er wandte sich zu mir und fragte: »Warum fragst du mich so etwas?«

»Ich weiß auch nicht. Ich möchte einfach wissen, ob wir auf Staten Island bleiben oder hierher auf die Farm ziehen würden.«

»Nun, ich glaube, darum musst du dir keine Sorgen machen, weil ich dir noch eine ganze Weile erhalten bleiben werde.«

Ich wusste nicht, dass man einen Killer auf ihn angesetzt hatte.

Am nächsten Morgen kamen Gerard und ich nach unten. Wir gingen hinaus zum Hühnergehege, um nach Eiern fürs Frühstück zu suchen. Die Hennen legten braune Eier, an die ich mich erst hatte gewöhnen müssen, aber inzwischen mochte ich sie gern. Wir fanden zwei Eier, doch eines zerbrach bei dem Streit darüber, wer sie tragen sollte. Mama sagte, wir müssten eins aus dem Kühlschrank nehmen; sie werde uns aber nicht sagen, wer welches Ei bekam. Gerard und ich mochten unsere Eier am liebsten kurz beidseitig gebraten. Wir nannten sie »Tunk-Eier«, weil wir unseren Toast immer in den Dotter tunkten.

Als wir das Thema Eier hinter uns gebracht hatten, kam Papa an den Frühstückstisch und benahm sich wie immer. Ich schaute ihn an und wusste nicht recht, was ich denken sollte. Am Abend zuvor hatte irgendetwas nicht gestimmt, aber er ließ es so aussehen, als wäre alles in Ordnung. Ich hatte zu große Angst, um Fragen zu stellen. Meine Mama wirkte ein wenig zerstreut. Als wir nach Staten Island aufbrachen, sagte sie zu meinem Vater, »ich liebe dich«, dann umarmte sie ihn, wie sie es sonst nicht tat. Da er jedoch völlig ruhig war, wurde ich nicht so nervös, wie ich es ansonsten vielleicht geworden wäre. Wir gingen zur Scheune, um mein Pferd zu füttern und uns zu verabschieden. Papa saß immer noch in der Küche. Ich gab ihm zum Abschied einen Kuss. »Wir sehen uns bald wieder«, sagte er. Mama hatte eine große, weiße Espressokanne aufgesetzt, und Papas Freunde saßen hinten auf der Veranda und tranken Kaffee.

Als wir zurück auf Staten Island waren, spielten gerade ein paar unserer Freunde draußen. Gerard und ich hüpften aus dem Wagen und rannten zu ihnen. Die beunruhigende Situation auf der Farm hatten wir vergessen. Ich war so aufgeregt, meine Freunde zu sehen. Es war, als wäre nichts geschehen. Papa kam ein paar Tage später aus Cream Ridge zurück. Ich war überglücklich, ihn zu sehen, und umarmte ihn extra lange. Ich blickte zu ihm auf, als könnte uns nichts geschehen, solange er uns beschützte. Er schien wieder ganz er selbst zu sein, nannte Gerard und mich sogar »Kiddies«. Nach dem Abendessen sagte er, ich solle ihm den Kopf massieren. Wenn ich länger aufbleiben wollte, spielten wir gern Kopf-, Gesichts- und Schultermassieren. Normalerweise tat er so, als müsste er mich dazu bestechen, mich bezahlen. Diesmal jedoch willigte ich sofort ein, weil ich mich so freute, ihn wiederzusehen. Ich war einfach nur erleichtert.

An Frank Fiala dachte ich nicht mehr. Ich war zu jung, um zu begreifen, dass Mord zur Arbeitsplatzbeschreibung meines Vaters gehörte. Ich wusste nicht einmal, dass der Mord an Fiala gegen die Gesetze der Mafia verstieß, weil er nicht vom Boss, Paul Castellano, genehmigt worden war. Bevor man in dieser Welt einen Mord beging, musste man zuerst beim Capo der Familie anfragen. Ein nicht sanktionierter Mord kostete einen in der Regel das Leben. Papa saß tief in der Scheiße, aber ich wusste es nicht. Ich hatte noch sehr viel zu lernen.

Kapitel 2

»Es sind schlechte Leute, aber es sind unsere schlechten Leute.«

Mein Vater war schon ein Gangster, bevor ich geboren wurde. Meine Eltern lebten in Bensonhurst, als ich am 8. Mai 1972 im Kreißsaal des St. John's Catholic Hospital an der Fourth Avenue in Brooklyn das Licht der Welt erblickte. Meine Eltern, Debra Scibetta und Salvatore »Sammy« Gravano, hätten nicht stolzer sein können. Meine Mutter war achtzehn und mein Vater sechsundzwanzig. Sie waren noch »frisch vermählt« und erst seit etwas über einem Jahr verheiratet.

Diane, die Zwillingsschwester meiner Mutter, hatte die beiden einander vorgestellt. Sie kannte meinen Vater aus der Nachbarschaft. In Bensonhurst, dem Little Italy von Brooklyn, kannte jeder jeden. Endlose Blöcke identischer zweistöckiger Einfamilienhäuser mit kleinen eingezäunten Höfen und Parkplätzen auf der Straße reihten sich aneinander. In den Pizzerias und Bäckereien entlang der 18th Avenue sprachen alle Italienisch und kannten die Namen sämtlicher Babys in den Kinderwagen. Die Sonntage gehörten der Kirche, ausgedehnten Mahlzeiten und der Familie.

Meine Tante Diane war kontaktfreudiger als meine Mutter und mit mehr Leuten im Viertel bekannt. Meine Mutter war eher reserviert und sehr schüchtern und ging nicht besonders oft aus. Sie war eine hübsche Brünette, hatte eine tolle Figur und strahlte eine gewisse Unschuld aus. Mein Vater verliebte sich Hals über Kopf in sie. Kleider und Mode interessierten sie nicht, doch sie sah auf bescheidene Weise immer sehr nett aus. Was ihm am besten an ihr gefiel, war aber, dass sie nicht wie die Mädchen war, die seinen Nachtclub in Fort Hamilton besuchten, dickes Make-up trugen und sich wie Schlampen benahmen. Mein Vater fühlte sich sofort zu meiner Mutter hingezogen. Er sagte, er wisse, dass sie die Richtige für ihn sei. Er konnte sofort sehen, dass sie eine hingebungsvolle

Ehefrau und Mutter werden würde. Sie gingen nicht einmal ein Jahr miteinander, dann heirateten sie.

Als mein Vater meine Großeltern, Sandra und John Scibetta, um die Hand ihrer Tochter anhielt, waren sie zunächst nicht gerade begeistert. Sammy hatte einen Ruf als Schläger. Er war ein paar Mal mit dem Gesetz in Konflikt geraten und in zahlreiche Prügeleien verwickelt gewesen. Die Eltern meiner Mutter kannten die Eltern, Tanten und Onkel meines Vaters, und wussten, dass sie gute Leute waren. Sammy war damals jedoch ein Mitglied der Rampers, einer bekannten Straßenbande aus Brooklyn. Die Rampers begingen bewaffnete Raubüberfälle, Einbrüche, Autodiebstähle und Erpressungen. Kleine Ganoven, die eine lebenslange Verbrecherlaufbahn ansteuerten.

Sie hatten mit »Kofferraumknacken« angefangen. Dazu brachen sie den Leuten den Kofferraum ihres Autos auf und klauten den Ersatzreifen. Doch die künftigen Schwiegereltern meines Vaters nicht wussten nicht, dass er seit Kurzem ein »Mitarbeiter« der Mafiafamilie Colombo war, an deren Spitze Joseph Colombo stand.

Sammy hatte sich ihrer Tochter gegenüber jedoch stets respektvoll und charmant verhalten, also willigten sie zähneknirschend ein. Sie verlangten allerdings, dass die beiden Debras achtzehnten Geburtstag abwarteten. Sie glaubten ohnedies nicht, dass Sammy in der Lage wäre, ihre Tochter in absehbarer Zeit zu ehelichen, da die bewirtschafteten Säle für die Feier ein Jahr im Voraus reserviert werden mussten. Sie waren sicher, dass die Romanze bis dahin abgekühlt wäre.

Sammy hatte jedoch gute Kontakte zum Colonial Mansion, einem schicken Gastronomiebetrieb an der Ecke Bath Avenue und 22. Straße mit Marmorfußböden und Kristallleuchtern. Es gelang ihm, den Saal mit weniger als einem Monat Vorlauf zu buchen. Die Hochzeit fand am Freitag, den 16. April 1971 statt, einen Monat vor Debbies achtzehntem Geburtstag. Über dreihundert Gäste kamen, die meisten davon aus der Nachbarschaft sowie ein paar Mafiosi, um der Vermählung beizuwohnen und anschließend im Colonial Mansion zu feiern.

Alle hofften, dass Sammy, wenn er erst einmal Frau und Kinder hätte, seine kriminellen Machenschaften aufgeben würde. Damit lagen sie nicht einmal so falsch, denn nach meiner Geburt zog unsere Familie von Brooklyn in das Haus meiner Großeltern väterlicherseits in Ronkonkoma, einem Ort auf Long Island, etwa eine Stunde östlich von Bensonhurst gelegen. Als Kind hatte mein Vater die Sommerferien in dem winzigen Haus verbracht, das schließlich zum dauerhaften Wohnsitz meiner Großeltern geworden war. Als meine Familie dort einzog, bauten meine Großeltern mit Freuden den Dachstuhl zu einer Wohnung für uns aus. Mein Vater war fest entschlossen, sauber zu bleiben und eine ehrliche Arbeit zu finden. Sein endgültiges Aha-Erlebnis kam später, in einem Augenblick der Verzweiflung, als er und meine Mutter mein Sparschwein aufbrechen mussten, um genug Lebensmittel fürs Abendessen kaufen zu können.

Sein Schwager Eddie Garafola, der Ehemann seiner Schwester Fran, bot ihm Arbeit an. Eddie war Teilhaber eines kleinen Bauunternehmens in Ronkonkoma, das sich auf Klempnerarbeiten spezialisiert hatte, und hatte eine Menge für ihn zu tun. Mein Vater begann, bis spätabends zu arbeiten, verdiente aber trotzdem weniger als hundert Dollar die Woche. Als er Eddie um eine Gehaltserhöhung bat, teilten ihm mein Onkel und dessen Partner mit, zehn Cent pro Stunde mehr sei alles, was sie erübrigen könnten. Verärgert trat Sammy eine Stelle bei einer anderen Baufirma an, die von einem Freund des Onkels meiner Mutter geleitet wurde. Dort fing er mit einhundertfünfundsiebzig Dollar wöchentlich an, aber schon nach zehn Monaten verdiente er zweihundertundfünfzig. Langsam fasste er neuen Optimismus, dass er seine Familie mit einer ehrlichen Arbeit im Baugewerbe ernähren könnte.

Die Familie lebte noch kein Jahr auf Long Island, als mein Vater und ein anderer Typ namens Alley Boy Cuomo des Mordes an zwei Brüdern, Arthur und Joseph Dunn aus Coney Island, beschuldigt wurden. Die beiden hatten eine örtliche Autowerkstatt betrieben, die jedoch nicht besonders gut gelaufen war, bis sie 1969 niedergeschossen worden waren. Aufgrund der Aussage eines Ganoven, der bereits wegen einer anderen Sache im Knast saß, wurden mein Vater und Alley Boy verhaftet. Der Ganove wollte, dass man ihm einen Teil seiner Strafe erließ, und lieferte meinen Vater und Alley Boy ans Messer, um ein paar Jahre weniger sitzen zu müssen. Mein Vater wusste, dass er als Sündenbock missbraucht wurde, denn er hatte noch nie von den Gebrüdern Dunn gehört. An seiner Verhaftung änderte das jedoch nichts.

Der Boss meines Vaters in der Familie Gambino, Toddo Aurello, lieh ihm zehntausend Dollar, um die Kaution zu bezahlen – unter der Bedingung, dass er sie mit Zinsen zurückzahlte. Weil mein Vater weiteres Geld brauchte, um seine Anwaltsrechnungen zu bezahlen und die Familie zu ernähren, mussten wir zurück nach Bensonhurst ziehen. Wir zogen in die Fünfzimmerwohnung der Eltern meiner Mutter an der 15th Avenue. Meine Tante Diane lebte noch zu Hause. Wir teilten uns ihr kleines Zimmer, während sie auf dem Sofa im Wohnzimmer schlief.

Zurück im selben alten Viertel tat mein Vater jeden Abend dieselben schlechten Dinge. Er raubte und stahl, um genug Geld zur Finanzierung seiner Verteidigung zusammenzubringen. Er sagte, er habe die Morde zwar nicht begangen und dass es ein an den Haaren herbeigezogener Prozess sei, er jedoch trotzdem eine Verteidigung aufbauen müsse. Um die Anwaltsrechnungen und Gebühren bezahlen zu können, blieb ihm nichts übrig, als das Geld auf diese Weise zu verdienen. Damit machte er aber alles noch schlimmer, weil er dreimal verhaftet wurde, während er auf Kaution war. Die Anwalts- und Gerichtskosten stiegen also.

Zwei Wochen vor der geplanten Verhandlung des Doppelmordes wurde der Fall abgewiesen, weil die Geschichte des Ganoven zu viele Ungereimtheiten aufwies. So hatte der Typ etwa behauptet, mein Vater habe einen weißen '72er Lincoln gefahren, doch mein Vater kaufte sich diesen Wagen erst Jahre nach den Morden. Obwohl mein Vater nun von allen Vorwürfen freigesprochen war, gab es für ihn kein Zurück mehr aus seinem kriminellen Dasein. Durch die Anwaltsgebühren hatte er sich verschuldet. Wenn er sich schon für das Berufsverbrechertum entschied, wollte er dies aber auch hundertprozentig tun. So war mein Vater eben: Was immer er auch tat, machte er hundertprozentig, ob als Krimineller, als Vater oder jemand, der mit den Behörden kooperierte. Wenn er sich einmal für etwas entschieden hatte, zog er es durch, ohne sich noch einmal umzublicken.

Bald »verdiente« er genügend Geld, um sich eine eigene Wohnung leisten zu können, und wir zogen aus der Wohnung meiner Großeltern in ein Apartment an der 61. Straße.

Meine Mutter war eine jener loyalen Ehefrauen, die mit ihrem Mann durch Dick und Dünn gingen und keine Fragen stellten. Sie zweifelte nie wirklich an meinem Vater, weil sie tief im Herzen fest daran glaubte, dass er es gut meinte. Ich weiß, dass sie wünschte, sie hätten Long Island und ihren Traum vom einfachen Leben nie hinter sich gelassen. Als die Mutter seiner Kinder trug sie alle seine Entscheidungen mit, wofür auch immer er sich entschied.

Ich bin sicher, dass sie bisweilen wünschte, alles wäre anders gelaufen, doch sie begriff eines: Wenn die Ernährer nach Hause kamen, erzählten sie den Frauen nicht, was sie taten, und die Frauen stellten keine Fragen. Also umgab sie sich mit ihren Kindern, ihrer Schwester, ihren Eltern und einigen Ehefrauen von Männern aus der Clique meines Vaters, die diesen Lebensstil verstanden.

Alle meine Großeltern hatten nie etwas mit der Mafia zu tun gehabt. Meine Großmutter und mein Großvater mütterlicherseits arbeiteten beide, um ihre Familie zu ernähren. Mein Großvater arbeitete nachts bei der Western Electric Telephone Company, wo er Schaltplatten zusammensetzte, und meine Großmutter hatte einen Job in einer chemischen Reinigung. Es gelang ihnen, genug Geld für ein Sommerhäuschen in Pennsylvania zusammenzusparen, wo sie der Stadt entfliehen konnten.

Die Eltern meines Vaters waren aus Italien nach Amerika gekommen. Die Familie war sehr arm. Als erste hatten die Männer die Überfahrt unternommen, dann wurden die Frauen und Kinder nachgeholt. Mein Großvater – »Giorlando« in Italien, aber »Gerry« in den USA – war der jüngste Junge und der Letzte, der nach Amerika gelangte. Er war noch ein Teenager, als er ganz allein mit dem Frachter von Sizilien nach Kanada reiste. Als das Schiff in Kanada anlegte, ging er von Bord und musste nur anhand einer Telefonnummer seinen Weg nach New York finden. Weil er illegal in die Vereinigten Staaten einwanderte, blieb ihm eine Einbürgerung für immer versagt. Er war sehr italienisch, geleitet von seinen strengen italienischen Traditionen, und sprach entweder Italienisch oder sehr gebrochen Englisch mit starkem italienischen Akzent.

Die Mutter meines Vaters hieß eigentlich Caterina, wurde aber von allen Kay genannt. Sie war in den Vereinigten Staaten zur Welt gekommen und zog ihre drei Kinder englischsprachig auf, weil sie wusste, dass sie es nur so zu etwas bringen würden. Ich erinnere mich, dass ich als Kind dachte, wie seltsam es war, dass meine Großmutter, meine Tanten und mein Vater gut Englisch sprachen, mein Großvater hingegen nicht.

Als Großvater Gravano einst nach New York gekommen war, hatte er eine Arbeit als Anstreicher gefunden. Ich weiß nicht, wie er meine Großmutter kennen lernte, doch als sie heirateten, arbeitete sie als Näherin.

Durch den ständigen Kontakt mit Farbe holte sich mein Großvater eine Bleivergiftung, also musste meine Großmutter, eine ehrgeizige und hart arbeitende Frau, die Familie durchbringen. Der Boss meiner Großmutter half ihr, eine Kleiderfabrik in Bensonhurst zu eröffnen, und mein Großvater half ihr bei den Geschäften. Ich erinnere mich, dass meine Großmutter immer hübsche Kleider trug. Sie ging viel zu Fuß, sodass sie ihre gute Figur behielt.

Meine Großeltern bekamen erst relativ spät Kinder, was durch eine Reihe von Fehlgeburten bedingt war. Schließlich zeugten sie drei Kinder, zunächst die beiden Töchter Jeannie und Fran, dann einen Sohn, Salvatore. Papas Eltern nannten ihn Sammy, weil er seinem Onkel Sammy so stark ähnelte. Den Namen behielt er. Er war das Baby meiner Großmutter.

Meine Großeltern hatten zwar keine Verbindungen zur Mafia, in direkter Nachbarschaft lebten aber viele Mitglieder der Organisation. In Sizilien, wo die Cosa Nostra gegründet worden war, beschützen die Mafiosi ihr jeweiliges Viertel. Als sie aus Italien nach Amerika kamen, fanden sie, sie sollten dort dasselbe tun. Deshalb wurden sie in den Gemeinden geachtet. Großvater Gravano war mit der Kultur der Mafia vertraut und begegnete ihren Mitgliedern stets mit dem notwendigen Respekt.

Wenn mein Großvater und mein Papa auf dem Weg zur Kleiderfabrik waren, saßen die Mafiosi immer vor den Gesellschaftsvereinen. Sie kannten meinen Großvater mit Namen und begrüßten ihn stets freudig auf der Straße. Mein Vater war neugierig, woher mein Großvater sie kannte. Mein Großvater erklärte, dass sie keine hart arbeitenden, netten Leute seien. »Es sind schlechte Leute, aber es sind unsere schlechten Leute«, pflegte er zu sagen.

Er erklärte meinem Vater, dass sie diejenigen seien, an die sich die italienische Gemeinde wandte, wenn es Probleme zu lösen gebe. Den Italienern gegenüber bestünden große Vorurteile, daher fänden es die Italiener besser, sich um ihre Angelegenheiten so zu kümmern, wie sie es in der alten Heimat getan hätten. Er machte ihm unmissverständlich klar, dass man die Mafiosi zwar respektieren, ihnen aber besser aus dem Weg gehen solle.

Mein Vater sagte, er sei eines jener Kinder gewesen, die auf dem Spielplatz der Schule ständig in eine Schlägerei geraten seien. Er war ein lausiger Schüler und deshalb gnadenlos gehänselt und gedemütigt worden. Die einzige Möglichkeit, sich Respekt zu verschaffen, habe darin bestanden, etwas draußen zu regeln, vor der Tür. Dort ließen ihn die Tyrannen in Ruhe. Als mein Papa in der vierten Klasse war, blieb er sitzen, weil er angeblich eine Lernschwäche hatte. Er war ein starker Legastheniker, doch seine Lehrer hielten ihn für geistig zurückgeblieben. Er versuchte, es mit einem Lachen abzutun, indem er den Klassenclown spielte. Die Fäuste zu gebrauchen und Stänkerer zu Boden zu schlagen, war jedoch leichter und befriedigender, also wurde jeder, der ihn hänselte, nach der Schule verprügelt.

Zu Sammys zehntem Geburtstag kauften ihm meine Großeltern ein neues Fahrrad. Es wurde von ein paar Jugendlichen gestohlen, doch Sammy entdeckte es eine Woche später auf der Straße gegenüber vom Gesellschaftsverein. Als er es sich wieder holen wollte, nahm er es mit den beiden Jungs auf, die die Herausgabe verweigerten. Er schlug sich tapfer, was ihm von einigen Mafiosi, die das Ganze beobachteten, den Namen »Little Bull« – kleiner Stier einbrachte.

Als mein Vater dreizehn war, bekam er einen Eindruck von der Macht der Mafia. Eines Tages war er in der Kleiderfabrik und half meinem Großvater bei der Lohnabrechnung, als zwei irisch aussehende Schlägertypen das Büro betraten. Sie behaupteten, sie kämen von der Gewerkschaft und bedrohten meinen Großvater. Sie sagten, er müsse entweder Schmiergeld zahlen oder den Laden gewerkschaftlich organisieren, ansonsten werde man ihm die Beine brechen. Mein Vater war entsetzt, wie respektlos sie mit ihm umsprangen. Sein Vater aber sagte, alles sei in Ordnung, Zuvito werde sich darum kümmern.

Sammy wusste, dass Zuvito ein alter, gebrechlicher Mann aus der Nachbarschaft war. Er konnte gegen zwei wütende irische Bullenbeißer gewiss nichts ausrichten. Seine Kumpel von den Rampers gaben ihm eine Pistole und rieten ihm, die beiden Typen umzupusten. Am Montagmorgen kamen die beiden Männer wie angekündigt in die Kleiderfabrik. Diesmal jedoch waren sie äußerst freundlich und entschuldigten sich sogar. Sie sagten, sie hätten nicht gewusst, dass Zuvito Gerrys *compadre* sei. Alles war gut, und alle schüttelten sich die Hände.

Sammy war verblüfft. Sein Vater sagte ihm abermals, dass er sich keine Sorgen machen müsse. Zuvito sei ein mächtiger Mann, ein schlechter Kerl, aber »unser schlechter Kerl«.

Als Sammy seinem Vater die Pistole zeigte, geriet Gerry in Wut. Zornig blickte er seinen Sohn an, nahm die Waffe an sich und sagte, die Gravanos seien ehrliche, gesetzestreue Leute. Er sagte, wenn sie Probleme hätten, dann gingen sie zu Leuten wie Zuvito und bäten um Hilfe. Mein Großvater schlug ihn zwar nicht, aber mein Vater sagte, es habe nicht viel gefehlt.

Schließlich erfuhr Sammy die Wahrheit: Zuvito und die anderen Typen, die vor den Gesellschaftsvereinen herumlungerten, waren Gangster. Er beschloss, ebenfalls diesen Lebensstil zu wählen. Die Kämpfe auf dem Spielplatz eskalierten. Schulisch war er ein Totalversager. Als er sechzehn war, mussten ihn seine Eltern von der Schule nehmen. Seine formale Bildung war damit beendet.

Mein Vater zog ohnehin das Leben mit den Rampers vor. Das Leben in einer Straßenbande war aufregend und brachte den wagemutigen Mitgliedern eine Menge Geld ein. Viele Rampers träumten davon, sich der Mafia anzuschließen. Mein Vater war ein »Gutverdiener«, was bedeutete, dass er das Zeug zum Gangster hatte. Er war loyal, machte einen Haufen Geld, war eine Führernatur und konnte anderen, wenn nötig, eine Abreibung verpassen.

Bald schon fiel er Joe Colombo auf, dem Haupt der Familie Colombo. Colombo erinnerte sich daran, dass mein Vater ein paar Jahre zuvor seine beiden Söhne in einem Kino zusammengeschlagen hatte. Colombo hegte deshalb keinen Groll gegen ihn. Im Gegenteil: Es gefiel ihm, dass er von ihnen abgelassen und sie nicht krankenhausreif geschlagen hatte. Colombo machte Sammy und seinen Rampers-Kumpel Tommy Spero zu »Mitarbeitern« seiner Organisation. Als Mitarbeiter unterstanden beide den »gemachten« Mitgliedern der Mafia. Um »gemacht« zu werden, musste ein Mitarbeiter von einem »gemachten« Mann vorgeschlagen werden. Damals waren die »Bücher« der Mafiafamilien seit über elf Jahren geschlossen. Die beiden jungen Männer hofften, aufgenommen zu werden, wenn man sie wieder aufschlug.

Mein Vater wurde der Bande von Thomas »Shorty« Spero, Tommys Onkel, zugeteilt. Sein erster Job war ein Raub in einem Bekleidungsgeschäft, seine zweite Aufgabe bereits eine Bank. Nach diesen beiden Überfällen wurde er festgenommen, entging jedoch einer Verurteilung, weil die Augenzeugen ihre Aussagen widerriefen.

Als mein Vater bereits seit zwei Jahren Mitarbeiter der Familie Colombo war, verlangte man zum ersten Mal von ihm, jemanden umzubringen. Mit fünfundzwanzig Jahren schoss er seinem ersten Opfer Joe Colucci zwei Mal in den Hinterkopf, während im Hintergrund ein Stück von den Beatles lief. Es hieß, Colucci, ebenfalls ein Mitarbeiter der Familie, wolle Sammy töten, also erhielt Sammy vom Colombo-Capo Carmine Persico die Erlaubnis, ihm zuvorzukommen. Um vier Uhr morgens, nachdem sie die ganze Nacht lang durch die Clubs gezogen waren, stiegen Joe, Sammy, Tommy Spero und ein Typ namens Frankie in ein Auto. Sammy saß hinten, und Joe saß vor ihm auf dem Beifahrersitz. Mit hoher Geschwindigkeit rasten sie den Belt Parkway in Brooklyn hinab, und Sammy feuerte aus dem fahrenden Wagen zwei Kugeln in Joes Kopf. Dann wies er den Fahrer an, in einem Wohngebiet zu halten, wo er Joe mit dem Gesicht nach unten auf die Straße warf. Er feuerte weitere drei Schüsse auf die Leiche ab, um ganz sicher zu gehen, dass Joe auch wirklich tot war.

Anschließend wurde Sammy viel mehr respektiert. In gewissen Kreisen hatte er nun einen Ruf und ein Prestige. Er musste nicht länger Schlange stehen, um in Clubs oder Discos zu gelangen, und die Bosse mochten ihn. Er war auf dem besten Wege, ein Mafioso zu werden.

Sammy blieb nicht lange bei der Familie Colombo. Ralph und Shorty Spero waren ein bisschen eifersüchtig über die Aufmerksamkeit, die er genoss, und sorgten sich, er könnte noch vor Shortys Neffen, dem jungen Tommy, »gemacht« werden. Mit dem Segen aller wurde mein Vater der Familie Gambino anempfohlen, wo Onkel Toddo sein Mentor wurde. Kurz darauf wurde er ein »gemachter« Mann, jemand mit voller Mitgliedschaft in der Bruderschaft der Cosa Nostra.

Bei einer geheimen Aufnahmezeremonie im Wohnhauskeller eines der Bosse schwor er der Gambino-Organisation seine Loyalität. Einer der Männer fragte ihn, welchen Finger er gebrauche, um den Abzug einer Pistole zu bedienen. Als er seinen Zeigefinger hob, stach ihn der Mann hinein und schmierte etwas Blut auf ein Heiligenbild. Sammy hielt das Bildnis auf den Handflächen, und es wurde entzündet. Er vernahm die Warnung, dass er wie dieses Heiligenbild in der Hölle brennen werde, wenn er jemals seinen Schwur breche. Außerdem schwor er, die *Omertà* zu wahren, den Kodex des Stillschweigens. Als die Zeremonie vorüber war, genoss er sämtliche Privilegien und den Schutz eines »gemachten« Mannes. Er hatte aber auch die Pflicht, für die Bruderschaft zu töten. Er beschrieb die Aufnahme als einen der stolzesten Momente seines Lebens, wenngleich die Verbrennung des Heiligenbildes schmerzhafte weiße Brandblasen auf seinen Handflächen zurückließ.

Kapitel 3

»Seht ihr? Man kann jeden Tag etwas Neues lernen.«

Gerard und ich waren die anderen Errungenschaften, auf die Papa stolz war. Ich erinnere mich noch daran, wie Gerard geboren wurde. Ich war drei Jahre alt und völlig aus dem Häuschen darüber, dass er ein Junge war. Ich hatte mir eine Schwester gewünscht, eine kleine Puppe, die ich hübsch anziehen könnte. Von dem Augenblick an, als er aus dem Krankenhaus kam, war ich eifersüchtig auf ihn. Ich war das erste und einzige Kind gewesen, und nicht nur das: Ich war auch das erste Enkelkind mütterlicherseits. Nun widmete man Gerard die meiste Aufmerksamkeit. Vom Augenblick seiner Geburt an war er der Augapfel meiner Mutter. Gerard war ihr kleiner Mann. Das war eigentlich nur fair, denn vom Augenblick meiner Geburt an war ich der Augapfel meines Vaters gewesen. Rückblickend kann ich sagen, dass ich unserem Vater sehr ähnlich bin, während Gerard mehr nach unserer Mutter schlägt. Mama und Gerard sind beide stille, harmoniebedürftige und freundliche Menschen. Papa und ich wiederum sind hitzköpfig, stur, loyal und leidenschaftlich.

Das erste Mal, dass ich einen kleinen Einblick in Papas nicht ganz so normales Leben bekam, war zu der Zeit von Gerards Geburt. Ich war im Kindergarten, und die Kinder unserer Gruppe sollten an der Haustüre Süßigkeiten verkaufen, um das Geld für einen Ausflug zusammenzubringen. Den besten Verkäufern winkten attraktive Preise. Ich hatte mein Auge auf eine Popcornmaschine geworfen. Die Maschine war einer der größeren Preise, also wusste ich, was ich zu tun hatte. Sobald die Erzieherin die Pakete mit Süßigkeiten verteilt hatte, wollte ich mich an die Arbeit machen und den Nachbarn etwas verkaufen, bevor mir jemand anderes aus der Gruppe zuvorkam. Unglücklicherweise spielte das Wetter nicht mit. Nach dem Kindergarten regnete es zu stark, um nach draußen zu gehen.

Mein Vater sagte, ich solle mir keine Sorgen machen. Er werde so viel Süßigkeiten kaufen, dass ich meine Popcornmaschine bekäme. Ich fand jedoch, dass das Ganze etwas anders gedacht gewesen war. Soweit ich wusste, besagten die Regeln, dass ich mit dem Zeug hausieren gehen musste, und ich wollte nicht schummeln und Schwierigkeiten bekommen.

Da schlug mir Papa ein Geschäft vor. Er wollte die Süßigkeiten in den Nachtclub mitnehmen, den er besaß, und sie an die Jungs verkaufen, die dort arbeiteten. Somit würde ich meine Waren an viele verschiedene Leute verkaufen, selbst wenn ich, technisch gesehen, nicht die ganze Nachbarschaft an der Haustüre abklapperte. Der Plan gefiel mir, und wir besiegelten die Vereinbarung mit einem Handschlag.

Als ich am nächsten Morgen erwachte, platzte mein Sammelumschlag vor lauter Geld aus allen Nähten. Das Blatt, auf dem ich die Namen meiner Kunden festhalten sollte, war mit seltsamen Namen wie Sally Dogs und Big Louie ausgefüllt. Keiner dieser Namen hatte einen Adresszusatz wie auf den Blättern meiner Spielkameraden. Zweifellos hatte ich jedoch genug Süßigkeiten verkauft, um die Popcornmaschine zu bekommen. Ich blickte auf einen Stapel Geld, hunderte von Dollar.

Stolz brachte ich meiner Erzieherin das Bestellformular und das Geld. Sie war über meinen Erfolg gar nicht erfreut, sondern bestellte sofort meine Mutter in den Kindergarten, um die Sache zu besprechen. Sie war sich sicher, dass ich die Liste erfunden und das Geld von jemandem im Haus genommen hätte, um die Popcornmaschine zu ergattern. Immer wieder beteuerte ich, dass die Liste echt sei. Ich wusste, dass mich mein Vater niemals in Schwierigkeiten bringen würde.

Als meine Mutter im Kindergarten eintraf, versicherte sie meiner Erzieherin, dass alle meine Kunden echte Menschen seien und ich mich für die Sache sehr engagiert hätte. Ich bekam meine Popcornmaschine und hatte noch genügend Punkte für ein paar weitere Preise übrig, ich beließ es aber bei der Popcornmaschine, weil ich mir sonst gierig vorgekommen wäre. Es war ohnehin der einzige Preis, den ich haben wollte.

Ich lebte sehr gerne in Brooklyn. In der Nachbarschaft wohnten viele Verwandte, und Gerard und mir wurde es nie langweilig. Besonders gerne gingen wir zum Spielplatz im Gravesend Park, wo wir stundenlang schaukelten oder auf Plastiktieren wippten. An einem guten Tag bekamen wir ein Eis, wenn der Mann von Good Humor vorbeikam.

Besonders deutlich erinnere ich mich an einen Sonntagsausflug zum Ententeich. Mein Vater und meine Mutter gingen mit meinen älteren Kusinen und uns zum Entenfüttern. Wir hatten jeder zwei Scheiben altes Brot dabei, das wir nach eigenem Gutdünken zerbrechen und in den Teich werfen durften. Meine Kusine Mary hielt ihre Rinde zu lange fest, sodass eine Ente sie in den Finger biss. Mein Vater jagte sie den Weg entlang und schnappte sie, bevor sie ins Wasser entwischen konnte. Was dann geschah, traumatisierte uns: Die Ente quakte, die Kinder schrieen, und die Federn flogen, als mein Vater dem Vogel den Hals brach. Mein Vater schützte instinktiv die Menschen, die er liebte. Er hielt es für seine Pflicht, uns zu beschützen, selbst wenn er dabei die Grenzen des Notwendigen bisweilen überschritt.

Meine Mutter war sehr fürsorglich. Wenn ich ihr eine Frage stellte, hatte sie eine gewisse Art, mir zu antworten, ohne zu antworten. Nie gab sie eine befriedigende Antwort, sodass ich mir alles, was sie mir nicht sagte, selbst zusammenreimen musste. Wahrscheinlich hatte ich meistens Unrecht, aber ich konnte nicht anders, als sie weiterhin mit Fragen zu belästigen.

Sie war sehr bodenständig und einfach. Statt ein Restaurant zu besuchen, kochte sie lieber selbst zu Hause. Sie wusste, wie man mit sehr geringen Mitteln ein gutes Abendessen zauberte, und konnte improvisieren. Selbst, als wir pleite waren, hatte es stets den Anschein, als hätten wir reichlich zu essen. Sie konnte aus Makkaroni und Ricotta fünf verschiedene Gerichte zubereiten, indem sie beispielsweise Erbsen oder etwas geschnittenes Hühnchenfleisch hinzufügte. Ihr ofenfrisches Knoblauchbrot schmeckte mir am besten.

In unserem Haus gab es feste Regeln fürs Abendessen. Der Tisch wurde in einer Essecke gedeckt, und Papa saß immer am Kopfende. Ich saß zu seiner Rechten, Gerard auf der Bank gegenüber von mir und Mama am anderen Ende. Jeden Abend ließ uns Papa erzählen, was wir in den letzten vierundzwanzig Stunden Neues entdeckt hatten. Wenn wir fertig waren, sagte er: »Seht ihr? Man kann jeden Tag etwas Neues lernen.« Er war stolz, dass es immer etwas zu lernen gab.

Meine Mutter war keine Frau vieler Worte. Wenn etwas nicht in Ordnung war, insbesondere mit meinem Vater, achtete sie stets darauf, dass mein Bruder und ich nichts davon mitbekamen. Sie behütete uns mit demselben Beschützerinstinkt wie er, nur dass sich dieser bei ihr in einer etwas milderen Form äußerte. Sie war die Sorte Mutter, die unsere Schulnoten fälschte, damit wir keinen Ärger mit unserem Vater bekamen.

Sie war so still, dass ich annahm, sie sei schwach und unterwürfig – nicht im negativen Sinne, sondern vielmehr im Sinne häuslichen Pflichtgefühls. Keine Fragen zu stellen, war kein Zeichen von Schwäche; vielmehr hatte sie respektiert, dass Familienmitglieder nichts gewannen, wenn sie sie die ganze Zeit nachbohrten. Erst als ich viel älter war, erkannte ich, welche Kraft in ihrem Schweigen lag.

Mein Vater war der große Spaßmacher der Familie. Er neckte immer meine Mutter, was sie außerordentlich gern mochte. Man sah, dass sie ihn über alles auf der Welt liebte. Es schien sie nicht zu stören, dass er die ganze Nacht fort blieb. Wenn Papa spät nach Hause kam, schlief ich solange immer auf seiner Seite des Bettes. Dann trug er mich hinüber in mein eigenes Zimmer, egal, wie spät es war. Mama und er schienen nie darüber zu streiten, wo er so lange blieb, und sie schien für seine unkonventionellen Arbeitszeiten immer Verständnis zu haben. Ich würde nicht sagen, dass sie übertrieben zärtlich miteinander waren. Aber wenn Papa nach Hause kam und auf der Couch lag, legte er den Kopf in den Schoß meiner Mutter, und sie streichelte sein Haar.

Oft wollte ich meine Mutter fragen, womit Papa tatsächlich unseren Lebensunterhalt bestritt, aber ich wusste, dass sie solche Fragen nicht beantworten würde. Sie war der Vogel Strauß der Familie. Wenn Dinge angesprochen wurden, mit denen sie sich nicht befassen wollte, steckte sie einfach den Kopf in den Sand. Dann putzte sie wie besessen das ganze Haus von oben bis unten und fing anschließend noch einmal von vorn an. Wenn wir auf einem Teppich Fußspuren hinterließen, folgte sie uns mit dem Staubsauger in der Hand und vernichtete sämtliche Beweise, dass wir dort gewesen waren.

Manchmal waren sonntagmorgens ein paar Typen bei meinem Papa zu Besuch. Sie brachten Bagels mit und unterhielten sich. Ohne, dass sie dies als störend empfand, saugte Mama um sie herum und schob den

Staubsauger sogar unter ihre Beine, während sie miteinander sprachen. Warum konnte sie mit dem Putzen nicht warten, bis sie das Haus verlassen hatten? Vielleicht war das ihre Art, mit seinen zwielichtigen Freunden und seinem schäbigen Leben zurechtzukommen – sie saugte alles weg.

Kapitel 4

»Wie sagt man ›Ricotta‹?«

Eines Tages fuhren wir nach Staten Island, um uns Häuser anzusehen. Ich war gerade sieben Jahre alt, und alles kam mir sehr schnell vor. Eben noch hatten wir Immobilien besichtigt, und im nächsten Augenblick verabschiedeten wir uns schon von Bensonhurst und fuhren westwärts über die Verrazano-Narrows-Brücke nach Staten Island, ein im Vergleich zu Brooklyn geradezu ländliches Idyll.

Ich war sehr glücklich, dass wir nun in der »Vorstadt« lebten. Ich hatte nur eine gute Freundin in Brooklyn gehabt und war ohnehin zu jung, um allzu sehr an meinem alten Wohnort zu hängen. Für mich bedeutete der Umzug, dass wir es geschafft hatten – das große Geld. Unser neues Haus verfügte sogar über Plüschteppichboden, sodass sich meine Mutter mit ihrem Staubsauger dort wunderbar austoben konnte.

Zurück ließen wir meine Tante Diane, die Zwillingsschwester meiner Mutter, und ihren neuen Ehemann Sandy, der völlig anders war als mein Vater, kein Typ von der Straße. Sie wussten jedoch, wo sie uns finden konnten. Und das taten sie auch. Sie zogen in das Haus am Leggett Place, das an unseres angebaut war. Ihre Tochter, meine Kusine Gina, war damals noch ein Baby. Mein Cousin Anthony war noch nicht auf der Welt.

Alles an dem Umzug war aufregend. Mein Vater kaufte eine komplett neue Einrichtung, also kamen ständig Lastwagen und Umzugshelfer zu uns. Sie brachten eine riesige, nagelneue, noch in Folie verpackte Couchgarnitur oder Betten und Kommoden für die Schlafzimmer. Mein Zimmer war gelb und weiß, mit einem Himmelbett, das mit total neuem Bettzeug im Prinzessinnenstil ausgestattet war. Um unser neues Heim zu etwas ganz Besonderem zu machen, mauerte mein Vater im Innenbereich Blumentröge aus Ziegelsteinen.

Das erste Haus auf Staten Island lag am Leggett Place, etwa drei Meilen westlich von der Verrazano Bridge. Es war ein Neubaugebiet, in dem viele der geplanten Gebäude noch gar nicht existierten, umgeben von Farmland. Das Beste war aber, dass dort viele junge Familien mit Kindern lebten, die etwa in Gerards und meinem Alter waren. Wir machten alles gemeinsam. Gerard und ich schauten immer erst aus dem Fenster, um zu sehen, wer draußen war, bevor wir uns zu den vielen anderen Kindern gesellten, die dort spielten oder mit ihren Fahrrädern auf der Straße herumfuhren.

Auch die Mütter gluckten zusammen und redeten über ihre Lieblingsthemen – aktuelle Ereignisse, Kindeserziehung oder Rezepte. Wenn jemand ins Haus ging, um das Abendessen zuzubereiten, schauten die anderen Mütter, ob nicht noch jemand zum Tratschen draußen war. Abends nach dem Essen besuchten wir uns gegenseitig in unseren Hobbykellern, bis es Zeit war, ins Bett zu gehen. Die meisten Leute in der Nachbarschaft waren Italiener. Viele von ihnen waren, genau wie wir, von Brooklyn nach Staten Island gezogen.

Etwa ein Jahr nach dem Umzug zogen meine Tante Fran, Onkel Eddie, meine Kusinen Lilian und Rena sowie meine Vettern Bud und Jerry direkt gegenüber ein. Ich war hellauf begeistert. Papa sagte uns, er habe gewollt, dass seine Schwester hierher ziehe, damit wir näher beisammen lebten. Sogar meine Großeltern zogen bei ihnen ein, in eine kleine, separate Erdgeschosswohnung. Damals wusste ich noch nicht, dass Onkel Eddies Baufirma Pleite gegangen war. Meine Großeltern hatten ihr Haus in Ronkonkoma, also ihren Alterssitz, verkauft, um ihm finanziell aus der Patsche zu helfen. Es brachte meinen Vater fast um, dass sie ihr Haus verkaufen und in eine Einliegerwohnung ziehen mussten, um Eddie zu helfen. Fran gehörte zur Familie, also tat mein Vater, was er konnte, um seiner Schwester unter die Arme zu greifen. Er nahm einen Kredit in Höhe von dreißigtausend Dollar auf und half ihnen beim Umzug, beim Möbelkauf und der Regelung ihrer finanziellen Probleme. Mein Vater musste unser eigenes Bauprojekt auf Eis legen, und für eine geraume Zeit wurden auch keine neuen Möbel mehr angeschafft. Zum Glück waren die neuen Betten unter den ersten Dingen gewesen, die eingetroffen waren.

Es gefiel mir, dass Eddie, Fran und die anderen Garafolas gegenüber wohnten. Wir besuchten uns immer gegenseitig. Endlich lebten »unsere Leute« im Viertel, und wir hatten viel Spaß miteinander. Anfangs hatte es meinen Vater traurig gestimmt, dass seine Eltern aufgrund von Eddies misslicher Lage zum Umzug gezwungen gewesen waren. Am Ende aber funktionierte alles ganz prächtig. Meine Großeltern schienen recht zufrieden zu sein. Nicht zuletzt war mein Vater das Baby meiner Großmutter, sodass die neue Nähe zu ihm ein Bonus für sie war. Als mein Großvater acht Monate später starb, war mein Vater sehr erleichtert, dass meine Großmutter nun so nahe bei uns wohnte und nicht allein in Ronkonkoma zurückgeblieben war.

Mein Bruder Gerard aß für sein Leben gern, also war es perfekt für ihn, dass er Verwandte in der Nachbarschaft hatte, die ihm gerne etwas auftischten. Er ging zum Essen erst zu seiner Oma, dann zu Tante Fran, dann kam er nach Hause und aß dort noch einmal. Allen erzählte er, er habe noch nichts gegessen, sodass er insgesamt drei Mahlzeiten bekam. Manchmal stahl er von einer hinter dem Neubaugebiet gelegenen großen Farm einen großen Kürbis oder eine Tomate, die meine Großmutter in die Soße geben konnte. Einmal setzte der Bauer Gerard bis nach Hause nach und rief ihm hinterher, er solle das gestohlene Gemüse wieder hergeben. Auch Großmutter war draußen und herrschte den Bauern an: »Lassen Sie die Finger von meinem Enkel!« »Er hat mein Gemüse gestohlen!«, schrie der Kerl zurück. Meine Großmutter blieb jedoch hartnäckig, und sowohl der Kürbis als auch die Tomate landeten in ihrer Soße. Sie war köstlich!

Wir alle mochten Oma Kay. Dass sie auf der anderen Straßenseite lebte, machte es einfacher, sie zu besuchen. Sie machte die beste Soße der ganzen Welt. Ich war dreizehn, als sie starb. Seit dem Tod meines Großvaters war sie nicht mehr ganz dieselbe gewesen. Sie war sehr traurig und wurde krank. Sie war es auch gewesen, die meinen Spitznamen »K.G.« erfunden hatte. Zu meinem dreizehnten Geburtstag hatte sie mir eine Halskette mit meinen diamantbesetzten Initialen geschenkt. Alle bekamen diese diamantenen Initialen zu ihrem sechzehnten Geburtstag, aber ich bekam meine schon mit dreizehn. Sie kaufte auch mein gesamtes Porzellan und mein Silberbesteck mit eingravierten Initialen, das ich einmal zur Hochzeit erhalten sollte. Sie muss gespürt haben, dass sie keine drei Jahre mehr zu leben hatte. Am Abend vor ihrem Tod gingen wir alle ins Krankenhaus und verabschiedeten uns. Am nächsten Morgen war sie einer Herzattacke erlegen. Papa war traurig, ließ sich aber nicht hängen.

Toniann war meine beste Freundin am Leggett Place. Sie lebte zwei Häuser weiter und war zwei Jahre älter als ich, was jedoch keinen von uns beiden störte. Wir waren etwa in derselben Altersgruppe und besuchten dieselbe öffentliche Schule. Ihre Eltern arbeiteten beide. Ihr Vater war ein gewöhnlicher Arbeitnehmer, der von neun bis fünf weg war, und ihre Mutter Friseurin. Wir übernachteten regelmäßig zusammen. Im Verlauf unserer Teenagerjahre verloren wir jedoch den Kontakt.

Ich wurde zu einem »schlechten« Mädchen, stahl mich aus dem Haus und ging in Nachtclubs, als ich vierzehn war. Sie machte solche Sachen nicht, also traf sie sich mit den guten Mädchen, während ich mich mit jenen umgab, die gern Schwierigkeiten machten.

Ich erinnere mich daran, wie mich Toniann einmal so aufbrachte, dass ich fast weinte. Alle Italiener nahmen es sehr wichtig mit ihrem Essen, und auch wir Gravanos bildeten da keine Ausnahme. Toniann bat mich, das Wort »Ricotta« zu sagen. Ich dachte mir nichts dabei, also sagte ich das Wort genauso, wie sie es gesagt hatte: »Ricotta«. Sie erwiderte dies mit verletzendem Spott: »Da sieh mal an, du bist ja gar keine Italienerin! Die Italiener sagen *Ri-koh-da*.« Ich war verwirrt. Ich wusste zwar, dass ich italienischer Abstammung war, begriff aber überhaupt nicht, warum sie mich provozierte. Also verteidigte ich mich. »Du sagtest, ich solle ›Ricotta‹ sagen, da habe ich eben ›Ricotta‹ gesagt. Hättest du gefragt, wie man Ricotta ausspricht, hätte ich *Ri-koh-da* gesagt.« Ich wusste vielleicht nicht, dass mein Vater in der Mafia war, aber ich wusste, dass ich ebenso italienisch war wie Christoph Kolumbus, auch wenn ich nicht vor fünfhundert Jahren mit der Santa Maria hierher gekommen war.

Sonntags traf sich die gesamte Familie zum gemeinsamen Kirchgang und zum Essen im Haus meiner Großeltern mütterlicherseits an der Ecke 15th Avenue und 86. Straße. Papa ging nicht in die Kirche, doch wir anderen gingen zu Fuß zur St. Frances Cabrini an der 86. Straße. Nach dem Gottesdienst machten Großvater und ich einen Spaziergang zur italienischen Bäckerei und holten dort frisches Brot und frischen Mozzarella.

Großmutter bereitete uns dann eine üppige italienische Mahlzeit zu, mit Pasta, Hühnchen und allem Drum und Dran. Während sie kochte, erledigten Papa und ich unser sonntägliches Ritual: Wir ließen das Auto waschen. Wenn die Jungs, die an der Waschstraße arbeiteten, den Wagen auf Hochglanz poliert hatten, gab Papa allen ein schönes Trinkgeld. Manchmal nahm er mich auch mit ins Baubüro, und ab und zu sogar in den Gesellschaftsverein. Wir waren ein Team, mit dem man rechnen musste, und ich mochte es, wenn ich ihn für mich allein hatte.

Als wir nach Staten Island zogen, war mein Vater der einzige in Bulls Head, der in der Mafia war. Unsere Nachbarn am Leggett Place wussten alle, dass Papa ein Gangster war, aber es war ihnen egal. Er konnte gut mit Leuten und war so normal und ungekünstelt, dass ihn alle mochten. In seiner Gesellschaft fühlte sich jedermann wohl – obwohl man eigentlich das Gegenteil hätte erwarten können. Er hatte zwar einen Ruf als harter Typ, aber das änderte nichts daran, dass er ein guter Nachbar war, der jedem nach Kräften half. Abgesehen von Tischlerarbeiten war er freilich nicht unbedingt der Geschickteste, also fummelte er immer eine Weile herum, wenn ihn jemand um Hilfe mit seinem Wagen oder Rasenmäher bat. Dann rief er jemanden an, der es besser konnte. Meistens wusste er ganz genau, wen.

Auf Staten Island wandte sich Papa auch wieder dem Baugeschäft zu. Als Eddie pleite ging, flehte er meinen Vater an, ihn in »das Leben« zurückzubringen. Mein Vater erkannte, dass im Baugeschäft großes Geld zu verdienen war und wusste, wie er seine Mafiaverbindungen spielen lassen konnte, um die Aufträge an Land zu ziehen. Weil er gut arbeitete, erhielt er auch Folgeaufträge. Onkel Eddie hingegen war eher handwerklich versiert, ein Nieten-und-Bolzen-Typ, der genau wusste, wie man etwas richtig machte. Er sorgte dafür, dass die Trupps gut arbeiteten und alle notwendigen Materialien hatten. Darin war er gut. Papa war gut als Gangster. Ich muss zugeben, dass sie ein tolles Team waren. Papa beschaffte die Jobs, und Eddie führte sie aus.

Nun, da mein Vater wieder im Baugeschäft war, hatten er und Paul Castellano wesentlich mehr gemein. Paul hatte für die Mafia einige Zeit lang die Bauindustrie in New York kontrolliert. Tatsächlich hatte Paul, der *capo di tutticapi*, der Boss aller Bosse, alles, was aus Beton war, fest im

Griff. Wenn bei einem Projekt in New York Zement gegossen wurde, hatte der Mann seine Finger mit ihm Spiel. Mein Vater erledigte Jobs für Paul, sodass er oft in dem Herrenhaus in Todt Hill war.

Mit ihrer neuen Firma spezialisierten sich Papa und Eddie auf Klempnerarbeiten, und Paul war einer ihrer ersten Kunden. Pauls Haus war so groß, dass der Wasserdruck in den oberen Stockwerken drastisch abfiel, sodass das Duschen dort oben ziemlich unerfreulich war. Mein Vater schlug vor, eine zusätzliche Pumpe zu installieren, und Paul war mit dem Ergebnis äußerst zufrieden. Von da an mochte Paul meinen Vater, und es dauerte nicht lange, da schusterte er ihm und Eddie massenweise Arbeit zu.

Einmal nahm mein Vater mich und meinen Bruder mit zu Pauls Villa. Er und Paul wollten übers Geschäft reden, und wir wurden auf den Ausflug mitgenommen.

Pauls Frau Nina öffnete die wuchtige Einfangstür. Sie war ganz und gar nicht so, wie ich sie mir vorgestellt hatte. Ich hatte gedacht, sie hätte teure Sachen an, förmlich und schick. Stattdessen war sie ganz schlicht gekleidet und wirkte mehr wie eine Großmutter, freundlich und warmherzig. Sie maß kaum einen Meter fünfzig, hatte gepflegtes graues Haar und trug ein schlichtes Kleid, das bis über die Knie ging. Sie führte Gerard und mich in eine Küche, die größer war als unser Haus. In der Mitte befand sich ein freistehender, in eine Arbeitsfläche aus rosafarbenem Marmor eingelassener Herd, über dem Dutzende blitzblanker Kupfertöpfe hingen.

Ein großer Deckenventilator verteilte den Duft frischer Kekse, die gerade gebacken wurden. Gerard und ich saßen an der Kochinsel, aßen Kekse und tranken Milch, während unser Vater anderweitig beschäftigt war. In einem solchen Haus waren wir noch nie gewesen, doch schon bald sollten auch wir in Todt Hill leben.

Wir wohnten noch am Leggett Place, als Papa beschloss, die Plaza Suite abzustoßen, seine erfolgreichste Diskothek in Gravesend. Obwohl er den Laden mochte, nahm ihn das Bauunternehmen mittlerweile derart in Anspruch, dass er praktisch zwei Jobs gleichzeitig hatte. Tagsüber arbeitete er im Büro seiner Baufirma im Erdgeschoss unter der Diskothek. Abends brauchten ihn die Bautrupps bei bestimmten Aufgaben, jedenfalls stellte ich es mir so vor. Er konnte nicht gleichzeitig im Nachtclub und mit dem Trupp draußen sein. In der Hoffnung, er könnte den Club auf diese Weise behalten, stellte er zwei seiner besten Männer, Mike DeBatt und Tommy »Huck« Carbonaro, dazu ab, dort nach dem Rechten zu sehen. Als ihm der Tscheche Frank Fiala jedoch eine Million Dollar für Club und Gebäude bot, konnte Papa nicht nein sagen. Es war der fünffache Marktwert.

Erst viele Jahre später erfuhr ich die Wahrheit darüber, was sich zwischen meinem Vater und Frank Fiala abgespielt hatte. Noch vor Abschluss der Vertragsverhandlungen hatte Frank eine Wand des Baubüros durchbrochen, um es mit der Diskothek zu verbinden. Schäumend vor Wut machte sich mein Vater auf nach Brooklyn, um ihn zur Rede zu stellen. Als Papa dort ankam, saß Fiala am Schreibtisch meines Vaters, umgeben von einem ganzen Rudel Dobermänner. Mein Vater konnte ihn ohnehin nicht leiden, weil er einen Ruf als Angeber und schmieriger Kokaindealer hatte. Papa verlangte eine Erklärung für die Beschädigung der Wand. Der Typ zog eine Uzi hervor und richtete sie direkt auf die Brust meines Vaters. Der trommelte daraufhin ein paar Kumpels für eine Strafaktion zusammen.

All das geschah etwa zu der Zeit, als sich meine Familie auf den großen Umzug nach Todt Hill vorbereitete. Mein Vater schien stets einen Fuß in der Tür eines neuen Hauses zu haben, sobald wir uns irgendwo niederließen. Er liebte es, ein Haus zu renovieren, umzubauen und es dadurch aufzuwerten. Dass Paul Castellano auf dem Hügel wohnte, kratzte ihn nicht. Er wollte beweisen, dass er auch ein Mann mit einer Villa war, obwohl wir alle gern am Leggett Place lebten. Meine Mutter hatte ein wenig gemakelt, um sich zu beschäftigen, daher hatte sie in dem betuchten Viertel bereits ein paar erschwingliche Objekte im Auge.

Kapitel 5

»Die Bullen waren die Bösen. Warum taten sie uns das an?«

Todt Hill war die feinste Wohngegend von Staten Island. Fast alle, die dort lebten, waren blaublütig, wenngleich es auch ein paar Neureiche in der Nachbarschaft gab. Die Rechtsanwälte, Ärzte und Banker, die New York zur Hauptstadt der Welt machten, lebten alle in Todt Hill.

Das Haus im englischen Tudor-Stil, in dem *Der Pate* gedreht worden war, lag in unserem Viertel. Es war groß, das schon, aber keinesfalls eines der größten Häuser auf dem Hügel. Paul Castellanos Anwesen war wesentlich größer, extravaganter und prächtiger. 1982 zogen wir in Papas persönliche Vision eines Luftschlosses. Ich war damals elf. Wir wussten, dass die Leute in dieser Gegend spießig waren, dachten jedoch, wir würden uns schon irgendwie einfügen.

Mein Vater machte sich sofort mit allen Kräften daran, unser neues Drei-Zimmer-Haus an der Buttonwood Road in ein Schmuckstück mit fünf Schlafzimmern umzubauen. Es war ein hübsches viktorianisches Häuschen mit dunklem Interieur im Landhausstil, roten Samtwänden und großzügigen Fenstertüren. Papa hatte es direkt von der Vorbesitzerin gekauft, einer Frau Mitte achtzig, die zwar gern verkaufen wollte, jedoch nicht an jeden. Mein Vater becircte sie mit seinem unvergleichlichen Charme und schmeichelte ihr, sie habe einen ausgezeichneten Geschmack bei der Inneneinrichtung. Er versprach, alles so zu belassen, wie es war, und beschwatzte sie so lange, bis sie hunderttausend Dollar vom ursprünglichen Kaufpreis nachließ. Dann fand sie jedoch, wir würden nach Zigarettenqualm riechen, und meinte, sie verkaufe nur an Nichtraucher. Mein Papa sagte, die Maklerin rauche, und zeigte auf meine Mutter. Er schwor, er lebe abstinent und habe diese üble Angewohnheit schon vor langer Zeit aufgegeben. Jedes Mal, wenn meine Mutter und er sich danach eine

Zigarette anzündeten, sah er sich um, ob nicht ein Blitz auf ihn niederfahren und ihn töten würde.

Ich fand, dass das Haus nicht zu uns passte. Es war altmodisch und dunkel. Mein Vater verwies darauf, dass es auf einem sehr schönen Grundstück stand. Es schmiegte sich in ein kleines Tal, umgeben von hohen Bäumen. Man war dort ganz für sich. Außerdem erinnerte er mich daran, dass er den alten Kasten in einen Palast verwandeln könne. Und das tat er auch.

Gleich nach Vertragsschluss ließ er alles abschleifen, was sich abschleifen ließ, um das Haus heller zu machen: die Fußböden, Profile und Geländer. Er veranstaltete große Abschleifaktionen, bei denen alle mithalfen, die wir kannten, natürlich auch meine Mutter, mein Bruder und ich. Papas bester Freund Stymie und seine Familie gingen uns mehr als alle anderen zur Hand. Stymie hatte auf Drängen meines Vaters kurz zuvor sein eigenes Haus in Brooklyn verkauft und war nach Light House Hill gezogen, nicht weit von Todt Hill entfernt. Unsere beiden Familien freundeten sich miteinander an. Stymie war wie ein Onkel für mich, und seine Kinder wie Vettern oder Kusinen. Er war ebenfalls in der Baubranche tätig und beinahe so geschickt wie mein Vater. Die beiden überwachten die Installation des hochmodernen Sicherheitssystems, das mein Vater geplant hatte. Er war stets um unsere persönliche Sicherheit besorgt. Im gesamten Haus und auf dem Grundstück wollte er Überwachungskameras haben.

Noch bevor wir nach Todt Hill zogen, hatte ich dort eine exklusive Privatschule besucht, die Staten Island Academy. Papa sagte, ich solle eines Tages Rechtsanwältin werden, also müsse ich an meiner Bildung arbeiten. »Wissen ist Macht«, sagte er immer zu mir.

Meine Mutter brachte mich mit dem Auto zur Schule. Der Leggett Place lag vier Meilen entfernt ein wenig außerhalb. Mama trug meistens weite Jeans und ein Sweatshirt. Ihr stark dauergewelltes, dunkelbraunes Haar reichte ihr gerade bis auf die Schultern. Sie saß am Steuer ihres Ford Bronco, eingekeilt zwischen lauter Luxusschlitten. Die anderen Mütter waren sehr schick, teuer frisiert und trugen Pelzmäntel, selbst wenn sie nur ihre Kinder morgens zur Schule brachten. Es war mir ein bisschen peinlich, dass meine Mutter wie eine italienische Hausfrau aussah. Ich bat sie, sich ein wenig modischer zu kleiden und ebenfalls einen Pelz zu tragen, damit sie weniger auffalle. Sie sagte, ich müsse mich damit abfinden, sie sei nun einmal, wie sie sei, und werde sich nicht ändern. Es kümmerte sie nicht, was andere Leute über sie dachten. Sie ließ ihre schicken Klamotten im Schrank hängen. Mein Vater schenkte ihr gerne Pelze und teuren Schmuck, aber sie war eben ein Jeans-und-Turnschuh-Typ. Also ließ sie die Pelze im Schrank und die Juwelen im Safe.

Leider war ich damals nicht so selbstbewusst. Ich traf mich nicht mehr mit meinen alten Freunden vom Leggett Place, um bei meinen neuen Nachbarn nicht anzuecken. Je länger ich auf Todt Hill lebte, desto verzweifelter wünschte ich mir, von meinen Klassenkameraden akzeptiert zu werden. Sie alle waren Mitglieder von irgendeinem Country-Club. Ich flehte meinen Vater an, dem Richmond Country Club beizutreten, damit ich in den Sommerferien mit meinen neuen, reichen Freunden zusammen sein könne.

Papa stand der Sache zunächst ablehnend gegenüber, doch schließlich fand er die Idee doch gut. Er schnappte sich einen seiner Kumpels und wir fuhren in unserem Lincoln Town Car zum Club, um uns nach einer Mitgliedschaft zu erkundigen. Sobald wir das Clubhaus betraten, erspähte ich eine meiner Freundinnen und gesellte mich zu ihr, während Papa ins Büro ging, um über seine Aufnahme zu sprechen. Ich dachte noch, dass er mit seinem Jogginganzug und dem Ring am kleinen Finger vielleicht ein wenig deplatziert wirkte, aber andererseits war das eben sein Stil.

Ich war vielleicht fünfzehn Minuten im Clubraum, als die Tür des Büros aufflog und mein Vater mit hochrotem Gesicht herausstürzte.

»Machen wir, dass wir verdammt noch mal von hier wegkommen!«, befahl er und bedeutete mir mit einer ausladenden Handbewegung, dass ich ihm folgen solle.

Ganz verdattert sagte ich meiner Freundin hastig Lebewohl und rannte ihm hinterher. Als ich auf dem Beifahrersitz seines Lincoln Platz nahm, wartete ich darauf, dass er etwas sagen würde.

»Karen, wir werden nicht Mitglied. Das ist nicht unsere Sorte Leute.«

»Aber Papa, alle Anderen gehen dorthin. Was soll ich denn im Sommer machen?«

»Was ist an dem Sommerhaus verkehrt?«

»Ich habe dort keine Freunde, und es ist so weit weg«, sagte ich.

»So weit auch wieder nicht, und ich werde mit euch verreisen, wohin auf der Welt du auch möchtest.«

Ich war enttäuscht, konnte meinem Vater jedoch nichts vorwerfen. Während der Heimfahrt lachte er darüber, dass ihn der Typ um Kopien seiner Einkommenssteuererklärungen gebeten hatte. Ich schloss daraus, dass wir nicht genug verdienten, um in einen solch exklusiven Verein aufgenommen zu werden, und das war schließlich nicht sein Fehler. Erst später begriff ich, dass man unserer Familie die Aufnahme deshalb verweigerte, weil der Club etwas gegen Gangster hatte.

1985 wurde Papa verhaftet. Wir waren gerade drüben bei Tante Fran, als wir die Nachricht erfuhren. Die Bundespolizei war in sein Büro in Gravesend eingedrungen und hatte sowohl ihn als auch Onkel Eddie in Gewahrsam genommen.

Die Polizei hatte drei Jahre lang versucht, Papa zu verhaften, seit dem Mord an Fiala. Den konnten sie ihm jedoch nicht anhängen. Selbst, als die Polizei ziemlich sicher war, dass Papa etwas damit zu tun hatte, gelang es den Kriminalbeamten nicht, ausreichendes Beweismaterial zu beschaffen, also verlief die Untersuchung im Sand. Alle in der Nachbarschaft wussten, was geschehen war, aber niemand plauderte jemals etwas über meinen Vater aus.

Die Bullen konnten ihn nicht dingfest machen, wohl aber die Bundespolizei. Sie verhafteten ihn und meinen Onkel wegen Geldwäsche und Steuerflucht im Zusammenhang mit dem Verkauf der Plaza Suite. Im Rahmen der Untersuchung kam es sogar zu einer Hausdurchsuchung auf unserer Farm in New Jersey, die für uns so etwas wie das Paradies auf Erden war.

Bis zu diesem Zeitpunkt wussten unsere Nachbarn in Cream Ridge nicht sicher, wer Papa wirklich war. Gewiss, sie fanden ihn vielleicht ein wenig merkwürdig, aber sie hatten keine Ahnung davon, dass er dieser ehrgeizige Gangster namens Sammy the Bull war. Sie kannten ihn nur als Sammy.

Ich hegte den Verdacht, dass mein Vater eine Rolle bei Fialas Tod gespielt haben könnte. Trotzdem tat er mir leid. Er stand unter ungeheurem Stress, weil er von allen Seiten angegriffen wurde. Jahre später mussten wir die Farm in Cream Ridge verkaufen, um die dreihunderttausend Dollar zu begleichen, die Papa dem Finanzamt schuldete. Es mag verrückt klingen, aber als ich meinen Vater so aufgebracht sah, dachte ich tatsächlich, dass die Bullen die Bösen wären. Warum taten sie uns das an?

Einen Tag, bevor Papa erfuhr, dass er einer Strafe wegen Steuerflucht noch einmal entgehen würde, wurde sein bester Freund Stymie im Tali's niedergeschossen, einer Bar, die ihm und meinem Vater gemeinsam gehörte. Eigentlich hätte Papa Grund zum Feiern gehabt, doch nun wurde alles vom Tod seines engsten Freundes überschattet. Der Colombo-Mitarbeiter, der ihn getötet hatte, war betrunken gewesen und hatte unter Drogen gestanden. Er hatte an jenem Abend seine baldige Aufnahme in die Mafia als »gemachter« Mann gefeiert. Stymie starb ehrenvoll, weil er die Bardame beschützte, die von dem Bastard belästigt wurde. Unsere gesamte Familie war erschüttert. Für uns gehörte Stymie zur Familie. Er und Papa hatten zusammen unser Haus auf Todt Hill umgebaut.

Ich ging zur Beerdigung. Es war seltsam, wie viele Leute dort meinem Vater kondolierten. Sie sagten: »Es tut mir leid, Sammy.« Warum zollten sie ausgerechnet ihm Respekt? Er ist doch nicht sein Bruder, dachte ich. Warum kamen alle zuerst zu meinem Vater, bevor sie Stymies Ehefrau kondolierten? In diesem Augenblick begann ich, die Dinge nüchtern zu sehen. Mein Vater war hier offensichtlich der Boss. Er war definitiv der Boss von allem hier. Als mein Vater »gemacht« wurde, bekam er seine eigenen Leute. Diese Leute waren wie unsere Familie. Wir fuhren sogar zusammen in die Ferien.

Stymie hatte Papa am nächsten gestanden, doch die gesamte Mannschaft trauerte, als er starb. Männer wie Louis Milito, »Old Man« Paruda und Thomas »Huck« Carbonaro waren allesamt untröstlich. Es war das einzige Mal, dass ich meinen Vater weinen sah. Ich sah ihn in der Küche, als er nach der Beerdigung herunterkam. Ich sah eine einzige Träne. Mehr nicht.

Kapitel 6

»Wenn ich getötet werden sollte, dann möchte ich, dass ihr genauso weiterlebt wie jetzt.«

Im Dezember 1985 wurde Paul Castellano zusammen mit seinen Leibwächtern im New Yorker Sparks Steak House ermordet. Die Story war der Aufmacher in den Abendnachrichten. Ich war in meinem Zimmer und ließ den Fernseher, den ich zum Geburtstag bekommen hatte, eigentlich nur im Hintergrund laufen, als ich plötzlich aufmerksam wurde. Eine Fernsehsprecherin stand am Tatort auf der East 46th Street zwischen der Second und Third Avenue.

Ich erinnerte mich daran, wie ich Paul Castellano das erste Mal gesehen hatte. Ich hatte mich ins Fenster des Schlafzimmers meiner Tante Fran am Leggett Place gekauert. Papa schickte uns immer hinüber zu Tante Fran, wenn er ein Treffen ausrichtete, bei dem er uns nicht im Haus haben wollte. An jenem Abend saßen meine Mutter, mein Bruder und meine Tante zusammen in der Küche, und ich hatte mich in Tante Frans Zimmer hinaufgeschlichen, um unser Haus zu beobachten. Staunend hatte ich zugesehen, wie große schwarze Autos vorfuhren und Männer in Anzügen unseren Gartenweg entlangschritten. Besonders ein Mann erregte meine Aufmerksamkeit: Ein älterer, feiner Herr mit gekämmtem grauen Haar, groß und makellos gekleidet. Ich wusste sofort, dass er Papas Boss war, Paul Castellano.

Als ich am nächsten Morgen nach Hause zurückkehrte, fand ich auf dem Tisch in einem Zimmer, das für uns selbst in den Ferien tabu war, dem »Museumsspeisezimmer«, einen Teller übrig gebliebene Cannoli. Da wusste ich, dass am Abend zuvor etwas sehr Wichtiges stattgefunden haben musste. Ich stellte mir vor, dass mein Vater sein Haus für ein geheimes Aufnahmeritual zur Verfügung gestellt hatte, bei dem jemand »gemacht« worden war. Als ich ihn kürzlich im Gefängnis besuchte, erfuhr ich die wahre Geschichte. Bei dem Treffen war es um den Mord an dem Verbrecherboss Angelo Bruno aus Philadelphia gegangen. Die Leute aus Philadelphia hatten um ein Treffen mit Paul Castellano gebeten, um die Gunst der Familie Gambino zu gewinnen, und mein Vater hatte das Treffen ausgerichtet. Ich hatte nie den Mut gehabt, meinen Vater nach geheimen Dingen zu fragen, denn ich kannte und respektierte den Kodex: »Kümmere dich um deine eigenen Dinge und stell' keine Fragen.«

Als ich nun im Fernsehen den Beitrag mit den von Kugeln durchsiebten, unter Decken verborgenen Leichen von Paul Castellano und seinem Unterboss sah, wusste ich bereits, dass Castellano der Boss meines Vaters im Baugeschäft war. Hastig eilte ich in die Küche, um zu sehen, ob Papa irgendwo war. Ich war auf fast seltsame Weise ruhig, als hätte ich Mord in meinem Leben längst akzeptiert. Irgendwie konnte ich immer besser damit umgehen, sorgte mich aber nichtsdestotrotz um Papas Sicherheit. Als ich in die Küche kam, stand Mama am Herd und bereitete das Abendessen zu.

»Glaubst du, Papa weiß das mit Paul«, platzte ich voller Angst heraus. Ich glaubte die Antwort schon zu kennen.

»Ganz bestimmt«, sagte sie mit ruhiger, fester Stimme. »Es ist in sämtlichen Nachrichten.«

Es wurde immer schwieriger für mich, Mama ihre beruhigenden Worte abzukaufen. Paul war der zweite meinem Vater nahe stehende Mensch, der in den letzten neun Monaten erschossen worden war. Erst Stymie, jetzt Paul.

Nach Castellanos Tod kam mein Vater nicht nach Hause. Er blieb über zwei Wochen lang verschwunden. Er hielt sich mit Frankie DeCicco, der nunmehr zum Unterboss aufgestiegen war, an einem sicheren Ort versteckt, doch das wusste ich nicht. Ich dachte, er sei vielleicht im Urlaub in Florida. Ich hatte keine Ahnung, bei wem er war. Ich wusste jedoch, dass er nicht mit Onkel Eddie zusammen war, weil dieser regelmäßig bei uns vorbeischaute und sich nach mir, Mama und Gerard erkundigte. Wie üblich sagte meine Mutter, ich solle mir keine Sorgen machen, verlor jedoch kein Wort darüber, wohin Papa gegangen war oder wann er wiederkäme.

Ich hatte Angst, dass ihm etwas zugestoßen sein könnte, aber ich versuchte, nicht darüber nachzudenken. Ich konnte unangenehme Dinge recht gut ausblenden. Vielleicht lag das daran, dass mir Papa als Kind stets das Gefühl gegeben hatte, alles wäre in Ordnung, und ich ihm glaubte. Ich dachte, was auch immer geschähe, er würde schon durchkommen. Trotzdem konnte ich nicht anders, als mir von Zeit zu Zeit Sorgen zu machen. Ich hatte so große Angst, dass ich nicht einmal in der Lage war, das Offensichtliche zu denken: dass Papa unterwegs war, den Mord an Paul zu rächen, oder, schlimmer noch, dass er selbst daran beteiligt gewesen war. In meinem Zimmer konnte ich hören, wenn die Garagentür geöffnet wurde. Jede Nacht lag ich wach und hoffte, sein Auto einfahren zu hören.

Ich bekam das Bild von Paul Castellano, der in einer Blutlache auf der Straße lag, einfach nicht aus dem Sinn. Ich fürchtete, genau dasselbe könnte meinem Vater zugestoßen sein. Onkel Nicky, der Bruder meiner Mutter, war einfach »verschwunden«, als ich sechs war. Seine Leiche wurde nie gefunden, aber ich hörte einmal, wie ein Familienmitglied sagte, es sei eine Hand von ihm aufgetaucht. Der Tod meines Onkels belastete mich so sehr, dass ich ihn vollkommen ausblendete und mich zu denken weigerte, meiner Familie könnte jemals wieder ein ähnliches Unheil widerfahren. Das war jedoch nur ein schwacher Trost. Die gesamte Familie Scibetta betrauerte den Verlust von Onkel Nicky, allen voran meine Großmutter.

Endlich erschien mein Vater eines Morgens in der Küche. Er hatte eine zusammengefaltete Zeitung unter dem Arm, die er lässig auf den Tisch warf.

»Setz dich«, sagte er und schlug die *New York Daily News* auf. Darin war ein Bild von meinem Vater, und ich wusste sofort, dass er mir einen Artikel über den Mord an Paul Castellano zeigte.

»Ich möchte, dass du das liest«, sagte er.

Mein Vater stand hinter mir, als ich den Artikel überflog, in dem alle schrecklichen Details standen, die ich wissen wollte, nach denen ich bislang aber lieber nicht gefragt hatte.

In dem Text wurde Sammy Gravano als »aufgehender Stern der Mafia« bezeichnet, als Auftragskiller der Familie Gambino, der mächtigsten der fünf New Yorker Mafiafamilien. Es hieß, John Gotti sei Sammys Boss und dass Sammy als einer derjenigen gelte, die innerhalb der Familie weiter aufsteigen und eine Spitzenposition erreichen würden. Nach Castellanos Ermordung sei die Familie unter neuer Führung. Es komme daher zu Machtkämpfen, und viele Positionen verschöben sich. Den Namen John Gotti hatte ich noch nie gehört.

»Glaubst du alles, was du liest?«, fragte mich mein Vater, als ich schließlich wieder aufblickte.

Ich zuckte mit den Schultern und sagte, ich wisse nicht, ob ich es tun solle oder nicht.

Er beugte sich vor, sah mir in die Augen und sagte: »In dem Artikel hier steckt ein wahrer Kern.« Er ging nicht ins Detail. »Du kannst mich ruhig etwas fragen. Es gibt ein paar Dinge, die ich beantworten kann, und ein paar Dinge, die ich nicht beantworten kann, weil sie geschäftlich sind.«

Mit vierzehn musste ich als Heranwachsende also damit fertig werden, dass meine Familie Teil einer finsteren Unterwelt war. Andere Mädchen machten sich Gedanken um ihre Kleider, ihre BH-Größe, ihre Schularbeiten und Jungs, ich hingegen versuchte damit klarzukommen, dass mein Vater bei der »Mord GmbH« tätig war.

In den folgenden Monaten stellte ich fest, dass man meinem Vater noch größeren Respekt entgegenbrachte. Menschen schüttelten ihm die Hand, der kleine Stab um ihn herum festigte sich, er bekam einen Fahrer und verpasste seiner Garderobe eine Runderneuerung. Mir fiel dieser Wandel sofort auf, als er in ein Geschäft an der 18th Avenue in Brooklyn Hemden und Krawatten kaufen ging. Er musste sich für sein Treffen mit John Gotti gut anziehen und in die Rolle des *consigliere* hineinwachsen, des Dritten in der Rangfolge. Er kam mit auffälligen, modischen Krawatten nach Hause: rot, schwarz und grell; richtige John-Gotti-Krawatten, dachte ich. Mein Vater warf sich nicht gerne in Schale, aber er kaufte zehn Anzüge in dem Laden. Er hielt sich gern fit und trieb Sport. Er begeisterte sich fürs Boxen, aß gesund und nahm kein Salz zum Essen. Er wollte, dass wir alle mehr auf unsere Gesundheit achteten.

Mir gefiel sein neuer Look. Ich fand, dass er gut darin aussah. Ich sagte zu ihm: »So solltest du immer rumlaufen, Papa. Ich finde, du siehst klasse aus.« Er lächelte nur. Ich glaube, es tat ihm gut. Ich denke aber nicht, dass er allzu viel darauf gab, was ich sagte. Mein Vater kümmerte sich nicht besonders um persönlichen Stil. Viel mehr beschäftigte ihn seine neue Rolle innerhalb der Familie Gambino.

Wenn mein Vater, der Inhaber einer Baufirma, nun zu einem Treffen mit dem »Boss« ging, trug er Designeranzüge und -krawatten. Offensichtlich waren seine üblichen Jogginganzüge und Turnschuhe für jemanden in seiner neuen Position nicht angemessen. Papa war nicht der Einzige, der bevorzugt behandelt wurde. Vor der gesamten Familie rollte man den roten Teppich aus. Wenn wir zum Essen ausgingen, was wir oft taten, holte uns ein Fahrer in einem Lincoln Town Car ab. Der Chefkellner begrüßte uns mit Namen und geleitete uns an einen der besten Tische.

Wenn wir Tante Fran und Onkel Eddie in Bulls Head besuchten, waren wir fast so etwas wie Stars. Die Kinder zeigten auf uns und flüsterten: »Das ist Sammys Tochter.« Sie hatten keine Angst vor mir, also nahm ich an, dass sie neidisch waren. Mir gefiel diese neue Aufmerksamkeit, ich fühlte mich als etwas Besonderes. Alle in diesem Viertel schienen auf einmal Gangster sein zu wollen. Sie waren besessen von dem Mordanschlag an Paul Castellano, der fast wie eine Szene aus einem Hollywood-Film gewirkt hatte. Es hieß, mein Vater habe ihn zu verantworten. Aber hatte er wirklich mitten in der Hauptverkehrszeit jemanden umgebracht und war damit davongekommen?

Ich wusste, dass meine Familie anders war, aber trotzdem waren wir eine Familie. Wir hatten ein hübsches Haus auf Todt Hill und verbrachten den Sommer auf einer Farm auf dem Lande (bis sie verkauft wurde), wo wir abends zusammen Dame spielten. Jeder, der uns von außen betrachtete und unseren Namen nicht kannte, nahm an, wir wären ein typisch amerikanischer Haushalt.

Mein Vater ging zur Arbeit wie alle anderen Väter auch, wenn sein Job als Mafiagangster auch ein ziemlich ungewöhnlicher Beruf war. Die »Firma« wurde von John Gotti geleitet. Ich hatte nie von ihm gehört, bis Paul Castellano ermordet wurde. Nun war Papa sein wichtigster Vertrauter und Beschützer. Wenn man von Angesicht zu Angesicht mit John Gotti sprechen wollte, musste man erst an meinem Vater vorbei. Er zeigte mit dem Daumen nach oben oder nach unten, wer durch die Tür gehen durfte. Mein Vater leitete den Bausektor der Firma und war sehr erfolgreich im Baugeschäft, aber John Gotti war der König, der auf dem Thron saß. In diesem Bereich stellte er die gesamte Familie Gambino in den Schatten. Er baute in der gesamten Stadt.

Der nächste Verlust aus Papas Freundeskreis war Frankie DeCicco. Frankie gehörte nicht zu den Leuten meines Vaters. Er hatte seine eigenen Leute und war innerhalb der Familie Gambino sehr mächtig. Als mein Vater einwilligte, Paul umzulegen, wollte er, dass Frankie der Boss würde, weil er fand, er gebe einen besseren Boss ab als John. Mein Vater und Frankie verstanden sich sehr gut. Beide verdienten viel Geld, waren sehr gefährlich und genossen nicht nur innerhalb der Familie Gambino, sondern auch in allen anderen Mafiafamilien hohes Ansehen. Frankie fand, Johns Ego sei zu groß und dass er im Augenblick als Unterboss besser aufgehoben sei.

Wenn John keinen guten Job machte, würde er zur rechten Zeit noch einmal in Betracht ziehen, seinen Platz einzunehmen. Doch dazu kam es nicht. Frankie hatte meinem Vater erzählt, dass die anderen Mafiafamilien versuchen würden, den Mord an Paul zu vergelten, weil dieser nicht sanktioniert gewesen sei.

Nur die Mafia-Kommission konnte ein Attentat auf einen Boss genehmigen. Gemäß dem Mafia-Kodex wurde nun ein Killer auf diejenigen Männer angesetzt, die man für die Ermordung Pauls verantwortlich hielt. Der Genovese-Familienboss Vincent »The Chin« Gigante, der Vorsitzende der Kommission, ordnete die Erschießung von Frankie und John Gotti sowie einiger anderer an, die er als Verantwortliche ausmachte. Jemand musste für die Verletzung des Kodex' durch den Mord an Castellano bezahlen.

Diesmal war ich mit Mama in Tante Dianes Haus, als ich erfuhr, dass Frankie, den sie als Unterboss der Familie Gambino bezeichneten, mitsamt seinem Auto vor einem Club in Brooklyn in die Luft gesprengt worden war. Ein zweiter Mann war verletzt worden. Ich wusste, dass mein Vater und Frankie zusammen nach Brooklyn gefahren waren, um sich mit John zu treffen. Dass sie zum Veterans & Friends Social Club in Dyker Heights gefahren waren, erfuhr ich jedoch erst aus den Nachrichten. Ich fürchtete, dass der Mann, der durch die für DeCicco bestimmte Autobombe verletzt worden war, mein Vater sein könnte. Ich rannte nach oben und suchte meine Mutter, die gerade im großen Schlafzimmer saß und mit meiner Schwester sprach.

»Mama, ist Papa okay?«, fragte ich.

»Ja, es geht ihm gut«, sagte sie weinend. Ich hatte sie zuletzt weinen sehen, als Stymie starb. »Er ist auf dem Heimweg. Er ist nur sehr, sehr aufgebracht wegen Frankie.« Sie sagte, sie könne es noch gar nicht fassen. Sie kannte die Familie DeCicco aus Bensonhurst von Kindesbeinen an.

Verdammte Scheiße, begann ich zu denken. Was ist das bloß für ein Leben? Ich betrachtete das Ganze und machte mir klar, womit es die Leute tagtäglich zu tun hatten. Ich wusste nicht, ob ich mit der ständigen Unsicherheit aufwachsen wollte, dass meinem Vater etwas zustoßen könnte. War es dieses Leben wirklich wert? Als Papa zurückkam, waren Mama und ich schon zu Hause. Als ich ihn sah, begann ich zu weinen. Ich umarmte ihn; er küsste mich auf die Stirn und umarmte mich ebenfalls. Dann ging er nach oben, um zu duschen und sich ein wenig zurechtzumachen.

Ich hörte, dass er zum Zeitpunkt der Explosion dort gewesen war. Die Bombe war eigentlich für John gedacht gewesen. Doch der Attentäter hatte sie zu früh gezündet, weil er einen anderen Typen, der auch mit dabei war, fälschlicherweise für Gotti gehalten hatte. Mein Vater hatte versucht, Frankies leblosen Körper aus dem brennenden Wagen zu ziehen. Er griff nach seinem Freund, wie er dachte, hatte aber nur zwei abgetrennte Körperteile in den Händen – ein Bein und einen Arm.

Als Papa aus der Dusche kam, fragte ich ihn: »Könnte es passieren, dass du stirbst oder ermordet wirst?«

»Ja«, antwortete er. »Wenn ich getötet werden sollte, dann möchte ich, dass ihr genauso weiterlebt wie jetzt. Ich will, dass du für deine Mutter da bist. Ich will, dass du hilfst, deinen Bruder zu erziehen, und ich will, dass du begreifst, dass ich dieses Leben freiwillig gewählt habe. Deswegen ist es für mich so wichtig, dass du und dein Bruder zur Schule gehen und ihr euch ein anderes Leben aufbaut. Ich liebe dich und möchte nicht, dass du dir jeden Tag Sorgen um mich machst. Mir wird schon nichts passieren.«

Ganz offensichtlich war er sehr aufgebracht. Er war mit Frankie eng befreundet gewesen, doch so war eben das Geschäft. Als ich noch ein Kind war, konnte er mir den Kopf tätscheln und solche Dinge überspielen. Er musste mir nicht antworten, aber er respektierte mich; also erzählte er mir, was er konnte. Ihm war bewusst, dass ich diese Männer kannte, seit ich ein kleines Kind war. Für mich gehörten sie zur Familie. Er wusste auch, dass ich ein Teil dieser Welt war, wie sehr er auch bemüht war, mich vor ihr zu behüten. Er wusste, dass ich mich um ihn sorgte. Mama und Papa gingen zu Frankies Beerdigung, ich nicht.

Nach Frankies Tod wurde Papa zur Nummer zwei befördert. Er war nun der Unterboss.

Papas schlechter Ruf hatte eine unangenehme Kehrseite. Offenbar waren die Leute auf dem Hügel und unsere Freunde in Bulls Head hinsichtlich seines Mafiastatus unterschiedlicher Meinung. Die Leute aus Bulls Head hielten ihn für eine Berühmtheit und fanden ihn cool; die Leute in Todt Hill sahen in ihm einen Emporkömmling und lehnten ihn ab. Was sie über ihn dachten, bestimmte auch ihre Haltung gegenüber unserer gesamten Familie.

Gerard war der Erste, der diese Ablehnung zu spüren bekam. Es gefiel ihm eigentlich nie so recht auf Todt Hill. Als er neun oder zehn war, trieben er und ein paar Freunde in einem Viertel, wo einige neue Wohnhäuser errichtet wurden, mit Knallfröschen Unfug. Ein paar Blätter fingen Feuer, und Gerard schob man die Schuld in die Schuhe.

Einige Jahre später, als das Bild meines Vaters allzu regelmäßig in der Zeitung zu sehen war, hing mein Bruder eines Tages zu Hause herum und wirkte gelangweilt. Mama schlug vor, er könne doch hinausgehen und mit einem anderen Jungen auf der Straße spielen, David, der etwa in Gerards Alter war und nur ein paar Häuser weiter lebte.

»David darf nicht mit mir spielen, weil Papa ein Gangster ist«, erzählte ihr Gerard.

Meine Mutter war zutiefst verletzt. Als sie Davids Mutter darauf ansprach, tat die Frau ganz betroffen. »So erziehen wir unsere Kinder nicht«, sagte sie zu Mama. Aus ihrem Verhalten schloss Mama jedoch, dass ihre Kinder nicht mit Gerard spielen sollten. Sie gehörte zu jenen

Menschen, die sich für etwas Besseres hielten. Ich bin sicher, dass ein Gangsterkind in ihren Augen keinen guten Spielgefährten für ihren Sohn abgab.

Nach diesem Zwischenfall sagte Mama zu meinem Vater, sie wolle zurück nach Bulls Head ziehen. »Weißt du, Sammy, ich finde, wir sollten hier nicht wohnen bleiben«, hörte ich sie zu Papa sagen. »Ich habe das Gefühl, wir passen nicht hierher, zu diesen ganzen Leuten, die im Pelzmantel in ihren teuren Autos herumfahren. Das bin nicht ich.«

Papa wollte, dass sie sich wohl fühlte, also willigte er ein. Er hatte sich längst damit abgefunden, dass er ein Gangster war, also wollte er, dass wir erhobenen Hauptes durchs Leben gingen. Ich glaube, er war ebenso wie Mama bereit, wegzuziehen. Todt Hill war nicht unser Ding. Mein Vater liebte das Haus, aber er hatte Mitleid mit Mama und fand auch, dass wir nicht dorthin passten.

Es gab aber noch einen anderen Grund, warum wir umziehen mussten. Nach dem Tod von Paul Castellano und Frankie wurde es immer wahrscheinlicher, dass auch Papa irgendwann eine Kugel abbekam. Unser Haus war für jedermann leicht zugänglich; es hatte zu viele Fenster, war von Bäumen umgeben und lag in einer sehr schmalen Straße. Jeder, der zu meinem Vater wollte, konnte dies leicht bewerkstelligen und ungesehen wieder verschwinden. Er war sich bewusst, dass er ermordet werden könnte. Aber bevor ihm irgendetwas zustieß, wollte er dafür sorgen, dass Mama in einer Gegend wohnte, die ihr gefiel. Er war sehr vorsichtig. Bevor er Unterboss wurde, war er ein Killer gewesen, also wusste er nur zu gut, was alles passieren konnte. Er war stets auf der Hut. Er fuhr immer langsam die Buttonwood entlang bis nach Willow Pond, bog auf der Todt Hill Road links ab und nahm dann die Circle Road, bevor er zum Haus zurückkam. Das Ganze wiederholte er mehrere Male.

Ich wollte nicht von Todt Hill wegziehen. Ich hatte keine Lust, noch einmal woanders von vorn anzufangen. »Ich will nicht umziehen!«, schrie ich. »Warum müssen wir das denn?« Ehe ich mich versah, besichtigten wir eine Immobilie in der Lamberts Lane, nur wenige Blocks von unserem alten Haus am Leggett Place entfernt. Als mich Papa zu dem neuen Haus mitnahm, musste ich beinahe weinen. Es war ein kotzgrünes, niedriges Haus, direkt an der Auffahrt zum Staten Island Expressway. Es war so klein und rechtwinklig, dass es aussah wie ein Monopoly-Spielstein, den man vom Brett genommen und direkt auf die Mediterranean Avenue oder die Baltic Avenue gesetzt hatte, wo die billigsten Grundstücke des Spiels lagen.

»Bist du verrückt?«, protestierte ich. »Ich will nicht in diesem Haus leben.« Papa lächelte, dann bat er mich, auszusteigen. Im Inneren des Hauses sah es noch schlimmer aus. Es war seit hundert Jahren nicht renoviert worden und hatte zwei Schlafzimmer mit Dachschrägen, die zuvor als Dachboden gedient hatten.

»Keine Sorge. Wenn ich fertig bin, wird es anders aussehen.« Er riss praktisch alle Wände bis auf eine ein und gestaltete das winzige Farmhaus zu einem prächtigen, dreistöckigen Haus um, das sogar über einen eingelassenen Pool verfügte, der zum Gespräch des ganzen Viertels wurde. Das Haus verfügte über lediglich drei Schlafzimmer, aber die Zimmer waren riesig und hatten alle ein eigenes Bad. Ich hatte einen Wohnbereich ganz für mich allein, sodass es kein Problem war, wenn alle meine Freunde zu Besuch kamen. Mein Vater wollte, dass das Haus perfekt war. Es sollte ein Ort sein, wo Gerard und ich uns wohl fühlten und gerne Zeit mit unseren Freunden verbrachten. Wenn wir angenehm wohnten, wären wir öfter zu Hause und gerieten weniger in Schwierigkeiten.

Es war schon lustig. Papa sprach immer davon, dass man sich einfügen und bescheiden bleiben müsse, doch dann verwandelte er ein gewöhnliches Haus in einen Hingucker und strafte sich damit selbst Lügen. Wir hatten das hübscheste Haus in Bulls Head, mit tollen Details und viel Extra-Komfort. Alle flüsterten: »Sammy the Bull ist dort gerade eingezogen.« Da das Viertel vorwiegend italienisch war, war es völlig in Ordnung, dass Papa ein Gangster war.

Das Haus auf dem ungepflegten Eckgrundstück war zwar hässlich gewesen, aber was zählte, war die Lage, die Lage und nochmals die Lage. Es befand sich direkt an einer der Kurvenauffahrten zum Staten Island Expressway Richtung Osten, sodass es für Killer wie Polizisten gleichermaßen unmöglich war, unbemerkt im Auto zu warten oder in der Gegend zu parken. Jedes Auto vor unserem Haus wurde in den fließenden Verkehr auf die Schnellstraße gezwungen. Die bot zudem eine ausgezeichnete Fluchtmöglichkeit von unserem Haus aus, wenn man möglichst rasch das Weite suchen musste. Das ganze Grundstück war lückenlos abgesichert.

Wer dachte, man müsse nur um die Ecke gehen und von der anderen Straße kommen, stand dort vor einer dicken Mauer, die mein Vater zur Seldin Avenue und um den Hinterhof errichtet hatte.

Wieder einmal war es ganz und gar Sammys Haus, und alles war vom Feinsten. Er hatte in jedem Zimmer Telefone installieren lassen, sogar in den Badezimmern. Er übernahm sämtliche Aufgaben von der Grundstücksplanung bis zum Rohbau. Er arbeitete sogar eng mit dem von ihm beauftragten Innenarchitekten zusammen. Er hätte Architekt werden sollen, so genau war seine Vorstellung, wie etwas auszusehen hatte und wo ein Element platziert werden sollte.

Für die Grundstücksplanung an der Lamberts Lane engagierte mein Vater einen bekannten Landschaftsarchitekten. Noch bevor wir einzogen, hatte mein Vater eine Verabredung mit ihm. Papa wollte, dass bei unserer Ankunft alles perfekt war. Sowohl er als auch der Landschaftsarchitekt waren begeistert, weil mein Vater eine große Vision und ein großes Budget hatte, und welcher Landschaftsgestalter schätzt solche Kunden nicht? An dem Tag, als der Typ in bester Stimmung seine Entwürfe präsentieren und über die Pläne, die Leitungen und das Gelände sprechen wollte, begleitete ich meinen Vater zum Haus.

Mein Vater war ganz aufgeregt, und während wir auf den Landschaftsarchitekten warteten, zeigte er mir, wo dieser und jener Baum hinversetzt würde, und beschrieb mir, wie sie zu den unterschiedlichen Jahreszeiten aussehen würden. Seine Geschäftspartner Onkel Eddie und Huck sowie ein paar andere von seinen Leuten waren ebenfalls mit zu der großen Präsentation gekommen. Der Architekt brachte riesige Papierrollen mit Zeichnungen und Diagrammen an, über die er jede beliebige Variante legen konnte. Schließlich war es an der Zeit, übers Geld zu reden.

Auf einmal veränderte sich die Stimmung. Mein Vater starrte auf das Blatt mit der Kostenschätzung, dann sah er den armen Kerl mit Feuer in den Augen an. »Karen, geh nach drinnen«, befahl er mir abrupt. Zögernd folgte ich seiner Anweisung, nahm jedoch einen Platz am Fenster ein, von dem aus ich alles sehen und hören konnte.

»Du verarschst mich, oder?«, hörte ich Papa den verblüfften Mann anbellen. Ich konnte sehen, dass es der Typ langsam mit der Angst bekam. Er ruderte zurück und rechtfertigte sich, so gut er konnte.

»Nun, Sammy«, erklärte er. »Dieser Baum da muss erst im Hinterland ausgegraben werden, der da wird aus einem anderen Teil des Landes importiert, und dieser Baum hier ist eine besondere Züchtung.« Und so weiter.

Mein Vater war außer sich. »Willst du mich verarschen? Ich sollte dich hier und jetzt erschießen! Willst du mich berauben?«, wiederholte er immer wieder. Der Architekt hatte Angst. Wenn mein Vater in Rage geriet, bekamen alle Angst. Ich konnte sehen, wie der Architekt weinend auf dem Fenstersims saß und um sein Leben flehte. Dann nahm mein Vater die Pläne und riss sie in Stücke. Schließlich fanden sie dann doch einen Kompromiss, indem sie einige der teureren Bäume durch billigere Pflanzen ersetzten, doch hatte der Mann eines gelernt, was ich bereits wusste: Versuch' nie, Sammy the Bull über den Tisch zu ziehen.

Wenn es um die Kosten ging, war mein Vater sehr fair. Dafür erwartete er auch von seinen Geschäftspartnern, dass sie ehrlich und reell arbeiteten. Der Landschaftsarchitekt wollte ihn übervorteilen, ohne zu wissen, wie penibel mein Vater auf jeden Kostenpunkt achtete. Nur, weil er eine Menge Geld hatte, war er noch lange kein Verschwender. Mein Vater wiederum hatte schlicht keine Vorstellung davon, wie viel sein hochfliegender Plan für das Grundstück tatsächlich kosten würde. Ich glaube nicht, dass ihm bewusst war, wie teuer ein einzelner Baum sein konnte. Somit waren beide Männer falsch an die Sache herangegangen. Papa war jemand, der wenig Geld auf seine Kleidung verwendete, aber wenn es um seine Häuser ging, scheute er keine Kosten. In dem Augenblick jedoch, in dem man versuchte, ihn für dumm zu verkaufen, bereute man es meist auch schon. Er war sehr großzügig, wenn es ums Zahlen ging, aber er war auch jemand, der den Wert eines Dollars kannte und sich nicht übervorteilen lassen wollte. Selbst heute überwacht er vom Gefängnis aus für mich die Kosten und achtet darauf, dass niemand versucht, mich über den Tisch zu ziehen.

Kapitel 7

»Sag deinem Onkel John guten Tag.«

Das erste Mal, dass ich John Gotti begegnete, war bei der Besprechung in unserem Haus kurz nach dem Attentat auf Paul Castellano. Ich hob den Telefonhörer ab, und eine männliche Stimme am anderen Ende sagte: »Wer ist dran?«

»Karen«, antwortete ich, und der Mann sagte: »Hallo Karen, hier ist dein Onkel John. Ist dein Vater zu Hause?«

Ich wusste, dass dies der Mensch war, den ich nach Pauls Tod so oft in den Zeitungen und Fernsehnachrichten gesehen hatte. Er interessierte mich, mit seinem Selbstbewusstsein und seinem eleganten Schick. Er war wie ein Filmstar für mich, eine prominente Persönlichkeit. Er fuhr glänzende Lincoln Town Cars und hatte viele Leute um sich. Er wirkte sehr wichtig. Von diesem Telefonat an war John in Papas Leben präsent. Wenn John etwas brauchte, sprang mein Vater herbei. Es schien, als würde nun alles viel stärker reguliert. Wir hatten immer um 17.30 Uhr gemeinsam zu Abend gegessen. Nun musste Papa um 17 Uhr zu Abend essen, weil er sich um 18 Uhr mit John im Gesellschaftsverein in der Mulberry Street in Little Italy traf.

Zu dieser Zeit wurde ich »Sammys Tochter«, aber es ging noch weiter. War man meinem Vater bislang mit Respekt begegnet, so wandelte sich dieser nun zu einem Respekt, der mit Angst verbunden war. Es war das erste Mal, dass ich Menschen sah, die vor ihm Angst hatten, weil er mächtig war und etwas kontrollierte. Von dem Augenblick an, als Paul Castellano ermordet wurde, stand mein Vater zusammen mit John im Rampenlicht. Er war der Typ, der den Sonnenschirm trug, wenn John auf die Straße ging. Er war der Zweite in der Rangordnung und half, die mächtigste Mafiafamilie New Yorks zu führen.

Zum ersten Mal begegnete ich John Gotti auf der Party zu meinem sechzehnten Geburtstag. Zuvor hatte ich ihn einige Male im Büro meines

Vaters an der Stillwell Avenue gesehen, aber nun wurden wir einander offiziell vorgestellt. Die Feier fand im Pastels in Brooklyn statt, einem bekannten Mafia-Treff. Aus gegebenem Anlass trug ich ein maßgeschneidertes rosafarbenes Lederkleid. Es saß ziemlich eng und besaß einen herzförmigen Ausschnitt; dazu hatte ich eine passende rosa Lederjacke. Ich vervollständigte den Look mit einem Paar rosa High Heels. Ich ließ mich professionell frisieren, damit mein Haar so viel Fülle bekam wie irgend möglich. Mein Vater warnte mich vor, dass John kommen werde. »Wenn du John siehst, sei bloß höflich und denk an deine Manieren«, schärfte er mir ein. Etwa fünfzig Teenager und sechzig Männer mit ihren Familien waren auf der Party. Unter meinen fünfzig Freunden waren Kusinen, Klassenkameraden von der Staten Island Academy und Schulfreunde vom Leggett Place. Papas sechzig Männerfreunde waren allesamt Mafiosi.

Papa engagierte einen DJ, der eine persönliche Songauswahl von mir spielte, und einen Videofotografen. Erst, als ich nach der Party zusammen mit meinen Freundinnen das Video ansah, wurde mir klar, dass der Fotograf stank. Das gesamte Material war auf der Tanzfläche gedreht, sonst gab es nichts zu sehen. Ich beschwerte mich bei Papa, der mir jedoch mitteilte, dass alles in Ordnung sei. Er hatte dem Typen gesagt, er solle die versenkte Tanzfläche nicht verlassen und nicht bei den Tischen drehen. So bekam er die bei der Feier anwesenden Top-Mafiosi nicht vor die Kamera. Nach der Hälfte der Party ging ein Raunen durch die Menge. »John Gotti ist hier«, flüsterten sich meine Klassenkameraden aufgeregt zu, als hätte ich eine Berühmtheit unter meinen Gästen. Mein Vater nahm John mit an die Bar, wo ich gerade mit ein paar Freunden stand, und sagte: »Sag deinem Onkel John guten Tag.«

Ich hatte nicht mal einen Onkel namens John. Ich gab ihm einen Kuss auf die Wange. Der Don lächelte, gratulierte mir dazu, dass ich älter geworden war, und reichte mir einen Umschlag mit zehn nagelneuen Hundertdollarnoten.

Er war vollkommen anders als mein Vater. Er war nüchtern und gefasst, nicht im Mindesten warmherzig und fröhlich; kein lockerer Typ, sondern sehr ernst. Man musste ihn umsorgen und verehren. Ich machte meiner Erziehung alle Ehre, wie mir mein Vater gesagt hatte. Als er sich in ein

Hinterzimmer zurückzog, wo sich all die anderen Mafiosi aufhielten, war ich jedoch sehr erleichtert.

Ein paar Tage darauf fand ich einen Zettel, den jemand an meinen Spind in der Schule geklebt hatte. Darauf stand: »Ich höre, du hast eine nette Geburtstagsparty gehabt. Muss toll sein, wenn man eine Mafiaprinzessin ist.« Die Nachricht war nicht unterzeichnet. Ich dachte, es sei vielleicht ein Mädchen gewesen, dessen Freund mich mochte, aber ich war nicht sicher. Außerdem wusste ich nicht, ob es als Kompliment oder als Beleidigung gemeint war. Ich fand, dass mein Vater unter den Gangstern eine große Nummer war, doch dieser »Adel« beschränkte sich ganz und gar auf ihn.

Ich fühlte mich auf der Staten Island Academy nie so recht wohl. Ich kleidete mich zwar wie die anderen Jugendlichen, rannte mit Fendi-Taschen herum und so weiter, aber ich fühlte mich nie zugehörig.

Als ich zwölf war, schenkte jemand meinem Vater eine Gucci-Tasche, die er an mich weitergab. Ich fand das Ding grässlich und sagte ihm, dass ich es nicht haben wolle. Er aber sagte: »Sie kommt aus Italien. Sie gilt als sehr stilvoll.« Ein paar Jahre vergingen, und alle meine Freundinnen hatten plötzlich Gucci-Taschen. Da fragte ich meine Mutter, was denn aus meiner geworden sei.

»Ich dachte, sie gefällt dir nicht«, antwortete sie und sagte, sie habe sie verschenkt.

»Jetzt brauche ich sie aber«, sagte ich im Brustton der Überzeugung. »Alle an der Schule haben eine.«

»Weißt du was – du bekommst trotzdem keine«, sagte meine Mutter. »Man braucht nicht irgendetwas, weil es alle anderen haben. Man bekommt etwas, weil man es selbst will.«

Also ging ich am nächsten Tag zur Schule und stahl die Gucci-Tasche einer Mitschülerin.

Papa fragte, woher ich die Tasche hätte. Er wusste, dass meine Mutter die Tasche, die mir nicht gefallen hatte, verschenkt hatte. Also erzählte ich es ihm.

»Unglaublich. Und was willst du jetzt tun?« Er wusste, dass ich nicht mit Diebesgut in der Schule herumlaufen konnte, vor allem dann nicht, wenn jemand in der Schule danach suchte.

Papa befahl mir, die Tasche loszuwerden. Ich glaube, in gewisser Weise gefiel es meinem Vater insgeheim, dass ich ihm so ähnlich war und mir einfach nahm, was ich haben wollte. Andererseits jedoch wollte er nicht, dass ich raubte und stahl. Für seine Kinder hatte er sich etwas Anderes vorgestellt.

Am nächsten Morgen schmuggelte ich die Tasche zurück in den Spindraum, und Papa kaufte mir die Gucci-Tasche, die ich mir wünschte.

Unterm Strich, wenn man alles gegeneinander abwog, war ich es nicht gewohnt, in Country-Clubs zu gehen, Kindermädchen zu haben und ins Sommerlager zu fahren. So war ich eigentlich gar nicht. Tief in meinem Innern hatte ich zwar immer gewusst, dass ich mich anpassen und mit dem Strom schwimmen könnte, damit es an der Staten Island Academy gut lief. Nun, mit sechzehn, lehnte ich das jedoch schlichtweg ab. Inzwischen wussten die Leute, wer mein Vater war. Ich fand es irgendwie cool. Auch alle anderen fanden es cool, wodurch meine Verbindung zur Mafia besser akzeptiert wurde. »Es ist, wie es ist«, sagte ich mir.

Vielleicht hatte ich einen kleinen Höhenflug, ausgelöst durch Papas Ruf als Verbrecherkönig. Er war auf den Titelseiten der Zeitungen, und das schien surreal. Es schien, als würde es sich bei meinem Papa um zwei verschiedene Personen handeln: Sammy the Bull für die Welt und ein liebevoller, fröhlicher Vater für mich.

Nachdem Paul tot war und sich mein Vater mit John Gotti zusammengetan hatte, wandte ich mich mehr denn je den Menschen zu, in deren Gesellschaft ich mich wohl fühlte. Alle hatten Verbindungen zur Mafia. Ich mochte Dina Milito, die Tochter von Papas Freund Louie, und Dori LaForte, deren Großvater ein großes Tier in der Familie Gambino war. Dori war zwei Jahre älter als ich, aber das war uns beiden egal. Wir waren wie zwei italienische Gangstermädchen. Zwar benahmen wir uns nicht so, aber wir fühlten uns so. Wir wussten, wer und was unsere Väter waren, aber wir sprachen nie darüber.

Ich überzeugte meine Eltern davon, dass die Staten Island Academy nichts für mich sei und überredete sie, mich die Schule wechseln zu lassen. Ich wollte mit Mädchen zusammen sein, die mehr wie ich waren. Ich ging immer noch zu den Schulpartys, aber zu meinen Klassenkameradinnen nach Hause wurde ich nicht mehr eingeladen. Es war mir egal. Ich verlor zusehends das Interesse an den Jugendlichen auf Hauspartys. Viel neugieriger war ich auf die Kids, die an den Straßenecken und in den Schulhöfen herumlungerten. Ich erhielt Mamas und Papas Segen, auf die Richmondtown Prep School in der Richmond Road zu wechseln. Sie lag nicht weit von der Lamberts Lane entfernt, und Roxanne und Ramona Rizzo gingen auch dorthin. Sie waren die Töchter von Papas Freund Johnny Rizzo, und wir kannten uns schon ewig. Johnnys Vater, »Old Man Rizzo«, war ein Hauptmann der Mafiafamilie Gambino. Mein Vater hatte zu seinen Leuten gehört, als er frisch von der Familie Colombo gekommen war. Der Großvater der Mädchen mütterlicherseits war Benjamin »Lefty Guns« Ruggiero, ein Soldat der Familie Bonanno, den Al Pacino 1997 in dem Film *Donnie Brasco* verkörperte. Ramona und ich waren nur einen Monat auseinander, aber ich traf mich öfter mit Roxanne, die ein Jahr jünger war als ich.

Wir waren von Kindesbeinen an dick befreundet gewesen und hatten uns immer gegenseitig besucht, während wir aufgewachsen waren. Wir hatten einander sogar als Kusinen bezeichnet. Als ich auf die Staten Island Academy gewechselt war, hatten wir uns aus den Augen verloren, doch an der Richmondtown Prep trafen wir uns wieder, und ich freute mich über das Wiedersehen mit meinen alten Freunden.

Gerard hatte immer noch schwer zu kämpfen. Er war an eine öffentliche Schule gegangen, die Intermediate School 72, aber ich wollte, dass er dieselbe Schule besuchte wie ich. Ich überzeugte meine Eltern, dass die Richmondtown Prep eine Schule für Kinder sei, die auf anderen Schulen nicht zurechtkämen, und das sahen sie ein. Als sie ihn angemeldet hatten, stellten sie fest, dass ich sie überlistet hatte, und waren ziemlich sauer. Es war trotzdem in Ordnung. Die Schule war sehr klein und gemütlich und fast so etwas wie ein Familienbetrieb. Mister White war der Dekan, Miss White die Lehrerin und Mrs. White das Mädchen für alles.

Mein Bruder war ein stilles Kind, obgleich er recht ungezogen war. Wie mein Vater hatte auch er eine schwere Rechtschreibschwäche. Meine Mutter weinte und raufte sich die Haare, wenn sie ihm zu helfen versuchte. Er war immer im Förderunterricht und musste zu Hause privaten Nachhilfeunterricht nehmen. Häufig reagierte er sich in der Schule ab. Er war bereits in der ersten Klasse sitzen geblieben. Erst, als er die Privatschule besuchte, fanden wir heraus, was wirklich mit ihm los war.

Meine Mutter nahm Gerard immer in Schutz. Sie wollte nicht eingestehen, dass er Legastheniker war, also erledigte sie die Schularbeiten für ihn. In der Schule verhielt er sich auffällig. So ging er etwa zur Toilette und kehrte nie zurück, oder er zettelte Schlägereien an, wie es schon mein Vater getan hatte, als er Schwierigkeiten in der Schule gehabt hatte. Mein Vater hatte mir von seinen eigenen Problemen in der Schule erzählt. Er war aufgrund seiner Legasthenie als lernschwach gebrandmarkt worden. Damals wurde Legasthenie nicht erkannt, geschweige denn als Behinderung betrachtet. Mein Vater ging in der achten Klasse lieber von der Schule ab, als weiter den Spott zu ertragen, dem er seitens seiner Lehrer und Klassenkameraden ausgesetzt war.

Als die Lehrer Papa mitteilten, dass Gerard Legastheniker sei, war er zutiefst bestürzt. Er tat alles, was in seiner Macht stand, um seinem Sohn bei der Überwindung seiner Rechtschreibschwäche zu helfen. Er engagierte Spezialisten, Lehrer und Ärzte, die sich um ihn kümmern sollten. Trotzdem war er sehr streng mit Gerard und drängte ihn, er solle sich mehr anstrengen. Er wollte nicht, dass Gerard in seine Fußstapfen trat. Vielmehr sollte er mit »dem Leben« möglichst wenig zu tun haben.

Ich erinnere mich noch, wie Papa den armen Jungen einmal regelrecht terrorisierte. In unserem Garten an der Lamberts Lane hatten wir hinter dem Haus einen eingelassenen Pool, der viele Tauben anzog. Sie landeten auf der Terrasse und hinterließen dort ihren Vogelkot.

Papa hasste die nervigen, schmutzigen Vögel leidenschaftlich. Er rannte nach drinnen, schnappte sich ein Luftgewehr und schoss einen Vogel nach dem anderen ab. Gerard war damals etwa dreizehn Jahre alt. Voller Entsetzen sah er zu, wie die toten Vögel vom Himmel auf den Zementboden fielen, wenngleich er versuchte, sich nichts anmerken zu lassen. Als mein Vater ihm das Gewehr reichte und sagte, nun sei er an der Reihe, erstarrte er. »Schieß!«, befahl mein Vater. Gerard wollte nicht, dass mein Vater ihn für einen Feigling hielt, also zielte er und schoss. Er traf den Vogel zwar, tötete ihn jedoch nicht. Kreischend und flatternd zappelte das Tier auf der Terrasse umher.

»Töte das Scheißvieh!«, rief mein Vater.

Gerard stand wie angewurzelt da. Er liebte Tiere, also konnte er den Anblick des leidenden Vogels nicht ertragen. Gleichzeitig konnte er sich aber auch nicht überwinden, ein zweites Mal den Abzug zu betätigen.

Mein Vater riss ihm das Gewehr aus der Hand und nahm sich der Sache an. Rasch war der Vogel von seinem Leiden erlöst. »Ist schon in Ordnung, mein Sohn«, sagte er und klopfte Gerard mitfühlend auf die Schulter. Er war nicht böse auf ihn, sagte aber immer, Gerard sei »für das Leben nicht gemacht«. Ich hingegen war ganz anders. Hätte Papa mir an jenem Tag das Gewehr in die Hand gedrückt, hätte ich sechzig Tauben abgeknallt. Ich war aber das Mädchen, also wurde es von mir nicht erwartet.

Außerhalb der Schule war Gerard ein richtig netter Junge. Er widersprach nie meinen Eltern und war sehr gehorsam. Wenn meine Eltern sagten, er solle zu einer bestimmten Zeit zu Hause sein, war er stets pünktlich. Ich war der Rebell, nicht Gerard.

Einmal stahlen meine Freundin Jackie und ich in der Schule Kleider aus dem Spind unserer Klassenkameradin Lisa Bongiorno. Wir gingen zu Jackie und zogen die Kleider an, die wir gerade gestohlen hatten. Da klingelte es, und Jackie machte auf. In der Tür stand Lisa Bongiorno. »Nette Klamotten«, sagte sie.

Ich knallte ihr einfach die Tür vor der Nase zu. »Oh je, jetzt stecken wir aber in Schwierigkeiten«, sagte ich zu Jackie.

Lisa ging zurück zur Schule und erzählte es dem Rektor.

Ich ging nach Hause, weil ich genau wusste, was für Probleme wir nun hatten.

Ich traf meinen Vater in der Küche an. »Ich muss dir etwas beichten«, sagte ich. »Jackie und ich haben heute Kleider aus einem Spind gestohlen, und das Mädchen kam zu Jackie nach Hause und sah, wie Jackie sie trug. Sie hat es dem Rektor erzählt, und jetzt bekommen wir wahrscheinlich Ärger.«

»Und was willst du nun machen?«, wollte mein Vater wissen.

»Ich weiß nicht«, sagte ich. »Ich habe aber Angst, dass ich von der Schule fliege.« Ich dachte, die Antwort auf die Frage meines Vaters hätte eigentlich lauten sollen: »Die Wahrheit sagen.« Ich wollte aber nicht die Wahrheit sagen, obwohl ich fand, dass es die richtige Antwort gewesen wäre. »Ich weiß nicht«, war daher alles, was mir einfiel.

»Also, du machst folgendes«, instruierte mich Papa. »Du sagst: ›Ich weiß nicht, wie die Kleider hierher kommen.‹ Dann trägst du die Konsequenzen, welcher Art sie auch immer sein mögen.« Wenn ich meine Rolle zugab, gestand ich damit auch Jackies Schuld ein.

»Ich bekomme also keinen Ärger?«, fragte ich.

»Doch, du bekommst Ärger, weil du gestohlen hast, allerdings nur mit mir. Wir zwei werden das miteinander ausmachen.«

Mein Vater befahl mir, wieder in die Schule zu gehen. Als mich der Rektor nach den Kleidern fragte, sagte ich, ich wisse von nichts. Ich bekam eine Woche lang Schularrest. Ich musste im Büro des Dekans sitzen und dort meine Hausaufgaben machen. Jackie und ich mussten uns bei Lisa entschuldigen und ihr die Kleider zurückgeben.

Die Strafe meines Vaters für mich bestand darin, dass ich all seine Kleider waschen und bügeln musste. Dazu kamen eine Woche lang noch verschiedene Pflichten im Haus. Die Lektion, die ich daraus lernte, war, dass man für seine Taten geradestehen muss. Ganz gleich, was die Folgen waren – man durfte niemanden verpetzen.

Kapitel 8

»Du kannst nicht einfach nachts übers Dach klettern.«

Ich schlich mich gerne nachts aus dem Haus. Als Papa das Haus an der Lamberts Lane umbaute, gab er Gerard und mir die beiden Zimmer ganz oben an der Treppe. Wenn man das Haus betrat, ging man direkt auf die Treppe zu. Oben lag Gerards Zimmer auf der linken Seite, rechts war mein Zimmer. Ich hatte mein eigenes Badezimmer und meinen eigenen Wohnbereich, sodass mich viele Freunde gern zu Hause besuchten. Oben waren wir für uns, und das war Papas Trick, damit wir in der Nähe blieben. Sein eigenes Schlafzimmer lag im Erdgeschoss.

Die Tatsache, dass sich sein Zimmer am Fuße der Treppe befand, machte uns jedoch nichts aus. Wir gingen in mein Bad, öffneten das Fenster und kletterten hinaus. Dann gingen wir vorsichtig über das Dach im ersten Stock, unter dem auch die Küche lag. Manchmal hielten sich Papa, Mama oder beide dort auf, sodass wir sehr leise sein mussten. Das Dach war ziemlich lang, doch schließlich erreichten wir das Ende. Der Absprungpunkt war in der Nähe unseres Wintergartens, dessen große Glastüren sich zum Hinterhof und zum Swimmingpool öffneten. In der Regel spielte es keine Rolle, dass alles verglast war, weil meine Eltern den Raum abends nicht nutzten. Meist waren sie in ihrem Schlafzimmer und sahen fern. Außerdem hatte Papa sämtliche Decken und Sparren so gut isoliert, dass dies der beste Fluchtweg der Welt war.

Wenn meine Eltern noch wach waren, kletterten wir hinunter auf den Zaun und sprangen von dort in den Hof der Nachbarn. Wenn sie schon schliefen, sprangen wir einfach in unseren Hof und stahlen uns aus der Seitentür hinaus auf den Bürgersteig. Wir gingen hinüber zum Schulhof der P.S. 60, wo ein paar angehende Kleinganoven und Schläger herumlungerten. Dort war immer etwas los. Die Jugendlichen klauten Autos oder prügelten sich. Das war der Ort, wo sich alle Springville-Boys von Staten Island trafen. Die Springville-Boys galten als die Möchtegern-Gangster unter den Teenagern von Staten Island, und sie machten diesem Ruf alle Ehre.

Sie waren ein bisschen wie die Rampers, Papas erste Bande in Brooklyn, doch wesentlich zahlreicher. Sie stammten aus den Vierteln Bulls Head und Springville auf Staten Island und versuchten, sich auf der Straße einen Namen zu machen, in der Hoffnung, eines Tages die Aufmerksamkeit eines »gemachten« Mitglieds einer Mafiafamilie zu erregen. Eigentlich wollten sie dieses Leben aber gar nicht führen, sondern selbstständig bleiben.

Sie sollten jedoch schon bald feststellen, dass sie den Kodex einhalten mussten, wenn sie weiterhin die Straßen unsicher machen wollten. Der Unterschied zwischen meinem Vater und ihnen war, dass die meisten gar nicht richtig begriffen, wofür die Mafia eigentlich stand. Sie strebten eine Mitgliedschaft mehr des Geldes und des Nimbus' wegen an als wegen der Ehre, Loyalität und Bruderschaft, die von den älteren Mafiosi praktiziert wurden. Viele von ihnen landeten wegen Bagatelldelikten im Gefängnis.

Auf diesem Schulhof gab es einen Typen namens Tommy, den ich süß fand. Das erste Mal, dass ich mit ihm sprach, war auf der alljährlichen Party zum 4. Juli bei uns zu Hause. Papa schmiss anlässlich des Nationalfeiertags immer die größten Partys von ganz Bulls Head, mit palettenweise Dom Pérignon, Alkohol, Bier, Hummerschwänzen, Krabbenbeinen und was man sich sonst noch wünschen konnte. Hunderte von Leuten aus dem ganzen Viertel nahmen an dem Ereignis teil. Manche brachten ihre Gartenstühle mit und stellten sie in unserem Hinterhof auf. Wir ließen alle herein, jeden, der kommen wollte. Es war eine Kopie der riesigen Fourth-of-July-Party, die John Gotti immer in Queens gab.

Am Nachmittag waren die Erwachsenen alle betrunken und völlig fertig. Roxanne, Ramona und ich hatten die Party verlassen, um ein wenig spazieren zu gehen, als ich Tommy sah. Er saß in seinem Wagen und wartete auf ein paar Freunde. Ich war ihm schon öfter in der Gegend begegnet und mochte ihn. Als er mir sagte, er gehe zu einer Nachbarschaftsparty, sagte ich: »Das ist die Party meiner Familie.«

Er ging mit uns nach Hause zurück. Als wir in den Hinterhof kamen, sah ich, wie mein Vetter Bud und Sera, ein Freund meines Vaters, einen blutverschmierten und zusammengeschlagenen Teenager davon schleppten. Bud schrie: »Mach, dass du hier rauskommst, und lass dich nie wieder blicken!«

Als Bud daraufhin auf Tommy zuging und ihn fragte, ob er den Jungen kenne, bekam ich einen Schreck. Tommy sagte, er habe ihn noch nie gesehen. Das alles war mir so peinlich, dass ich meine Mutter suchte.

»Mama, was geht hier vor?«, fragte ich sie.

Sie war so betrunken wie alle anderen. Ich hatte sie noch nie zuvor mit einem Drink in der Hand gesehen, geschweige denn betrunken. »Mach dir keine Sorgen, Karen, entspann dich einfach«, riet sie mir. Also machte ich mich daran, meinen Vater zu suchen.

»Was ist passiert, Papa?«, fragte ich ihn.

»Offensichtlich hat so ein Typ das Maul zu voll genommen und eins auf die Schnauze gekriegt«, sagte er. Es stellte sich heraus, dass es ein Jugendlicher vom Schulhof war. Er hatte sich auf der Party betrunken und jemandem an den Hintern gefasst. Jemand anderes hatte das gesehen und gesagt: »He, Kumpel, so was tun wir hier nicht.« Der Junge hatte daraufhin patzig geantwortet und für sein respektloses Verhalten am Ende eine Tracht Prügel bezogen.

Tommy war noch immer an meiner Seite, also stellte ich ihn meinem Vater vor. »Papa, das ist Tommy«, sagte ich. So, wie Papa ihn musterte, muss er wohl geglaubt haben, Tommy wäre mein Freund.

»Tommy, ich sag's dir lieber gleich«, sagte mein Vater. »Wenn du hier Ärger machst, verlässt du uns auf dieselbe Weise.« Das sagte er vermutlich, um Tommy auf die Probe zu stellen und zu sehen, was für ein Junge er war.

In jenem Sommer begann ich mich regelmäßig mit Tommy zu treffen. Wir gingen zum P.S.-60-Schulhof und hingen dort zusammen ab. Außer mir waren meistens auch Roxanne und Ramona Rizzo dort. Oft kam auch noch Jennifer Graziano dazu. Sie war ein Mädchen, mit dem ich mich erst seit Kurzem traf und die Tochter von Anthony »The Little Guy« Graziano, der angeblich ein großes Tier in der Mafiafamilie Bonanno war.

Sie hatte eine ältere Schwester, Renee, doch Renee hatte einen anderen Freundeskreis.

Renee war anders als Jenn. Sie war die perfekte Definition einer Mafiaprinzessin. Dieser Rolle entsprechend, trug sie Pelzmäntel und schicken Schmuck. Ich erinnere mich, dass ich mich oft in Nachtclubs schlich und Renee dort in Gesellschaft von Mafiosi antraf, trinkend und lachend. Sie war das totale Gegenteil von Jenn, Ramona, Roxanne und mir. Wenn wir in einen Club gingen und einem Freund meines Vaters über den Weg liefen, rannten wir weg und versteckten uns – zum Teil deshalb, weil wir noch minderjährig waren, aber hauptsächlich, weil wir uns nicht so öffentlich mit unseren Vätern zeigen wollten, wie es Renee tat.

Auch Jennifer schlich sich häufig aus dem Haus, weil sie mit einem Typen namens Danny ging. Sie lebte in einem anderen Viertel, ganz in der Nähe des Hylan Boulevard. Wenn wir nicht zu Fuß zum Schulhof gingen, holte uns jemand ab. Das Problem war, dass damals, als ich mit Tommy ging, Tommys Ex-Freundin immer mit von der Partie war. Sie war ein Mädchen aus der Nachbarschaft. Zwar war sie inzwischen mit jemand anderem zusammen, und auch ihre Schwester und die Freundinnen ihrer Schwester gingen mit Jungs, die auf dem Schulhof der P.S. 60 abhingen. Tommys Ex aber hasste mich, weil sie immer noch Gefühle für ihn hatte. Sie nannte mich und meine Freundinnen »Mafiaprinzessinnen« und »Papas Lieblinge«. Sie war puertoricanischer Abstammung und wusste nichts über die Mafia. Es schien mir, dass sie und ihre Schwester nicht kapierten, wer unsere Väter waren. Wann immer uns diese Mädchenclique sah, drohten sie, uns in den Arsch zu treten. Einer der Typen vom Schulhof warnte uns, dass die Mädchen verrückt seien, von der Sorte, die einen überfielen oder einem das Gesicht mit einer zerbrochenen Bierflasche zerschnitten, wenn sie einen alleine erwischten. Ich will nicht lügen: Ich hatte Angst. Ich wusste, dass mein Vater sich der Sache annehmen würde, wenn ich mich an ihn wandte, aber das war nicht die Art, wie ich meine Angelegenheiten regelte. Meine Freundinnen und ich trafen uns regelmäßig im Haus von Roxannes und Ramonas Eltern, wo wir übten, miteinander zu kämpfen, um für den Ernstfall gerüstet zu sein. Der trat schließlich auch ein.

Wir versohlten ihnen tüchtig den Arsch und verschafften uns den verdienten Respekt. Nie gebrauchten wir die Namen unserer Väter, um uns

Respekt zu verschaffen. Wenn mir jemand in den Arsch trat, hätte ich eigentlich bloß sagen müssen: »Mein Papa ist Sammy.« Doch Papa lehrte mich, für mich selbst einzustehen und zu kämpfen. Die erste Prügelei, in die wir verwickelt wurden, trug sich in einem Nachtclub auf Staten Island zu. Damals musste man achtzehn sein, um in einen Club eingelassen zu werden, aber wir hatten falsche Ausweise und schafften es trotzdem. Ich war sechzehn. Alle tanzten. Wir schlugen uns mit den Mädchen und setzten einander ordentlich zu, bis wir merkten, dass das Ganze zu einem offenen Zickenkampf geworden war. Obwohl es in dem Schuppen dunkel und die Musik laut war, hatten wir ein Publikum. Zum Glück gewannen wir.

Ein einziges Mal wurde ich beim heimlichen Verlassen des Hauses erwischt. Roxanne, Ramona und Jennifer waren bei mir zu Hause. Sie wollten über Nacht bleiben. Wir bereiteten uns also auf die große Party vor. Gerard wusste, dass ich mich heraus schlich, und meistens half er mir. Er ging dann nach unten, stellte das Radio an und machte Lärm. An jenem Abend aber beschloss Gerard, zum ersten Mal selbst auszubüchsen. Dabei brauchte er sich eigentlich gar nicht davonzuschleichen. Er wollte nur sehen, ob sein Mini-Bike, das in der Auffahrt stand, einen Platten hatte. Er hätte also ebenso gut die Haustür nehmen können. Meine Eltern waren in der Küche. Gerard war unvorsichtig und schlich nicht leise genug. »Hast du auch etwas gehört?«, fragte mein Papa meine Mama, die aber verneinte. Später an jenem Abend nahmen wir vier Mädchen den Weg übers Dach und stahlen uns davon, ohne dass Papa etwas hörte. Wir wussten, wie man ganz leise auftrat, sodass wir erfolgreich entwischten. Papa war jedoch wachsam geworden, weil er Gerard zuvor gehört hatte. Er wusste nicht, dass wir uns davongeschlichen hatten. Er schaute nie nach uns und nahm an, wir wären zu Hause. Als wir zurückkehrten und bei unserem Weg übers Dach ein wenig Lärm machten, hörte er daher etwas, hatte aber keine Ahnung, dass wir es waren.

Eilig holte er seine Waffe, weil er dachte: »Mein Gott, da kommen sie, sie schleichen sich durchs Fenster meiner Kinder.« Schritte in der Nacht, vor allem auf dem Dach, hatten für meinen Vater eine ganz besondere Bedeutung.

Mit der Pistole in der Hand rannte er die Treppen hinauf. Als wir ins Badezimmer kletterten, hörte er den Lärm. Er stieß die Tür auf, als ich gerade den Raum verlassen wollte. Wir standen uns direkt gegenüber. Er hatte die Waffe auf meinen Kopf gerichtet, und ich warf die Hände in die Luft.

»Papa!«, kreischte ich. »Wir waren doch nur bei Miggy's und haben ein Sandwich gegessen.«

»Siehst du das, Karen?«, keuchte er und wedelte mit der Waffe.

»Äh, ja«, sagte ich.

»Weißt du denn, dass ich dich um Haaresbreite erschossen hätte?«, schrie er mich an.

»Ja«, antwortete ich.

»Ab ins Bett«, befahl er und knallte die Tür ins Schloss.

Am nächsten Morgen kam meine Mutter ins Zimmer, um die Bettwäsche zu holen. Sie wusch jeden Tag das ganze Bettzeug, und alles wurde gebügelt und gemangelt.

»Wo ist Papa?«, fragte ich.

»Sieh an, die tote Tochter«, antwortete sie. »Wenn die Mädels weg sind, musst du nach unten gehen und mit ihm reden.«

Ich wusste, dass sie damit meinte, ich solle die Mädchen hinauskomplimentieren. Ich hatte große Angst davor, was er wohl sagen würde. Als ich runterkam, saß er am Kopfende des Tisches, wo er immer saß. Er erledigte dort seine Buchführung, kritzelte irgendwelche Zahlen und strich sie wieder durch. Er trank eine Tasse Kaffee. An jenem Morgen war er sehr aufgeregt.

»Du willst mich sprechen?«, fragte ich.

»Setz dich hin«, kommandierte er.

Für gewöhnlich saß ich rechts von ihm, doch heute wollte ich nicht neben ihm sitzen, also nahm ich einen Stuhl weiter Platz. Er schob den Stuhl zwischen uns beiseite und befahl: »Komm näher mit deinem Stuhl.« Er beugte sich zu mir und schnauzte mich an: »Ist dir eigentlich klar, dass ich dich gestern Abend fast erschossen hätte?«

»Hm, hm.«

»Weißt du, warum ich mich deshalb so aufrege?«

»Hm, hm. Ich werde es nicht wieder tun.«

»Ich bin nicht wütend, weil du dich aus dem Haus geschlichen hast. Ich bin wütend, weil ich dir fast die Birne weggepustet hätte!«

»Tut mir leid.«

»Du kannst doch nicht einfach nachts übers Dach klettern.«

»Tut mir leid«, sagte ich zum dritten Mal und begann zu weinen.

Er nahm meine Entschuldigung an. »Gib mir einen Kuss und umarme mich«, sagte er. »Karen, weißt du, wie unendlich schlecht es mir ginge, wenn ich, was Gott verhindert hat, wirklich den Abzug betätigt hätte?«

»Ja«, erwiderte ich und versprach abermals, es nicht wieder zu tun. Er verlegte meine Sperrstunde nach vorn, was ich ohne Widerrede akzeptierte. An jenem Wochenende büchste ich erneut aus. Papa war darüber, dass er mich beinahe getötet hätte, sehr wütend, doch er kontrollierte mich nie wieder. Er war ein Ehrenmann, und wenn er sein Wort gab, hielt er es. Von allen Anderen erwartete er dasselbe. Natürlich war ihm bewusst, dass ich mich wieder aus dem Haus schleichen würde. Doch wenn er sagte, dass er mir vertraue, wollte er nicht jeden Abend nachsehen, ob ich noch da war. Wenn ich es vermasselte und mich erwischen ließe, bekäme ich großen Ärger. Mein Vater war jedoch sehr fair, und als er meine Entschuldigung annahm, schenkte er mir auch wieder sein Vertrauen.

Wenn ich mich hinausschlich, traf ich mich meistens mit Tommy. Tommy war ein netter Kerl. Er prügelte sich und ging spät nach Hause, wie alle Anderen in meinem Bekanntenkreis. Das waren jedoch keine Verbrechen.

Papa sagte immer, ich müsse mich als Frau selbst respektieren. Er wollte, dass ich mit jemandem zusammen war, der mich respektierte, und sagte, er werde jeden Jungen, mit dem ich mich traf, genauestens unter die Lupe nehmen. Ich dachte daher, dass ich Tommy einmal mit nach Hause nehmen müsste, hatte aber ein wenig Angst davor. Ich war Papas Liebling und wusste eines ganz genau: Wenn ich einen Jungen mit nach Hause brachte, dann musste er meinem Vater hundertprozentig gefallen. Meiner Erfahrung nach hätte er niemandem wehgetan, aber er hatte einen starken Beschützerinstinkt seiner Familie gegenüber, insbesondere seinen Kindern.

Das Verhör begann in dem Augenblick, als Tommy das Haus betrat. »Tommy, du glaubst also, du wärst der Richtige, um mit meiner Tochter auszugehen?«

Ich wusste, dass Tommy bereits etwas eingeschüchtert war. Es war ihm bekannt, dass mein Vater der Unterboss der Mafiafamilie Gambino war.

Was ich noch nicht wusste, war, dass alle Kids in der Nachbarschaft, darunter auch Tommy, Gangster werden wollten und meinen Vater bewunderten.

»Pass schön auf, dass du meine Tochter gut behandelst «, warnte ihn Papa.

Tommy und ich gingen drei Jahre lang miteinander. Schließlich beschaffte ihm Papa einen Job im Baugewerbe. Wenn ich schon mit jemandem zusammen war, dann wollte er, dass der Typ wenigstens einen ordentlichen Job und gute Berufsaussichten hatte.

Während meiner Mittel- und Oberstufenjahre kamen Papa und ich einander näher. Wir trainierten zusammen im Fitnessclub. Wenn ich ein paar Pickel hatte, schickte er mich zum Dermatologen. Ich sah zu ihm auf und respektierte ihn nicht nur als Vater, sondern auch als Freund. Es machte mir nichts aus, dass ich so viel Zeit mit ihm verbrachte. Ich bewunderte ihn und lernte viel von ihm, vor allem über das Leben. Ich wusste, dass er alles, was er tat, nur uns zuliebe machte. Ich war der einzige Mensch in seinem Leben, der ihm widersprechen durfte. Normalerweise diskutierte er solange, bis alle anderen aufgaben, doch dann machte ich einfach weiter, bis er aufgab. Wir hatten ein ganz tolles Verhältnis. Es gefiel ihm, dass ich niemals klein beigab, dass ich hartnäckig war und zu meiner Meinung stand. Ich glaube, deshalb duldete er es auch, dass die eine oder andere Meinungsverschiedenheit zu meinen Gunsten ausging. Schließlich war er es selbst, der mich dazu ermutigte, keinen Fußbreit zu weichen. Ich konnte mit ihm über Teenagerkram reden. Er warnte mich davor, nicht mit Betrunkenen im Auto zu fahren. Er sagte, wenn ich zu einer Party ginge, auf der getrunken werde, solle ich ihn anrufen, wenn der Fahrer tränke.

Ich sagte, ich würde wahrscheinlich nicht anrufen, weil ich mir keinen Ärger einhandeln wolle, wenn ich selbst getrunken hätte. Doch Papa versprach, von allen Strafen und Sanktionen abzusehen, wenn ich anrief. Er wusste, dass ich jemand war, der trotzdem trinken, aber niemals anrufen würde, weil ich wusste, dass er dann sauer auf mich wäre.

Einmal, als ich mehr als nur ein bisschen beschwipst war, beherzigte ich seinen Rat. Ich rief meine Mutter an und bat sie, mich und meine Freundin Valerie von einer Party abzuholen. Papa fand es höchst amüsant, als er sah, wie wir das Haus betraten. »Sind die etwa betrunken?«, fragte er meine Mutter. Ich hörte die Frage und sagte nein, das seien wir nicht.

»Prima, dann können wir ja noch ein wenig würfeln«, sagte er mit einem hinterhältigen Lächeln. Er wollte mich auf die Probe stellen und sehen, ob ich noch mit den Würfeln umgehen könnte. Das Werfen war kein Problem, aber es gelang mir nicht mehr, die Punkte zusammenzuzählen. Wieder einmal hatte mich Papa kalt erwischt. Obwohl er ein Vater war und mich für meine Fehler zur Rede stellte, kannte er doch auch das wahre Leben und ließ mich meine Jugend genießen, solange ich nicht völlig außer Kontrolle geriet. Er vertraute mir soweit, dass ich zwar nicht immer perfekt sein musste, aber auch vernünftig genug war, das Richtige vom Falschen zu unterscheiden.

Als ich siebzehn wurde, kehrte ich eines Nachmittags von der Schule nach Hause zurück und traf meine Eltern in meinem Zimmer an. Die Schranktür stand offen und gab den Blick auf ein typisches Teenagerchaos frei. Ich wollte mich gerade für die Unordnung entschuldigen, da drückte mir mein Vater plötzlich einen Schraubenzieher in die Hand.

»Schraub' das dritte Brett der Rückwand ab«, instruierte er mich. Dort, hinter meinem Schrank, befand sich ein Safe mit Zahlenschloss. Er enthielt zwei goldene Uhren und zwei Millionen Dollar in bar.

»Das ist für den Notfall, sollte mir oder deiner Mutter etwas zustoßen«, sagte er.

Das ist ein Haufen Geld, dachte ich, als ich die Geldbündel anstarrte. Ich stellte mir gerade vor, was ich im Einkaufszentrum davon alles kaufen könnte, als mich die Stimme meines Vaters in die Wirklichkeit zurückholte.

»Und dass du mir damit ja nicht shoppen gehst, verstanden?«, donnerte er.

Papa verstand es, sehr ernste Dinge zu sagen und sie dann mit einem kleinen Witz aufzulockern.

In jenem Jahr brach sich Gerard das Bein. Er war vierzehn, und wir hatten sein Mini-Bike vom Haus meiner Großmutter in Pennsylvania geholt. Er war nach Einbruch der Dunkelheit damit herumgefahren und von einem Auto erwischt worden. Das Krankenhaus rief bei meinem Vater an und teilte ihm mit, es habe einen Unfall gegeben, gab ihm jedoch keine weiteren Informationen. Papa war gerade bei Angelo Ruggieros

Totenfeier in Howard Beach, Queens. Angelo, der Neffe des verstorbenen Gambino-Unterbosses Aniello Dellacroce, war ein Mitarbeiter von John Gotti gewesen, bevor er an Krebs starb. Nur die Männer gingen zu den Beerdigungen. Das FBI beobachtete stets die Feiern, also blieben ihnen die Frauen fern. Mein Vater ging zu John Gotti und sagte: »Ich muss gehen. Mein Sohn hat einen Unfall mit dem Motorrad gehabt.«

John bekreuzigte sich und sagte: »Oh, mein Gott, geh!«

Ruggieros Trauerfeier fand im selben Beerdigungsinstitut statt, in dem auch Johns Sohn aufgebahrt gewesen war. Sein jüngster Sohn, Frank, war neun Jahre zuvor mit seinem Mini-Bike auf die Straße hinausgeschossen und von einem Nachbarn überfahren worden. Damals war er gerade zwölf Jahre alt gewesen. Die Nachricht von Gerards Unfall erschütterte John daher sehr.

Der Typ, der mit Gerard zusammengestoßen war, wartete, bis der Krankenwagen eintraf. Meine Mutter war nicht zu Hause. Sie war mit Huck, dessen Frau Kathy und einigen anderen Freunden in einem Comedy-Club in Brooklyn. Jemand erreichte sie dort. »Wird er sterben?«, fragte sie. Man sagte ihr, die Verletzungen seien nicht lebensbedrohlich, aber er habe sich möglicherweise das Rückgrat gebrochen. Mein Onkel Eddie kam und fuhr zu Gerard ins Krankenhaus, ich folgte ihm in meinem eigenen Wagen.

Ich hatte große Angst, weil ich die Schwere der Verletzungen nicht kannte. Papa traf mich vor der Notaufnahme des Staten Island Hospital an, wo ich auf ihn gewartet hatte. Als er mich sah, sprang er aus dem Auto, doch auf dem Bürgersteig hielt ihn ein Polizist an. Ich dachte, der Bulle wolle ihm berichten, was sich ereignet hatte. »Ist das Ihr Moped?«, fragte er meinen Vater. Als mein Vater das Mini-Bike sah, dachte er, Gerard wäre tot. Stattdessen sagte der Bulle: »Wir müssen Ihnen ein paar Strafzettel erteilen. Das Moped ist nicht registriert.«

Da platzte mein Vater: »Du beschissener Schwanzlutscher, du Arschloch…« Er biss die Zähne zusammen, was er immer tat, wenn er sich maßlos aufregte. »Nimm deine beschissenen Strafzettel und steck sie dir in den Arsch.«

Er ergriff meinen Arm. »Wo ist dein Bruder?«, schrie er und zerrte mich in die Notaufnahme.

»Es geht ihm einigermaßen gut«, sagte ich und versuchte, ihn zu beruhigen. »Aber ich glaube, er hat sich das Bein gebrochen.«

»Wo warst du?«, fragte er mich. »Du solltest doch zu Hause bleiben und auf ihn aufpassen.«

Es dauerte nicht lange, da füllte sich der Eingangsbereich des Krankenhauses mit fünfzehn Männern in Anzügen. John hatte ein paar Jungs geschickt, die dafür sorgen sollten, dass es Gerard gut ging, und alle anderen waren ihnen direkt von der Beerdigung gefolgt, um sicherzustellen, dass alles unter Kontrolle war. Sie belagerten den gesamten Eingangsbereich. Alle brachten sie etwas zu essen mit, Bagels und so weiter – ein großes italienisches Picknick.

Am nächsten Morgen schickte der Fahrer des Unfallwagens Gerard Blumen ins Krankenhaus. Papa und ich waren gerade dort, als sie geliefert wurden.

»Die sind von dem Kerl, der dich angefahren hat«, sagte Papa zu Gerard. »Weißt du, wie gefährlich es ist, nachts mit dem Moped zu fahren? Dieser arme Kerl hat jetzt furchtbare Angst. Er will die Stadt verlassen. Es ist gefährlich, in der Dunkelheit mit dem Mini-Bike herumzufahren. Du sollst doch nicht einfach abhauen.«

Dann wandte er sich zu mir: »Und du solltest eigentlich auf deinen Bruder aufpassen.«

Später an jenem Tag wurde Gerard aus der Chirurgie entlassen; man hatte ihm eine Metallschiene ins Bein gesetzt. Der Typ, der ihn angefahren hatte, kam vorbei. Er entschuldigte sich und sagte, es sei ein Unfall gewesen. Es sei dunkel gewesen, und er habe meinen Bruder nicht gesehen, als er in seine Einfahrt gebogen sei. Er war immer noch völlig am Boden zerstört.

Ich erinnere mich, dass der Typ eine Heidenangst vor meinem Vater hatte. Er wirkte, als wollte er am liebsten davonlaufen und die Stadt verlassen. Er tat mir sehr leid, weil es nicht seine Schuld gewesen war. Jeder wusste, was mit dem Kerl passiert war, der Frank Gotti überfahren hatte. Er bezahlte mit seinem Leben, wurde mit der Schusswaffe exekutiert und dann in ein Säurebad geworfen. Mein Vater versicherte dem armen Kerl, dass alles in Ordnung sei. Er schickte ihn weg und sagte: »Machen Sie sich keine Sorgen.« Er sandte ihm sogar einen hübschen Früchtekorb.

TEIL II

Kapitel 9

»Gangster schicken zu jedem Anlass Blumen.«

Mir war noch nicht ganz klar, welchen Weg ich im Leben einschlagen wollte. Meine Eltern sprachen nie mit mir über die Zeit nach der Highschool. Manchmal redeten wir übers College, doch Papa wusste, dass die Schule nie so ganz meine Stärke war. Auf jeden Fall hatte er die Hoffnung aufgegeben, dass ich eines Tages Rechtsanwältin werden würde. Ich lernte zwar schnell, war aber eine eher mittelmäßige Schülerin. Das Problem war, dass mir der Unterricht und die formale Bildung eigentlich keinen besonderen Spaß machten. Also wollte mir Papa helfen, stattdessen ein eigenes Geschäft zu eröffnen. Was immer ich aus meinem Leben auch machen wollte, er würde mir dabei zur Seite stehen.

Als ich mit achtzehn die Richmondtown Prep abschloss, fragte mich mein Vater: »Was machen wir denn jetzt mit dir, Karen? Was willst du mit deinem Leben anfangen?«

Ich sagte: »Ein Blumenladen wäre ein gutes Geschäft.« Bei all den Beerdigungen, Hochzeiten und Partys, die meine Freunde und deren Familien besuchten, passte eine Floristin ausgezeichnet ins Bild. Also schenkte mir mein Vater zum Schulabschluss die Schlüssel zu meinem eigenen Blumenladen.

Er lag direkt neben dem Büro seiner Baufirma an der Stillwell Avenue in Brooklyn. Ich glaube, es war Teil seines Masterplans für mich, dass ich ein eigenes Geschäft führen sollte. Meine Eltern gingen davon aus, dass ich den Laden betreiben, einen netten Kerl finden, heiraten und eine Familie gründen würde. Sie wollten nur das Beste für mich. Selbst wenn es den Anschein hatte, dass Papa durch seine starke Präsenz versuchte, mein Leben in eine bestimmte Bahn zu lenken, dann doch nur, weil er mich vor den Höhen und Tiefen des von ihm eingeschlagenen Lebensweges bewahren wollte. Er wollte sich um Gerard und mich keine Sorgen machen müssen und niemals den Anruf erhalten, dass einer von uns im Gefängnis gelandet sei. Also griff er mir beim Start ins Berufsleben kräftig unter die Arme. Mir einen kleinen Blumenladen zu schenken, war eine ausgezeichnete Idee.

In vielerlei Hinsicht war das Letzte, was ich wollte, die Verantwortung für ein eigenes Geschäft zu tragen. Wenn ich diese Bürde jedoch schon schultern musste, dann wollte ich wenigstens auch den Namen für den Laden selbst wählen. Nachdem ich lang und breit nachgedacht hatte, verfiel ich auf »Exotic Touch«, weil es gleichermaßen elegant und tropisch klang. Auf meinen Laden war ich sehr stolz, und das war meinem Vater wichtig. Der Name Exotic Touch spiegelte das perfekt wider.

Bei meiner und Gerards Erziehung war es meinem Vater stets darum gegangen, uns Verantwortungsbewusstsein zu vermitteln. Ich bin überzeugt, dass er die Lage meines Blumengeschäfts neben seinem Büro deshalb wählte, weil er so kontrollieren konnte, ob ich mich auch wirklich um den Laden kümmerte. Er besorgte mir den Laden nicht einfach nur, damit ich etwas zu tun hatte. Er wollte, dass ich ihn ordentlich betrieb, die Sache ernst nahm, pünktlich war. Er sagte: »Vergiss nie, das hier ist dein Laden. Du bist diejenige, die um acht Uhr morgens den Schlüssel ins Schloss steckt. Darauf solltest du stolz sein.«

Natürlich war ich stolz auf den Laden, aber ich war auch noch sehr jung. Im Grunde verstand ich überhaupt nichts von Blumen, Ansteckblumen, Brautsträußen oder Tafelaufsätzen. Trotzdem kauften sämtliche Leute aus dem Viertel ihre Blumen nun ausschließlich bei mir, darunter auch John Gotti höchstpersönlich. Mein Geschäft brummte. Gastronomiebetriebe, Begräbnisinstitute und kleinere Unternehmen bestellten alle bei mir. Es schien, als könnte ich verlangen, was ich wollte. Der Preis spielte keine Rolle. Viele der großen Bouquets und Arrangements gingen für fünfhundert Dollar über den Ladentisch.

Ich hatte stets einen sehr langen Arbeitstag. Ich öffnete morgens um acht Uhr und blieb oft bis neun oder zehn Uhr abends, um alle Bestellungen bearbeiten zu können. Gangster schicken zu jedem Anlass Blumen. Wir waren der Hauslieferant zweier örtlicher Gastronomiebetriebe sowie des Scarpaci Funeral Home in der 68. Straße. Wir wurden von Bestellungen förmlich überschwemmt und konnten die viele Arbeit kaum bewältigen. Ich war völlig fertig. Dann traf es mich eines Tages wie ein Blitzschlag, dass ich nur deshalb so gute Geschäfte machte, weil ich die Tochter von Sammy the Bull war. Die Menschen hatten solchen Respekt vor meinem Vater, dass sie nicht wagten, irgendwo anders zu kaufen.

Papa war ein gefürchteter Mann, gleichzeitig aber auch beliebt und geachtet. Er behandelte die Menschen um sich herum stets gut und half ihnen, Geld zu verdienen. Wenn jemand, der ihm nahe stand, ein neues Geschäft eröffnete, war er immer der Erste, der ihn unterstützte, und von allen anderen erwartete er dasselbe. Als ich den Laden aufmachte, erwiderten daher alle, denen er einst geholfen hatte, diese Gefälligkeit. So wurden wir zum Floristen für praktisch die gesamte Familie Gambino. Mehr interessierte mich nicht. Es freute mich, dass mein Laden so beliebt war.

Angesichts meines stetig wachsenden Kundenstammes besorgte mir Papa einen Partner, den Freund eines Freundes eines Freundes namens Mario. Der arme Kerl! Meistens war er total gestresst, weil er genau wusste, dass er Blumengebinde für Männer wie John Gotti und Sammy the Bull machte. Die Wahrheit ist, dass sie es wahrscheinlich nie bemerkt hätten, wenn die Gebinde nicht perfekt gewesen wären. Ich bin sicher, sie hätten auch kein großes Aufhebens darum gemacht, wenn sie nicht hundertprozentig zufrieden gewesen wären. Mario versuchte jedoch stets dafür zu sorgen, dass sämtliche unserer Gebinde einwandfrei waren – nur für den Fall. Er setzte sich selbst gewaltig unter Druck. John rief uns ständig an und gab Bestellungen für Blumensendungen auf, und jedes Mal begann Mario zu rotieren und versuchte, die Gebinde möglichst perfekt zu machen. Obendrein musste er mit mir klarkommen, einem neunzehnjährigen, sorglosen italienischen Mädchen, das sich in seiner Rolle als Geschäftsfrau nur bedingt wohl fühlte, wenngleich ich mein Bestes tat, meinen Verpflichtungen nachzukommen.

Nach Ladenschluss ging ich in die Stadt, um mit meinen Freundinnen in den Nachtclubs zu feiern. Meist kam ich gegen vier Uhr morgens nach Hause und stand mit einem schrecklichen Kater um acht wieder im Laden. Dann war Mario ganz aus dem Häuschen. Wenn beispielsweise eine Beerdigung oder etwas ähnlich Wichtiges anstand, stolperte ich oft nur herum, weil mir von dem süßen Duft der Blumen übel wurde. Ich war zwar jung und vielleicht ein wenig wild, wusste aber ganz genau, wie wichtig es meinem Vater war, dass ich mich verantwortlich fühlte. Also arbeitete ich trotz meines Katers. Ich ähnelte meinem Vater sehr. Wenn ich etwas machte, dann gab ich mein Bestes. Ich gab mir mit dem Laden alle Mühe, weil ich wollte, dass mein Vater stolz auf mich war.

Die Bestellungen für Beerdigungen waren ein Alptraum für mich. Ich musste sämtliche Blumen an einer Kante abschneiden, damit sie die exakte Länge für die Arrangements hatten, die immer riesig und kunstvoll waren. Dann brachten wir die Monstergestecke zu Scarpaci oder in die Kirche. Ein paar Stunden später holten wir sie in aller Eile wieder ab, brachten sie zurück zu Exotic Touch, zogen die noch verwertbaren Elemente heraus und recycelten sie zu irgendetwas für eine Hochzeit. Mario nahm den meisten Stress im Laden auf sich. Er sagte, »mach dir keine Sorgen«, und schuftete wie jemand, dem man eine Pistole an die Stirn hält. Mein Vater setzte uns zwar nie direkt unter Druck, aber ich glaube, Mario spürte ihn trotzdem. Er verhielt sich, als dächte er, sämtliche Bestellungen müssten einwandfrei sein, und, wenn etwas schief ginge, dies auf ihn zurückfallen würde, selbst wenn er nicht dafür verantwortlich wäre. Mit mir war mein Vater sehr streng. Er erkannte wohl, wie wichtig es war, dass ich mir frühzeitig meine Sporen verdiente, um später erfolgreich sein zu können. Ich war zwar in der Schule keine Leuchte gewesen, hatte aber definitiv Geschäftssinn bewiesen. Genau wie er war auch ich sehr umtriebig. Ich wusste, dass mein Vater den Blumenladen hauptsächlich deshalb eröffnet hatte, damit ich lernte, Verantwortung zu übernehmen und ein Geschäft zu führen; dass er eine gute Geldquelle war, kam als Bonus noch hinzu. Trotzdem glaube ich, dass Mario mit mir wahnsinnig wurde.

Einmal hörte ich, dass ich von Leuten, die lieber bar bezahlten, keine Umsatzsteuer verlangen müsste. Am nächsten Tag rief eine Kundin an und gab eine ziemlich große Bestellung auf. Sie fragte, ob sie per Kreditkarte bezahlen könne. »Selbstverständlich«, erwiderte ich. »Wenn Sie aber bar statt per Karte bezahlen, brauchen wir Ihnen keine Steuer zu berechnen.«

In diesem Augenblick betrat Onkel Eddie den Laden. Da er eine Tür weiter im Büro der Baufirma saß, schaute er ab und zu bei mir herein und erkundigte sich nach Papa. Als er hörte, was ich sagte, riss er mir den Hörer aus der Hand, knallte ihn auf die Gabel und schrie: »Was tust du da?! Das Telefon ist vielleicht angezapft. Solche Sachen kannst du doch nicht am Telefon sagen!«

Nachmittags kam Papa vorbei. Offensichtlich hatte ihm Eddie bereits alles erzählt, denn noch bevor er mich begrüßte, sagte er: »Karen, die Leute zahlen Steuern. Sie wollen ihre Steuern zahlen. Du kannst ihnen nicht am Telefon sagen, dass sie das nicht tun sollen.«

Ich wusste, dass die Leute eigentlich keine Steuern zahlen wollten, aber ich verstand den Hinweis meines Vaters – sag so etwas nie am Telefon.

Nicht einmal ein Jahr nach Eröffnung des Ladens bemerkte ich, dass das Gebäude von Überwachungsfahrzeugen aus observiert wurde. Auch in einer Seitenstraße in der Nähe unseres Hauses hatte ich welche entdeckt. Schon früher, als ich mich noch aus dem Haus gestohlen hatte, waren sie mir von Zeit zu Zeit aufgefallen. Sie kannten sogar meinen Namen. Als ich einmal auf Zehenspitzen durch die seitliche Gartentür schlich, kurbelte einer der Agenten das Fenster seines Wagens herunter und sagte grinsend: »Na Karen, gehst du ein wenig aus?« Nun waren die Überwachungsmaßnahmen drastisch verstärkt worden. Es schien, als würde Papa rund um die Uhr beobachtet.

Mir war klar, dass John Gotti und mein Vater ein kriminelles Unternehmen führten, aber es war für mich schwer, die illegale Seite dieses Geschäfts zu beurteilen. Mein Vater nahm seine Tätigkeit mit der Baufirma sehr ernst. Er hielt eine strikte Routine ein. Erst ging er zum Training in ein Fitnessstudio in Brooklyn, das nicht weit vom Büro entfernt lag. Dann machte er sich auf zur Stillwell Avenue, wo er noch vor Mittag eintraf. Dort blieb er bis halb fünf oder fünf und achtete darauf, dass er pünktlich um halb sechs zum Abendessen zu Hause war. Er liebte das Baugeschäft und war sehr stolz auf seine Arbeit. Obwohl er die meisten Aufträge aufgrund seiner Person und seines Rufs als gefürchteter Gangster bekam, bearbeitete er doch jeden einzelnen Auftrag äußerst gewissenhaft.

Mein Blumenladen lag direkt neben Papas Büro, sodass ich ihn an seinem Schreibtisch sitzen sehen konnte, wenn er mit Kunden über Bauprojekte und Zement sprach. Die Leute kamen zu meinem Vater ins Büro und schüttelten ihm die Hand, dann besprachen sie alles Übrige auf dem Bürgersteig vor meinem Laden. Ich fand das reichlich seltsam, doch später wurde mir klar, dass dies die einzige Möglichkeit war, sich unbelauscht zu unterhalten. Wenn Papa nicht wollte, dass ein Gespräch aufgezeichnet wurde, verlegte er es eben auf die Straße. Wenn sie vorbeigingen, winkte er mir immer zu.

Ich wusste, dass sie über illegale Dinge sprachen. Sie waren extrem darauf bedacht, dass nichts davon abgehört wurde. Obwohl ich wusste, dass hinter den Kulissen illegale Geschäfte abgewickelt wurden, war deren Ausmaß von meiner Warte aus schwer abzuschätzen, weil sich das Meiste an der Oberfläche abspielte. Morgens sah ich, wie die Bautrupps auf die Laster der Marathon Concrete Corp. kletterten und davonfuhren. Die Männer trugen ihre Marathon-Arbeitskleidung, schwarze Hemden mit roten Lettern, die Papa für alle Arbeiter hatte anfertigen lassen.

Auch die Freunde der Familie trugen solche Marathon-Kleidung. Sogar Gerard und ich hatten unsere eigenen Marathon-Construction-Bomberjacken. Papas Sekretärin Sherry hielt am Empfangstisch die Stellung, nahm Telefongespräche entgegen, bezahlte die Rechnungen und führte die Bücher. Ich glaube, ich sah die kriminelle Seite des Ganzen einfach nicht. Obwohl ich wusste, dass es sie gab, kümmerte ich mich nicht weiter darum, weil ich nur einen Mann sah, der stolz auf seine Arbeit war. Er war zwar ebenso stolz darauf, ein Gangster zu sein, doch hielt er diese Seite seines Lebens so gut wie irgend möglich vor seiner Familie verborgen. Sein Geschäft war bestens organisiert. Ich nehme an, dass man deshalb von »organisiertem Verbrechen« spricht. Papa war im Baugeschäft sehr erfolgreich und kontrollierte mehr oder weniger auch sämtliche Gewerkschaften in den fünf Bezirken. Ich glaube, selbst Leute, die keine Mitglieder der Mafia waren, fanden nichts dabei, mit ihm zusammenzuarbeiten. Ein großer Teil seines Erfolges lag darin begründet, dass er persönlich dafür sorgte, dass die Arbeit zügig erledigt wurde.

John Gotti war Papas »Boss«, und mein Vater achtete stets darauf, dass John einen fetten Anteil von allen Bauaufträgen erhielt, die man ihm zuspielte. So funktionierte die Mafia. Gleichzeitig war mein Vater für die Familie Gambino aber auch der Typ, an den man sich bei Bauvorhaben wandte. Er leitete nicht nur Marathon, sondern hatte auch bei

Trockenbau-, Rigips-, Grabungs- und Installationsbetrieben seine Finger im Spiel – um nur einige zu nennen.

»Wenn Donald Trump ein Gebäude errichten will, kann er das nicht ohne uns tun«, sagte Papa zu mir. »Wir kontrollieren die Gewerkschaften, also müssen wir sie nur anrufen und ihnen sagen, sie sollen die Laster stoppen.«

Es war im Oktober 1990, als mein Vater die Familie versammelte und uns mitteilte, dass er eine Weile untertauchen müsse. Wir waren gerade von der Kommunionsfeier meiner Kusine Gina nach Hause zurückgekehrt, als er meinen Bruder und mich in sein Zimmer rief. Ich wusste bereits, dass etwas Großes bevorstand. Schon seit Wochen war das FBI vor meinem Blumenladen postiert. An jenem Abend hatten sie sogar vor dem Eingangsbereich unauffällige Zivilfahrzeuge geparkt.

Über die Jahre hatte ich mich an die Bundesbehörden und ihre Beobachtungsfahrzeuge gewöhnt, doch in den vergangenen Wochen waren sie meinem Vater auf Schritt und Tritt gefolgt. Inzwischen war ich mir der Tatsache voll bewusst, dass Papa der Unterboss der Familie Gambino war. Zum ersten Mal spürte ich, wie seine Welt unsere gesamte Existenz bestimmte. In diesem Augenblick wurde mir klar, dass es auch meine Welt war, wie sehr er sich auch bemühte, uns davon abzuschirmen. Trotzdem wusste ich immer noch wenig darüber.

Papa sagte, er werde sich vor den Bundesbehörden verstecken, erklärte jedoch nicht, warum. Erst später erfuhr ich, dass ihm John Gotti geraten hatte, unterzutauchen.

Gotti hatte erfahren, dass gegen meinen Vater, Frank Locascio und ihn selbst Klage erhoben werden sollte. Die drei Männer sollten wegen Mordes an gleich fünf Männern verhaftet werden: Paul Castellano; Thomas Bilotti, Pauls Unterboss, der zusammen mit Paul vor dem Sparks Steak House exekutiert worden war; Robert »DB« DiBernardo, ein Capo der Familie Gambino, dem man 1986 zwei Mal in den Kopf geschossen hatte; Liborio Milito, ein 1988 spurlos verschwundener Gambino-Soldat, dessen Leiche man nie gefunden hatte; und schließlich Louie DiBono, ein weiterer Soldat der Familie Gambino, der 1990 auf dem Parkplatz des World Trade Center erschossen wurde, weil er den Befehl, sich mit

John Gotti zu treffen, nicht befolgt hatte. Neben den Mordanklagen hatte Gotti auch eine Anklage wegen organisierter Kriminalität zu befürchten.

Das FBI hatte ein Zimmer über dem Ravenite Social Club in der Mulberry Street verwanzt und Gespräche zwischen meinem Vater, John und Frankie DeCicco aufgezeichnet, durch welche sie die drei Männer mit den Morden in Verbindung brachten. Gotti glaubte, dass sie einer Verhaftung entgehen könnten, wenn mein Vater verschwände.

Als Gerard und ich das Schlafzimmer betraten, war Mama schon dort. Er sagte uns nicht, warum er fliehen wollte. Er dachte wohl, je weniger wir wüssten, desto besser wäre es. »Ihr werdet ein paar Sachen in der Zeitung lesen, aber ihr müsst mir einfach vertrauen. Mir wird schon nichts passieren.« Wir stellten keine Fragen und gingen nach oben ins Bett. Einige Stunden später kam Papa in mein Zimmer und gab mir einen Kuss. »Ich möchte, dass du weißt, dass ich dich liebe«, flüsterte er. »Wenn du etwas brauchst, sind Onkel Eddie, Big Louie und die Anderen für dich da.« Big Louie war Papas Freund Louie Valario.

Ich fragte meinen Vater, wann er zurückkomme. Er hielt inne, sah mich eine Weile lang an und sagte: »Ich weiß es nicht.«

Als ich ein Kind war, sagte mein Vater immer: »Mach' mal eine Faust.« Dann ließ er uns in seine Handfläche boxen und sagte: »Siehst du? Wenn du eine Faust machst und die Hand sicher führst, macht dich das stark. So ist es auch mit unserer Familie. Wenn wir immer wie eine Faust fest zusammenhalten, werden wir auch immer stark sein, und nichts wird uns je trennen können.«

Ob ich Sport trieb oder einen Preis bekam, krank wurde oder mich verletzte – dies war seine Art, mich wissen zu lassen, dass er mich unterstützte. Er wollte, dass ich stark blieb. Er deckte mir den Rücken, wir waren eins. Dieses Signal war seine Art, mir ohne große Worte zu sagen, dass alles in Ordnung kommen werde.

In jener Nacht fand ich keinen Schlaf. Ich fragte mich, wohin er wohl gehen würde. Als ich am nächsten Morgen aufstand, war er fort. Einen Monat lang sah und hörte ich nichts von ihm. Er rief nicht an. Meine Mutter sprach nicht darüber, aber ich konnte sehen, wie leer sie sich fühlte. Ich kam jeden Tag nach Hause und schaute in sein Zimmer, um zu sehen, ob er wieder da war. Ich fragte mich, ob das wohl für den Rest meines Lebens so weitergehen würde. Nicht zu wissen, was geschah, war schlimmer als alles Andere. Dann begannen die Zeitungen zu spekulieren, dass Sammy the Bull möglicherweise tot sei.

Ich ging sofort zu meiner Mutter. »Mama, stimmt das?«, fragte ich sie. »Ist Papa tot?«

»Nein, es geht ihm gut«, versicherte sie mir.

»Hast du mit ihm gesprochen?«

Ja«, antwortete meine Mutter. Eigentlich hatte sie nicht mit ihm gesprochen, aber irgendwer hatte eine Nachricht übermittelt.

»Kommt er jemals wieder nach Hause?«

»Ich weiß es nicht«, entgegnete sie.

»Ich verstehe das nicht«, sagte ich. »War's das? Ist das jetzt das Ende?«

»Ich weiß nicht, wie ich es dir erklären soll, weil ich es selbst nicht ganz verstehe«, sagte Mama. Tatsächlich begriff sie sehr wohl. Sie hatte ihr ganzes Leben damit verbracht, uns vor Papas Welt zu behüten. Sie hatte immer gewusst, dass sie die Realität der Cosa Nostra nicht für alle Ewigkeit vor uns verbergen könnte. Wir hatten immer Geld, etwas zu essen auf dem Tisch und ein Sommerhaus. Wir machten schöne Ferien. Papa sorgte stets dafür, dass Mama ein hübsches Auto fuhr. Es fehlte uns an nichts. Mama war dabei jedoch bewusst, dass wir eines Tages die Folgen dieser Art des Broterwerbs zu spüren bekommen würden. Nun war dieser Zeitpunkt gekommen. Sie akzeptierte das, wusste jedoch nicht, wie sie es ihren Kindern beibringen sollte.

Ich hatte mir nie Gedanken darum gemacht, dass der Tod fester Bestandteil des Ganzen war. Wenn ein Todesfall eintrat, erschien alles, was um uns herum geschah, stets viel größer als der Todesfall selbst. Seit dem Tod von Stymie und Nicky war ich mein ganzes Leben lang mit dem Tod konfrontiert gewesen. Mein Vater ging schon zu Beerdigungen, als ich noch ein kleines Kind war.

Nur ein hauchdünnes Deckmäntelchen lag über allem, was mein Vater tat. Papa war wie Superman. Zu Hause war er ein liebevoller, lustiger, charmanter und warmherziger Vater, der trotzdem Wert auf ein wenig Disziplin legte. Wenn er das Haus verließ, zog er sein Superman-Kostüm an. Er war elegant, ging aufrecht und verströmte einen Hauch von Autorität. Ich dachte, er würde als Gentleman respektiert, doch in Wahrheit fürchteten sich die Menschen vor ihm. Er war gefährlich und mächtig und kontrollierte etwas, wenn ich auch nicht so ganz genau wusste, was. Ich sah niemals die andere Seite von Sammy the Bull, die gewalttätige Seite des eiskalten Mörders.

Mama hatte schon mehrfach von Männern gehört, die untergetaucht waren. Wenn sie überhaupt wiederkamen, wanderten sie normalerweise sofort ins Gefängnis. Es hatte auch Fälle gegeben, in denen Männer geflohen waren, ihre Identität geändert hatten und nie wieder aufgetaucht waren. Andere hatte man tot gefunden. Wenn ein Mann untertauchte, kappte er in der Regel sämtliche Verbindungen zu seinem früheren Leben, um das Risiko für seine Familie möglichst gering zu halten. Das war für alle am sichersten. Meine Mutter war eine waschechte Mafiabraut: Sie stellte niemals Fragen und tat, was man ihr sagte. Sie dachte wohl, wenn sie Probleme einfach ignorierte, würden sie von selbst wieder verschwinden.

Diesmal jedoch schien sie zu begreifen, dass es damit nicht getan war. Trotzdem war sie unsicher, wie sie mit der Situation umgehen sollte. Ihr Mutterinstinkt schaltete sich ein, also machte sie sich zunächst Gedanken darum, wie sie Gerard und mich vor dem schützen könnte, was bald geschehen würde.

Am Morgen, nachdem der Artikel über Papas möglichen Tod in der Zeitung erschienen war, erwachte ich, weil mich meine Mutter von unten rief: »Karen, komm herunter.« Ich ging nach unten, und da stand mein Papa. Er trug einen Vollbart und ein grünes Hemd. Ich fing an zu weinen. »Ich dachte, ich würde dich nie wiedersehen«, sagte ich.

»Ich konnte nicht fortbleiben, selbst wenn eine Rückkehr bedeutet, dass ich den Rest meines Lebens hinter Gittern verbringen muss.«

»Was meinst du damit?«, fragte ich. »Gefängnis?«

Er wich der Frage aus. Wir setzten uns zum Frühstück, dann ging Papa in sein Zimmer und rasierte sich. Ich hatte zu keinem Zeitpunkt gewusst, wo er sich aufhielt. Ich wollte es wissen, erkannte aber, dass es noch nicht an der Zeit war, ihn danach zu fragen. Zum ersten Mal in meinem Leben hatte ich das Gefühl, dass ich nicht das Recht hatte, Fragen zu stellen. Meine Frage nach dem Gefängnis spielte ohnedies keine Rolle mehr. Ich war einfach überglücklich, dass er wieder zu Hause war, wenn dieses Glück auch nur von kurzer Dauer sein sollte.

Später erfuhr ich mehr: John hatte gedacht, wenn mein Vater die Stadt verließe, könnten die Bundesbehörden auch keine Klage gegen die anderen erheben. Er sollte sich nach Brasilien durchschlagen und die Familie von dort aus leiten. Er hatte sich in der Nähe von Atlantic City aufgehalten. Dort hatte er falsche Pässe in Auftrag gegeben und überlegt, welche Städte in Südamerika eine gute Operationsbasis abgeben könnten.

Mein Vater war schon seit Pauls Tod und unserem Umzug in die Lamberts Lane observiert worden. Die ganze Überwachung war mir wie ein Spielchen vorgekommen. Papa und seine Männer hatten Witze über das FBI gemacht. Vom Blumenladen aus hatte ich einmal die laute Stimme von Big Louie gehört, als er sagte: »Jungs, wollen wir ihnen nicht eine Pizza schicken?«

Mein Vater war noch keine vierundzwanzig Stunden zu Hause, als er von John Gotti in den Ravenite Social Club bestellt wurde. Papa war irritiert, dass John sich ausgerechnet in dem Club mit ihm treffen wollte. Ihm wäre ein geheimer Ort lieber gewesen, insbesondere, da ihm ein Polizist gesteckt hatte, dass er und John verhaftet werden sollten – weshalb er ja ursprünglich auch untergetaucht war. Die Bundesbehörden hatten im vergangenen Monat Tag und Nacht nach ihm gesucht. Die Observierung war so lückenlos geworden, dass sogar Mama und ich von Agenten verfolgt wurden. Offenbar dachte man, dass wir uns heimlich mit Papa träfen. Papa wusste zwar, dass man ihn nach seiner Rückkehr nach Hause verhaften würde, aber er hätte gerne noch ein paar Tage Aufschub gehabt, um einige Dinge ins Reine zu bringen und Zeit mit seiner Familie zu verbringen.

Da Papa aber John gegenüber äußerst loyal war, willigte er ein, sich mit ihm zu seinen Bedingungen zu treffen. Als mein Vater an jenem Tag das Haus verließ, trug er Jeans, ein weißes T-Shirt, eine schwarze Lederjacke, Socken und Turnschuhe. Wenn er sich mit John Gotti traf, trug er normalerweise einen Anzug. Er war sich jedoch ziemlich sicher, dass man ihn an jenem Abend verhaften würde, und hatte sich entsprechend gekleidet.

Als er an jenem Abend durch die Tür ging, spürte ich tief in meinem Innern, dass er nicht wiederkommen würde. Ich wollte weinen, tat es aber nicht. Ich sah Mama an und fragte mich, ob sie wohl dasselbe empfand wie ich. Das war schwer zu sagen, weil sie sich zusammenriss. Vermutlich handelten wir in diesem Augenblick alle mechanisch. Das war fester Bestandteil unseres Lebensstils und gehörte zum Mafialeben dazu.

Gerard war oben, als uns Papa verließ. Ich wollte nicht hochgehen und nach ihm sehen. Ich bin mir jedoch ziemlich sicher, dass er ähnlich empfand. Er war jünger als ich, und es schien beinahe so, als betrachteten wir Papas Leben mit ganz unterschiedlichen Augen. Er war Mama sehr ähnlich: Wenn er es ignorierte, passierte es vielleicht nicht. Vielleicht fand er den Lebensstil meines Vaters auch nicht so spannend wie ich.

Papa und ich standen einander sehr nahe. Ich war von Natur aus sehr neugierig und wollte immer wissen, was vor sich ging, insbesondere, wenn es mit meinem Vater zu tun hatte. Ich wusste, dass jener Abend anders war. Alle nahmen an, dass man Papa verhaften würde, doch niemand sprach es offen aus, wenigstens nicht in meiner Gegenwart.

Manchmal, wenn Papa Witze machte, wusste ich, dass er die Situation damit schönreden wollte. Er nahm seine Rolle als Gangster jedoch sehr ernst, mit all ihren Vor- und Nachteilen.

Papa und ein paar Gangstern alter Schule gefiel es nicht, dass John seine Geschäfte so öffentlich und berechenbar abwickelte. Sie standen unter immensem Druck, und trotzdem musste mein Vater jeden Abend um sechs Uhr dieselbe Adresse in der Mulberry Street aufsuchen, um sich mit seinem Boss zu besprechen. Mein Vater fand, dass John den Bundesbehörden die gesamte Familie Gambino auf dem Silbertablett serviere. Die Mafia war eigentlich als Geheimorganisation gedacht. Durch solch öffentliche Treffen büßte sie ihren Nimbus des Geheimnisvollen ein. Die alten Hasen drängten meinen Vater, mit John zu reden, dass er es nicht übertreiben solle. Johns Motto war jedoch: »Machen wir es direkt vor ihrer Nase und zeigen ihnen, wer wir sind.« Ich glaube, insgeheim hielt er sich für unverwundbar. Seine Arroganz machte die Überwachung jedoch einfach. Das FBI sah also weiterhin zu und baute den Fall in Ruhe auf.

Als Papa an jenem Abend den Ravenite Social Club betrat, war John Gotti bereits dort. Der Club war gefüllt mit Hauptmännern und Leutnants der Familie Gambino, die sich dort jeden Abend melden mussten, um Geld abzuliefern und das tägliche Vorgehen zu besprechen. Mein Vater setzte sich zu Frankie und John an einen der hinteren Tische. Sie saßen dort etwa eine Viertelstunde, als das FBI an der Stahltür klopfte, die mit einem Türspion versehen war wie in einer Rotlichtbar. Papa erzählte mir später, John sei ganz ruhig gewesen, als die Agenten hereingekommen seien.

»Wir haben Sie bereits erwartet«, sagte er. »Wir trinken nur noch rasch unsere letzte Tasse Kaffee, bevor wir irgendwohin gehen.« John, mein Vater und Frankie blieben an ihrem Tisch sitzen und schlürften ihren Espresso, während die FBI-Leute die Papiere aller anderen Männer im Club überprüften. Einer nach dem anderen durfte das Etablissement verlassen, bis nur noch Papa, John und Frankie übrig waren. Die Männer tranken ihren Kaffee aus, dann las man ihnen ihre Bürgerrechte vor, legte ihnen Handschellen an und brachte sie zu Zivilfahrzeugen, die in der Mulberry Street warteten. In separaten Autos wurden die drei Männer zum Metropolitan Correctional Center (MCC) gefahren.

Irgendwie hatte die Presse davon erfahren, sodass vor dem Gefängnis in der Centre Street bereits Trauben von Reportern ungeduldig darauf warteten, dass sie aus den Wagen stiegen. John trug seinen schicken schwarzen Nadelstreifenanzug, eine schwarz-rot-goldene Krawatte und einen gelben Seidenschal, immer herausgeputzt und bereit für die Kameras. Als ein Reporter auf Papa zeigte und fragte, ob er einer von den Kerlen sei, scherzte er: »Nein, ich habe diese beiden Typen hier verhaftet« – und deutete dabei auf die FBI-Beamten zu seiner Rechten und seiner Linken. »Alles unter Kontrolle.«

Im Innern des MCC befahl man den Männern, ihre Straßenkleidung abzulegen, alles bis auf die Socken. Vor der Verhaftung im Ravenite hatte sich John noch darüber mokiert, Papa habe sich »nicht dem Anlass entsprechend gekleidet«. Damit meinte er die Verhaftung, bei der er vor den Kameras posieren wollte. Nun jedoch, da die Männer im Gefängnis und bis auf die Socken entkleidet waren, schien es John nicht mehr so sehr zu stören, dass Papa dicke Sportsocken trug. In dem kalten Gefängnis waren sie von Vorteil. John fragte meinen Vater, ob er sie ihm ausleihe. Mein loyaler Vater zog sie aus und reichte sie ihm.

Ich wusste zwar, dass Papa ein Gangster war, fand aber, dass die Zeitungen und das Fernsehen mit ihrer Mafia-Berichterstattung übertrieben. Nach der Verhaftung meines Vaters erfuhr ich jedoch bald, dass ich die Bedeutung des Wortes Gangster für mich ein wenig heruntergespielt hatte.

Zunächst hatte ich gedacht, er würde gegen Kaution entlassen und zu uns nach Hause zurückkehren. Wir waren flüssig genug, um das Geld zu hinterlegen. Aber so lief das nicht. John, Frankie und mein Vater wurden als gefährlich und als Bedrohung für die Gesellschaft eingestuft. Eine Freilassung auf Kaution wurde verweigert, und sie blieben in Haft.

Kapitel 10

»Du bist der Unterboss der mächtigsten Mafiafamilie der Welt.«

Ich zog mich nie besonders schick an, wenn ich Papa im Gefängnis besuchen ging. Es gab keinen Grund dafür. Ich wollte dort niemanden beeindrucken. Es gab nur zwei Regeln: Zieh dich auf keinen Fall sexy an, und trag nichts Orangefarbenes, denn das ist die Farbe der Knast-Turnanzüge. Ich zeigte generell nicht viel Haut, und Orange stand mir ohnehin nicht besonders gut, also war das kein Problem. Ich föhnte lediglich mein Haar glatt und machte mir ein Dutt, dem gängigen »Guidette-Look« der damaligen Zeit entsprechend. Dann zog ich ein Paar Cavaricci-Jeans und einen weiten Pulli an. Solange meine Schlüsselbeine bedeckt blieben, war alles in Ordnung.

Das Metropolitan Correctional Center, in dem Papa einsaß, lag im unteren Teil von Manhattan, ein wenig südlich von Little Italy, direkt neben der City Hall. Darin lag eine gewisse Ironie. Als Kind hatte ich immer gedacht, die Bullen wären die Bösen, nicht mein Vater.

Das Gefängnis war ein hoher Ziegelbau mit Fenstern, die derart winzig und schmal waren, dass ich mich immer fragen musste, ob die Insassen durch sie überhaupt etwas sahen. Ich stellte mir gern vor, dass es so wäre, denn so hätte uns Papa hinterherschauen können, wenn wir nach unseren Besuchen zum Wagen zurückgingen. John, Frankie und Papa waren am 11. Dezember 1990 dort inhaftiert worden. Allen drohten Anklagen wegen mehrfachen Mordes und Bandentum. John und Papa waren in einem Spezialtrakt für hochrangige Mafiagangster untergebracht. Frankie war im selben Gebäudeteil, aber in einer anderen Zelle. Der Besuch von Staten Island aus wurde für Mama und mich bald zur Routine. Wir fuhren mindestens einmal pro Woche hin.

Meine Mutter war schon immer eine zwanghaft pünktliche Frau, also bestand sie darauf, dass wir an jenen Tagen, an denen wir Papa besuchten, das Haus mindestens zwei Stunden vor der verabredeten Besuchszeit verließen. Die Besucher wurden gruppenweise hereingelassen. Wer zu spät kam, musste daher manchmal zwei oder drei Gruppendurchgänge abwarten und weitere dreißig, sechzig oder neunzig Minuten im Wartebereich verbringen.

Wenn wir den ganzen Papierkram erledigt hatten, führte uns ein Wachmann erst zu einem Metalldetektor, dann mit den anderen zusammen in einen Aufenthaltsraum, der wie ein kleines Auditorium aussah. Dort gab es zehn Stuhlreihen mit je sechs Sitzen. Die Wände waren weiß wie im Krankenhaus. Überhaupt wirkte das gesamte Gefängnis wie ein Krankenhaus. Alles war mucksmäuschenstill und steril.

Jeder Besuchsgruppe wurde eine halbe Stunde zugestanden, um ihre Lieben oder eben nicht ganz so Lieben zu besuchen. Papa war zwar begeistert, wenn wir pünktlich zur verabredeten Zeit eintrudelten, doch bereitete ihm unsere Pünktlichkeit Schwierigkeiten mit John Gotti. Johns Besucher, meist sein Sohn John Jr. und sein Bruder Pete, verspäteten sich häufig. Dann beklagte er sich bei Sammy: »Ich stehe wie ein Vollidiot da, wenn deine Familie als erste hier ist und sich meine Familie nicht einmal blicken lässt. Du musst ihnen sagen, dass sie nicht so früh kommen sollen.« Ich hatte den Verdacht, dass es John nicht in erster Linie darum ging, dass er gut dastand, sondern vielmehr, dass er mithören wollte, was Papa zu uns sagte. John hatte gern die Fäden in der Hand, selbst im Gefängnis noch.

Mein Vater hatte es satt, dass sich John ständig über die Uhrzeiten beklagte, also sagte er eines Tages zu Mama: »Hör mal, Deb, ich weiß, dass du es immer eilig hast, mich zu besuchen. Von jetzt an aber warte bitte, bis John Jr. und Pete soweit sind, dann könnt ihr alle zusammen zu uns kommen.« Auch Pete drängte Mama. Er sagte: »Debbie, bitte warte auf uns, denn wenn wir nicht pünktlich sind, schimpft John: ›Warum seid ihr Typen immer zu spät dran? Die sind pünktlich. Warum könnt ihr nicht auch pünktlich sein?‹« John nahm es immer sehr genau damit, wie etwas abzulaufen hatte.

Wenn jemand einen Raum betrat, wurde von ihm erwartet, dass er den Anwesenden in einer bestimmten Reihenfolge die Hände schüttelte: John kam als Erster, Papa als Zweiter, und immer so fort, der internen Rangordnung folgend. In Johns Augen war es für ihn daher sehr wichtig, dass man ihn zur selben Zeit wie meinen Vater aus der Zelle holte. Ich kam nie darauf, warum, aber so wollte er es eben haben.

Papa und John hatten jeweils eine Zelle in einem Flügel auf der Südseite des achten Stocks, passenderweise »Achter«genannt. Die Zellen bekamen wir jedoch nie zu Gesicht, da uns der Zugang nicht gestattet war. Wir trafen uns mit den Insassen immer im Besuchsraum, der ungefähr so groß war wie ein Grundschulklassenzimmer. Es gab keine Tische, sondern nur Stühle entlang der Wände. Die Insassen wurden zu sechst hereingeführt, und jedem war es gestattet, maximal drei Besucher zu empfangen, sodass bis zu vierundzwanzig Personen gleichzeitig den kleinen Raum bevölkerten.

Die Vorderwand des Raumes war ganz aus Glas, und es gab immer einen Wachmann, der das Geschehen im Auge behielt – oder zumindest einen großen Teil davon. Von dem Augenblick an, in dem mein Vater und John im Achter eintrafen, hatten die Wärter Respekt vor ihnen: Oh, mein Gott, das sind Sammy the Bull und John Gotti! Bei unseren Besuchen sahen sie daher in aller Regel weg. Die Wärter waren nicht die einzigen, die sich beeindrucken ließen.

Andere Gefangene und ihre Besucher wollten ebenfalls den »Bullen« und den »Teflon-Don« kennen lernen. Sie waren Stars, besonders in New York, wo die Menschen Geschichten über den Mafia-Lifestyle liebten. Wenn man ein Gangster war, war man eine Berühmtheit, und Papa und John standen ganz oben auf der Liste. Besucher anderer Insassen gaben ihnen Snacks, Chips oder Schokoriegel aus dem Automaten. Mehr als einmal sah ich, wie Mithäftlinge die beiden ihren Besuchern vorstellten.

Es verblüffte mich immer wieder, welches Maß an Respekt den beiden Männern entgegengebracht wurde. Obwohl sie grauenvoller Verbrechen beschuldigt wurden, mussten sie doch gute Menschen sein, weil sie von jedermann, von Frauen und Männern, Alten und Kindern so respektiert wurden. Mein Vater und John wurden des Mordes beschuldigt, und doch fiel es mir schwer, sie in diesem Licht zu sehen. Ich liebte Papa, und John war mir gegenüber immer nett und zuvorkommend gewesen. Er wirkte wie ein guter Familienvater. Er schickte Freunden, Verwandten und Menschen, die ihm wichtig waren, immer Blumen.

Mein Vater war für mich mehr als nur ein Vater. Er war mein Freund und Beschützer. Es fiel mir schwer, seine andere Seite zu sehen, insbesondere, da so viele Menschen Papa und John so behandelten wie gerade beschrieben.

Während unserer Besuche im MCC war es uns nicht gestattet, die Stühle zu verrücken, also mussten wir die Familie anstarren, die uns gerade gegenüber saß, und die Besucher neben uns konnten zweifellos so gut wie alles hören, was wir sagten. Natürlich bedeutete das, dass auch wir fast alles hören konnten, was die Anderen sagten, aber es interessierte mich nicht, worüber sie sprachen. Wir hatten nur eine halbe Stunde, und ich wollte mich strikt auf meinen Papa konzentrieren, also ignorierte ich die Anderen. Ohnehin versuchte jedermann, die anderen Leute so gut wie möglich auszublenden. Hier drinnen galten andere Verhaltensregeln, und besonders wichtig war es, die Privatsphäre anderer Menschen zu achten. Ich erinnere mich, dass ich einmal sah, wie ein Insasse und seine Besucherin zusammen in einen Waschraum schlichen. Mein Vater musste gesehen haben, wie ich dies beobachtete. Er beugte sich zu mir und sagte, ich solle mich um meinen eigenen Kram kümmern. Das Gefängnis war eine vollkommen andere Welt, und man lernte sehr schnell, nur seinen eigenen Leuten Aufmerksamkeit zu widmen, den Verwandten oder Freunden, die man vor sich hatte.

Mama zeigte ihre Zuneigung für meinen Vater bei den Besuchen immer auch körperlich, mehr als sie es normalerweise daheim getan hatte. Wenn wir dort waren, streichelte sie oft sein Bein oder hielt seine Hand. Dies war nicht oft geschehen, solange Papa noch ein freier Mann gewesen war. Mama hatte immer gern Papas Kopf gestreichelt, wenn sie im Wohnzimmer auf dem Sofa lagen, doch im Allgemeinen war das in Sachen Schmusen schon das Höchste der Gefühle gewesen. Nun, da er im Gefängnis saß, vermisste sie ihn und war ihm einfach gerne nahe. Wenn ihre Zuneigung allzu augenfällig wurde, sagte Papa: »Tu das nicht hier drin.« Nicht, dass sich Papa an dem Körperkontakt gestört hätte – es war John, dem er missfiel. »Warum lässt du deine Frau deine Hand streicheln?«, fragte er meinen Vater einmal. »Du bist der Unterboss der mächtigsten Mafiafamilie der Welt. Das ist ein Zeichen von Schwäche.«

Papa und John war es erlaubt, drei Besucher gleichzeitig zu empfangen. Es gab spezielle Tage für Familienbesuche, an anderen Tagen wiederum kamen nur die Männer aus Papas und Johns Gangsterumfeld zu Besuch.

An den Familientagen wurde John abwechselnd von seiner Frau Victoria, seinem Sohn Pete oder seinen Töchtern Victoria und Angel besucht. Victoria war ein paar Jahre älter als ich, und einmal erzählte mir ihr Vater, sie wolle Modedesignerin werden. Sie war immer gut angezogen und hatte ein sehr gepflegtes Äußeres. Ich fand jedoch, dass sie wie ihr Vater eine gewisse Arroganz an sich hatte. Wir begrüßten uns höflich, während wir auf unsere Väter warteten, aber mehr auch nicht. Mama, Gerard, Tante Diane, Papas Schwester Fran und meine Kusine Rena wechselten sich mit den Besuchen am Familientag ab.

Mein Vater kam mit der Gefängnissituation gut zurecht. Ein Mann, der mit ihm einsaß, erzählte mir: »Als dein Vater und John hierher kamen, dachten alle, sie wären knallharte, arrogante Großkotze. Aber dein Vater geht ganz normal im Fitnessraum Boxen und trainiert.« Mein Vater war wie alle anderen auch. Er hatte die Fähigkeit, sich seiner jeweiligen Situation anzupassen. Der Mithäftling wusste, dass mit meinem Vater nicht zu spaßen war, aber er konnte auch sehen, dass er fair war. Da die Leute wussten, dass er ein harter Kerl war, brauchte er es nicht ständig zu beweisen.

»Er versuchte niemals, den Unterboss herauszukehren«, erzählte mir der Mithäftling. Es überraschte mich nicht, das zu hören. Auch außerhalb des Gefängnisses hatte er das nie getan.

John schien irritiert, mit welcher Leichtigkeit Papa mit den anderen Insassen zurechtkam. Besonders störte ihn, dass es meinem Vater Spaß machte, mit den anderen Jungs im Fitnessraum der Anstalt zu trainieren. Einmal sagte er zu Sammy: »Wie glaubst du, wird das für die anderen Familien aussehen? Was, wenn dich jemand ins Gesicht schlägt? Was, wenn dich jemand verletzt? Das wäre ein Zeichen von Schwäche.« Für John gab es nichts Schlimmeres, als Schwäche zu zeigen.

Papa erwiderte: »Nun, das passiert eben beim Boxen, man wird ins Gesicht geschlagen. Manchmal bezieht man eben Prügel.«

John wollte, dass sich Papa mehr wie ein Boss verhielt. Er fand, er sollte in seiner Zelle bleiben und sich als der zweite Mann der Familie

Gambino hofieren lassen. Papa war jedoch nie der Typ, der andere Leute seine Wäsche waschen ließ. Er zog es vor, seine Angelegenheiten selbst zu erledigen. Auch draußen schien Papa niemals ein Problem damit gehabt zu haben, mit Top-Leuten aus anderen Familien zu verhandeln. Er war eine geborene Führernatur, doch er verdiente sich seinen Respekt auch dadurch, dass er sowohl fair als auch loyal war. Papa war im Umgang mit anderen Menschen ungezwungen und äußerst loyal gegenüber denjenigen, die ihm wichtig waren. Anstatt dies als persönlichen Vorzug zu betrachten, sah John darin eine Bedrohung und hasste meinen Vater für den guten Ruf, den er sich erarbeitet hatte.

Um John abzuwimmeln, stimmte Papa zu. »Ja ja, du hast ja Recht, John«, sagte er immer, aber ich wusste, dass John verrückt war.

John war ein knallharter Mann, was aber nicht bedeutet, dass er von Grund auf schlecht war. Sein größter Fehler war seine Arroganz. Ich glaube, dass ihm die große Publicity, die er bekam, zu Kopf gestiegen war. Zu mir war er jedoch immer sehr galant, und er erkundigte sich stets nach meinem Befinden. Außerdem versuchte er, auf seine Art und Weise auf mich acht zu geben.

Während des Jahres, in dem Papa in Haft war, war ich an zwei Autounfällen beteiligt. Der erste ereignete sich in der Nähe unseres Hauses auf Staten Island. Ich fuhr in meinem schwarzen Nissan Maxima und übersah auf einer Kuppe ein Stoppschild, und ein Typ fuhr mir auf der Beifahrerseite in den Wagen. Mein Bruder brach sich das Schlüsselbein, und das Auto hatte einen Totalschaden. Na gut, vielleicht war es kein richtiger Totalschaden, aber wir brachten die Karre in eine Werkstatt – oder zu einem Schrotthändler, je nachdem, wie man es sehen will. Der Betreiber war ein Freund von Papa. Er sorgte dafür, dass es wie ein Totalschaden aussah, bis die Versicherungsfritzen auftauchten.

Nach dem zweiten Unfall, der nicht halb so dramatisch war, nahm mich John im Gefängnis beiseite und sagte: »Ich muss mit dir über diese Autounfälle sprechen. Was geht da vor sich?« Ich erklärte: »Na ja, John, ich lerne eben gerade Autofahren.« Seit ich zwölf war, saß ich hinterm Steuer, also war die Anfänger-Entschuldigung nicht ganz glaubhaft.

Er sagte: »Karen, ich hoffe, dass du fahren kannst, bis das alles hier vorbei ist. Wenn, was Gott verhüten möge, deinem Vater etwas zustoßen sollte, kann ich es mir bei deinem Autoverschleiß nicht leisten, dich durchzufüttern.« Ich lachte und dachte nicht weiter darüber nach. Mein Vater hingegen war durch Johns Worte sehr besorgt. Er gehörte zu den Menschen, die jedes Wort analysieren. Nach meiner Unterhaltung mit John konnte ich sehen, dass er sehr nachdenklich war. Ich bin sicher, er versuchte zu ergründen, was John tatsächlich gemeint haben könnte.

Etwa zu dieser Zeit stellte ich eine Veränderung im Verhältnis zwischen John und meinem Vater fest, was hauptsächlich durch die laufende Verhandlung bedingt war. Bei einer Anhörung am 21. Dezember kam es schließlich zum Eklat, als dem Gericht einige der geheimen Gesprächsmitschnitte zwischen John und Frankie vorgespielt wurden.

Mein Vater saß neben John am Tisch der Verteidigung, als die Bänder liefen. Die Aufnahmen stammten vom 12. Dezember 1989 und waren mittels einer vom FBI in einer Wohnung über dem Ravenite Social Club installierten Wanze gemacht worden. Diese Wohnung gehörte der Witwe eines Mitgliedes der Gambino-Familie. Sie war verwanzt worden, als das FBI bemerkt hatte, dass die Männer ihre geheimen Geschäfte nicht mehr wie üblich tätigten, indem sie die Bürgersteige von Little Italy auf und ab gingen.

Sie dachten, dass nunmehr das Apartment dazu diene. Als die Witwe Ferien machte und nicht in der Stadt war, verschafften sie sich Zugang. Gotti hatte die Wohnung nicht nach Wanzen abgesucht, weil er sie für sicher hielt.

Auf den Aufnahmen schimpfte John hauptsächlich über meinen Vater und bestätigte, dass Sammy ein Mörder sei. Er log aber hinsichtlich der Tatsache, warum die Morde begangen worden waren, und behauptete, Sammy habe ihn gedrängt, die Aktionen zu genehmigen. Dabei verhielt es sich genau anders herum. Außerdem beschuldigte er meinen Vater, gierig zu sein und Geld aus seinem Baugeschäft veruntreut zu haben, was ebenfalls gelogen war. Papa hatte John allein aus seiner Baufirma über 1,2 Millionen Dollar in bar gegeben.

Als mein Vater an diesem Tag vor Gericht saß, konnte er seine Wut kaum zügeln. Er regte sich nicht nur über die Lügen auf, die John dort auftischte, sondern auch darüber, dass John die Familie überhaupt in diese missliche Lage gebracht hatte, indem er darauf beharrt hatte, die Treffen in der Wohnung direkt über dem Ravenite abzuhalten.

Mein Vater war klug genug, zu erkennen, dass die vom FBI aufgezeichneten Gespräche bedeuteten, dass John bereits erste Vorkehrungen für seine Ermordung getroffen hatte. Papa war überzeugt, dass John auf ihn eifersüchtig war und ihn deshalb loswerden wollte. John war immer neidisch darauf gewesen, welches Ansehen Papa bei den Jungs auf der Straße genoss.

Das FBI wusste, dass mein Vater John Loyalität geschworen hatte. Sie wussten aber auch, dass er nicht gut darauf reagieren würde, wenn er die Aufzeichnungen hörte, wie John bei Frankie über ihn hergezogen war. Aus diesem Grunde wurden sie abgespielt, als beide Männer gleichzeitig im Gerichtssaal anwesend waren. Dann sperrte man die beiden zusammen in einen Haftraum. Der Plan des FBI ging auf: Die Bänder verursachten einen schweren Bruch zwischen John und meinem Vater.

Sammy fragte John, ob er ihm etwas zu sagen habe. Er kochte innerlich vor Wut, doch ich glaube, alles, was er wollte, war eine Entschuldigung. Wahrscheinlich hätte er sich dann wieder beruhigt. John verweigerte ihm jedoch nicht nur die Entschuldigung, sondern drehte es obendrein so hin, als wäre mein Vater selbst daran schuld gewesen, dass auf den Bändern so schlecht über ihn gesprochen wurde. Papa habe ihn verärgert, sagte er, und er habe gegenüber Frankie lediglich Dampf abgelassen und nichts von alledem so gemeint, wie er es gesagt habe.

Papa sah, dass er keine Entschuldigung zu erwarten hatte. Ob John es nun tatsächlich so gemeint oder nur Dampf abgelassen hatte, spielte keine Rolle. Auf jeden Fall hatte man ihn nun wegen Mordes am Wickel.

Mein Vater war nicht dumm. Er spürte, dass John etwas im Schilde führte – dass er plante, ihm eine Falle zu stellen, um ihm die Schuld in die Schuhe zu schieben.

Papa blieb nur noch eins übrig: eine Unterbrechung der Verhandlungen zu beantragen. Er brauchte einen eigenen Verteidiger, der beweisen müsste, dass John auf den Bändern gelogen hatte. Sammy ließ John über einen Rechtsanwalt eine Botschaft zukommen, dass er selbst einen Verteidiger engagieren werde, damit sein Fall separat verhandelt werden könne.

John schickte eine Nachricht zurück an meinen Vater, in der er ihm mitteilte, er könne das nicht tun. »Was würde die Öffentlichkeit denken?«, war Johns Antwort. »Außerdem braucht man auf der Straße John Gotti.«

Mein Vater war nun noch aufgebrachter. Die Stärke der Cosa Nostra lag darin, dass sie eine Geheimgesellschaft war. Wenn die Mitglieder ihren Eid ablegten, schworen sie, ihre Mafiafamilie sogar über ihre eigene Familie zu stellen. Sie erkannten die Gesetze und Verordnungen der Regierung nicht länger an und scherten sich herzlich wenig um die öffentliche Meinung. Die Cosa Nostra war ihre Regierung, und loyal waren sie nur untereinander. Wer zum Teufel scherte sich darum, was die Öffentlichkeit von John Gotti hielt? Sie hatten Papa wegen Mordes am Arsch.

John verweigerte Papa nicht nur die separate Verhandlung, sondern teilte meinem Vater obendrein mit, es sei ihm nicht länger gestattet, die Mitschnitte zu hören. Zudem könnten sich Papa und Frankie nur dann mit den Anwälten treffen, wenn Gotti dabei zugegen sei. Auf diese Weise kontrollierte John die Verteidigung der drei Männer. Ich bin ziemlich sicher, dass auch Frankie nicht ganz glücklich damit war, wie sich die Dinge entwickelten.

Mein Vater erzählte mir später, dass Frankie ihn im Gefängnis aufgesucht und vorgeschlagen habe, John gemeinsam zu töten, solange sie noch in Untersuchungshaft seien. Papa sagte, er habe darüber nachgedacht und sogar eine Liste von Leuten zusammengestellt, die er als nächstes hätte umbringen müssen, wenn er sich dazu entschlossen hätte, John zu töten. Dazu gehörten unter anderen auch Johns Bruder Pete und sogar sein Sohn, John Junior. Nachdem er hin und her überlegt hatte, entschied sich mein Vater gegen diesen Plan, zerriss die Liste und konzentrierte sich ganz auf seine Verteidigung. Mit John würde er sich nach der Verhandlung befassen, ob nun im Gefängnis oder auf der Straße.

Von diesem Punkt an stellte ich eine Veränderung bei meinem Vater fest. Er wirkte entmutigt. Ich glaube, es war das erste Mal, dass er seinen Eid der Mafia gegenüber in Frage stellte. Er hatte einer Bruderschaft die Treue geschworen, doch nun hatte ihn ein Bruder verraten.

Links: Debra und Sammy Gravano bei ihrer Hochzeit am 16. April 1971.
(Mit freundlicher Genehmigung von Sandra Scibetta)

Unten: Sammy, Karen und ihr Großvater John Scibetta bei der Feier anlässlich von Karens Firmung im Hinterhof ihres Hauses am Legget Place.
(Mit freundlicher Genehmigung von Debra Gravano)

Links: Der Blumenladen Exotic Touch. Das Geschäft war Sammys Geschenk an Karen zum Highschool-Abschluss.

Unten: Eröffnungsfeier des Blumenladens Exotic Touch.

Rechts: Debra und Sammy Gravano auf dem Weg zur Hochzeit von John Gotti Jr.

Unten: Sammy steuert ein Boot beim Urlaub in Florida, 1986.

Oben: John Gotti und Sammy Gravano beim Betreten des Brooklyn Courthouse im Mai 1986.
(Mit freundlicher Genehmigung von Yvonne Hemsey/Getty Images)

Unten links: Der Tag im Dezember 1990, an dem Sammy nach einem Monat auf der Flucht wieder nach Hause kam; es war der Tag, bevor er gemeinsam mit John Gotti verhaftet wurde.
(Mit freundlicher Genehmigung von Debra Gravano)

Unten rechts: Sammy 1986 in Arizona, kurz nachdem er aus dem Zeugenschutzprogramm ausgestiegen war.
(Mit freundlicher Genehmigung von Debra Gravano)

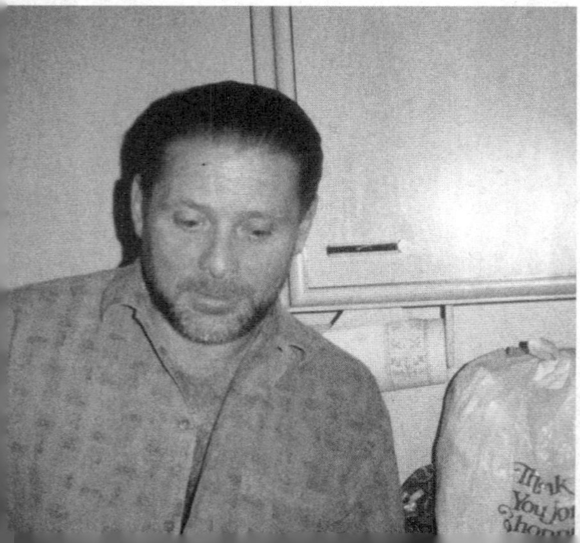

Oben: Karen mit Dave und ihrer gemeinsamen Tochter Karina
1999 im Haus von Karens Mutter.
(Mit freundlicher Genehmigung von Debra Gravano)

Unten: Gerard, Sammy und Gerards Sohn Nick im Sommer 1999 in
Arizona, einige Monate vor der Verhaftung der Familie.

Oben: Beim Champagnertrinken mit der alten Clique in einem Nachtclub, 1997. Von links nach rechts: Drita, Roxanne, Karen, Maria.
(Mit freundlicher Genehmigung von Jennifer Graziano)

Unten: Wiedersehen mit der alten Clique bei der Hochzeit einer Freundin im September 2011. Von links nach rechts: Jennifer, Ramona, Karen.

Oben: Karen und ihre Tochter Karina in ihrem Haus in Arizona an dem Tag, an dem Karen zum Dreh der ersten Staffel von *Mob Wives* aufbrach, August 2011.

Links: Karen am Set von *Mob Wives* im September 2011.

Folgende Seite: Ein Bild von Al Capone, das Sammy im Gefängnis zeichnete.
(Mit freundlicher Genehmigung von Salvatore Gravano)

Alle Fotos, wenn nicht anders vermerkt, mit freundlicher Genehmigung von Karen Gravano.

Kapitel 11

»Ich werde etwas tun, das sich gegen alles richtet, woran ich je geglaubt habe.«

Eines Tages Anfang Oktober 1991 bestellte Papa Mama, Onkel Eddie und mich zu sich ins Metropolitan Correctional Center. Er sagte, wir sollten auf jeden Fall möglichst früh kommen, sogar noch früher als sonst. Er klang sehr angespannt, was mich nicht überraschte. Sowohl er als auch Onkel Eddie hatten sich während der vergangenen zwei Wochen seltsam verhalten, insbesondere, wenn sie über die schweren Anklagen sprachen, mit denen Papa belastet wurde.

An jenem Tag goss es in Strömen. Ich spürte, dass etwas Großes bevorstand und sich mein Leben zum Schlechten verändern würde. Sowohl persönlich als auch am Telefon wirkte Papa müde und schien alles nur noch satt zu haben. Das machte mir Sorgen, da er mit dem Gefängnis und dem Leben hinter Gittern bislang eigentlich recht gut fertig geworden war. Seit seiner Verhaftung hatte er stets beteuert, dass er absolut alles unternehmen wolle, um das Beste aus der Situation zu machen – als wäre alles in Ordnung. »Bleib stark«, sagte er immer. »Wir werden immer eine Familie bleiben, was auch geschieht.«

An jenem Tag aber wusste ich, dass etwas nicht stimmte, sobald Papa den Besuchsraum betrat. Er übersprang sein übliches Begrüßungsritual mit Händeklatschen und Umarmungen. Diesmal wirkte er sehr ernst, als hätte er etwas Schweres auf dem Herzen.

Mama, Onkel Eddie und ich waren die einzigen Personen im Raum. Die übrigen Insassen empfingen ihre Besucher in einem angrenzenden Raum außer Hörweite. Papa setzte sich zwischen Mama und mich, und Onkel Eddie nahm einen Stuhl rechts von Mama.

Ich merkte, dass Papa etwas sehr Ernstes beschäftigte, worüber er insbesondere mit mir sprechen wollte. Er atmete tief durch, sah mir fest in die Augen und sagte: »Ich werde etwas tun, das sich gegen alles richtet, woran ich je geglaubt habe; gegen alles, was ich euch immer eingetrichtert habe. Ich werde mit der Regierung kooperieren. Ich werde eine Zeugenaussage machen.«

Ich vernahm seine Worte, konnte aber nicht glauben, dass er sie tatsächlich ausgesprochen hatte. Ich sprang von meinem Stuhl hoch. »Wie kannst du das tun?«, schrie ich.

»Setz dich«, befahl Onkel Eddie tonlos.

Ich gehorchte, aber ich war vollkommen schockiert. Was Papa da sagte, bedeutete, dass er mit Freunden, Verwandten und Leuten, mit denen er zusammengearbeitet hatte, auf alle Zeiten brechen wollte. Seine Zeugenaussage würde Menschen, die wir schon unser ganzes Leben lang kannten, für viele Jahre ins Gefängnis bringen. Ja, ich liebte ihn und wollte, dass er so bald wie möglich aus dem Gefängnis kam, aber mit den Behörden zu kooperieren war gegen jede Verhaltensregel, die ich je gekannt hatte, gegen alles, woran zu glauben er uns je gelehrt hatte.

Seit meiner Kindheit hatte mein Vater Gerard und mir eingebläut: »Ihr dürft niemals jemanden hängen lassen, was auch geschieht.« Wenn ich Gerard verpetzte, wurde ich dafür bestraft, und dasselbe galt für ihn. Einmal stritten wir uns wegen eines Thermostats. Er regelte die Temperatur in den oberen Räumen unseres Hauses und befand sich in Gerards Zimmer. Gerard mochte es, wenn es im Haus ziemlich kalt war, also drehte er den Thermostat herunter, schaltete die Klimaanlage ein und verschloss seine Zimmertür. Dann öffnete er nicht, so laut ich auch klopfte. Wir schrieen uns eine Weile an, dann ging ich hinunter zu Papa, doch der sagte: »Ich will nichts hören. Geh wieder nach oben und regelt es untereinander.« Natürlich ging er dazwischen, wenn wir aufeinander losgingen, doch meistens verpetzten wir einander nicht, weil das schlichtweg nicht in Frage kam. Ob es nun um eine Kleinigkeit oder etwas ganz Wichtiges ging, man tat es einfach nicht, und damit basta.

Als Papa die Bombe platzen ließ, war ich gleichzeitig verletzt, verwirrt, wütend und verängstigt wie nie zuvor in meinem Leben. Das Leben, das ich geführt hatte, war vorbei. Mit dieser einen Aussage brach er mir das Herz. Als Kind war ich Papas kleines Mädchen gewesen. Ich hatte zu ihm aufgesehen, ihn respektiert, ihm vertraut. Obwohl er ein Krimineller war, hatte ich mich stets sicher und rundum beschützt gefühlt. Nun fühlte ich mich vollkommen und zutiefst betrogen. Ich stand auf und schrie durch den ganzen Besuchsraum: »Wie konntest du das bloß tun?«

Er war ernst und in sich gekehrt, als er mit leiser Stimme entgegnete: »Ich weiß, dass du es nie verstehen wirst, aber das ist etwas, das ich tun muss.«

»Du hast Recht«, bellte ich zurück. »Das werde ich nie verstehen. Ich weiß nicht einmal, wer du überhaupt bist.« Ich provozierte ihn sogar: »Du willst also zum Verräter werden?« In unseren Kreisen hätte man kaum einen schlimmeren Ausdruck gebrauchen können.

Mein Vater sagte kein Wort. Ich glaube, es betrübte ihn sehr, mich so zornig reagieren zu sehen. Ruhig sagte er zu mir: »Ich verstehe, was du empfindest. Ich habe lange und gründlich über alles nachgedacht. Ich will, dass du weißt, dass ich dich liebe und immer lieben werde. Ich tue das nicht, weil ich Angst davor habe, im Gefängnis bleiben zu müssen. Ich bin einfach fertig. Ich habe dieses Leben satt. Ich habe das Lügen und Betrügen satt. Ich weiß aber auch, wer ich bin. Ich habe es in meinem ganzen Leben nie zugelassen, dass mich jemand aufs Kreuz legt und bescheißt, sondern habe immer etwas dagegen unternommen. John ist jemand, der andere gern aufs Kreuz legt, aber da ist er an den Falschen geraten.«

Mein Vater, mein Beschützer und Freund, brach mir an jenem Nachmittag das Herz. Ich war innerlich vollkommen leer. Ich konnte ihm kaum in die Augen sehen. Kurz vor unserer knappen Verabschiedung sagte Papa: »Ich habe der Regierung gesagt, dass ich zwei Wochen brauche, um meiner Familie davon zu erzählen und mein Leben in Ordnung zu bringen. Nächste Woche ist es dann soweit.«

Er warnte mich vor, dass noch weitere Bomben platzen würden. »Du wirst von Morden erfahren, von allem, worüber wir zu Hause nie gesprochen haben«, sagte er in fast beiläufigem Ton. Damit war unser Besuch beendet.

Es regnete immer noch, als Mama und ich unter einen Schirm geduckt zum Auto zurückgingen. Es war kalt. Onkel Eddie fuhr uns zurück nach Staten Island. Mama sah sich immer wieder zu mir um und fragte: »Alles klar mit dir? Geht's dir gut?«

Mir ging es definitiv nicht gut. Während wir die Verrazano Bridge überquerten, sah ich einem Regentropfen zu, der an meiner Fensterscheibe auf dem Weg nach unten war. Genauso fühlte ich mich, wie ein Regentropfen in einem Sturm, für den es nur eine Richtung gab: abwärts. Als ich an jenem Morgen das Haus verlassen hatte, war ich eine bestimmte Person gewesen. Ich hatte eine spezifische Identität gehabt. Ich war Karen Gravano gewesen, die Tochter von Sammy the Bull. Nun jedoch hatte sich mein gesamtes Leben verändert, und ich ging als Tochter von »Sammy die Ratte« nach Hause. Ich war ein neuer Mensch und fühlte mich so verloren, als hätte mir mein Vater gerade die Seele geraubt.

Onkel Eddie setzte uns zu Hause ab. Als ich aus dem Wagen stieg, sagte er: »Du weißt, dass du niemandem etwas sagen darfst. Keinem deiner Freunde, niemandem. Wenn du es tust, wird man dich vielleicht umbringen, um deinen Vater von einer Aussage abzuhalten. Auch dein Bruder könnte getötet werden.« Wahrscheinlich glaubte er das selbst nicht, sondern versuchte nur, mir Angst zu machen. Ich sah, dass auch er Angst hatte. Er dachte, man würde ihn umbringen. Kurz bevor er davonfuhr, blickte er mich ein letztes Mal fest an und sagte: »Karen, verstehst du das?« Ich verstand nur allzu gut.

Mein Onkel Eddie war ein gut aussehender Mann mit silbergrauem Haar. Wie John Gotti warf auch er sich gern in Schale: elegante Anzüge, schicke Krawatten, gute Schuhe. Er war still und wirkte nicht besonders hart oder charismatisch, insbesondere nicht neben Papa. Mein Vater war ein Typ, der immer Witze machte oder aus Spaß angetäuschte rechte Haken und linke Geraden austeilte. Onkel Eddie hingegen war eher reserviert und feinsinnig. Mit ihm hatte man nie so viel Spaß wie mit meinem Vater.

Papa mochte ihn als Schwager und schätzte ihn wegen seines Wissens im Baugewerbe. Wenn es aber um die Mafia ging, war Papa nicht hundertprozentig von ihm begeistert.

Als mein Vater Eddie bei der Mafia einführte, half er ihm nur, damit Eddie besser für den Unterhalt von Papas Schwester sorgen könnte. Es gab jedoch Bereiche der Mafia, in denen er Eddie nicht für geeignet hielt. Einige von Papas Leuten, die Sammy gegenüber sehr loyal waren, vertrauten Eddie nicht und warnten meinen Vater mehr als einmal vor ihm. Mein Vater jedoch protegierte Eddie weiterhin, gegen ihren Rat und wider besseres Wissen. Wie er über Eddie auch dachte, die Loyalität meines Vaters gegenüber seiner Schwester war stärker. Die Loyalität seiner Familie gegenüber wog schwerer als sein Misstrauen gegen Eddie, also wollte er ihn nicht davonjagen.

Tatsächlich war es Onkel Eddie, der als Erster mit meinem Vater über eine Kooperation mit den Behörden sprach. Er hatte von einem Anwalt gehört, dass John plane, meinen Vater zum Sündenbock zu machen. Seine Verteidigung baue darauf auf, dass er angeblich vollkommen die Kontrolle über Sammy the Bull verloren habe. Somit wolle er meinem Vater den schwarzen Peter zuschieben. John hoffte offenbar, dass Richter und Geschworene ihn auch als Opfer sehen würden; der arme John hatte die Kontrolle über seinen Unterboss verloren, Sammy the Bull, die wahnsinnige Tötungsmaschine. Er hoffte, sie würden Milde walten lassen und dass ihm eine lange Gefängnisstrafe erspart bliebe. Papa wiederum, der Sündenbock, würde wahrscheinlich für den Rest seines Lebens ins Gefängnis wandern.

Tief in seinem Innern dachte Onkel Eddie vielleicht, dass sich Papa niemals gegen John wenden würde. Doch als Eddie erst die Saat gesät hatte, dachte mein Vater lang und breit darüber nach, was John eigentlich tat. Dann beschloss er, dass es das Beste für ihn sei, mit den Behörden zu kooperieren.

Ich möchte damit nicht sagen, dass Onkel Eddies Ermunterung der einzige Grund dafür war, dass sich mein Vater so entschied, denn er ließ sich kaum von anderen beeinflussen. Alles, was er tat, tat er erst, wenn er es sich gründlich überlegt hatte. Doch Onkel Eddie hatte definitiv den Anstoß gegeben. Außerdem versicherte er Papa, dass er sich um Mama, Gerard und mich kümmern werde, was meinem Vater die Entscheidung vermutlich ein wenig leichter machte.

An dem Tag, an dem uns mein Vater mitteilte, dass er die Seiten wechseln wolle, bemerkte ich, dass ihm Onkel Eddie nicht in die Augen sehen konnte. Papa machte sein symbolisches Spielchen mit der geballten Faust, als wollte er sagen: Bleibt stark, wir sind eins. Als Papa an jenem Tag seine Faust erhob, drehte sich Onkel Eddie weg. Da wusste mein Vater, dass er sich von ihm abgewandt hatte.

Was Papa tat, war extrem mutig und riskant. Er hatte eine starke Persönlichkeit und feste Überzeugungen. Wenn er sich für etwas entschiewden hatte, tat er es immer hundertprozentig. Ich glaube nicht, dass Eddie ebenso konsequent war. Er war zwar in der Lage gewesen, mit Papa über eine Kooperation zu sprechen, doch als sich Papa tatsächlich dazu entschied, stand er plötzlich vor ganz neuen Problemen. Obwohl sich Eddie nicht selbst gegen John auflehnte, hätte ihn doch allein der Kontakt zu jemandem, der die Seiten wechselte, gleichermaßen gebrandmarkt. Zudem war Eddie nicht derjenige, der im Gefängnis saß und eine lebenslange Freiheitsstrafe wegen Mordes zu erwarten hatte. Er war draußen und lebte sein Leben. Er hatte erwachsene Söhne und Töchter mit eigenen Familien und Kindern. Vielleicht spürte er in letzter Minute, dass das Ganze doch nicht der richtige Schachzug für ihn war.

Ich erfuhr davon erst später, doch sobald wir die Haftanstalt an jenem Tag verlassen hatten, rief Papa meine Mutter an. Er sagte ihr, dass Onkel Eddie nicht mit im Boot sei. Traurig offenbarte ihm Mama, dass auch sie nicht hinter seiner Entscheidung zur Kooperation stehe. Sie teilte ihm mit, sie habe keinesfalls die Absicht, an einem Zeugenschutzprogramm teilzunehmen, sondern werde mit ihren Kindern auf Staten Island bleiben.

Mama sagte Papa, dass sie ihn immer lieben werde. Was hingegen die Cosa Nostra betraf, sei sie jedoch nie in seine Aktivitäten und Entscheidungen eingebunden gewesen und habe nicht die Absicht, ausgerechnet jetzt damit anzufangen. Er war ganz auf sich selbst gestellt.

Papa war jemand, den manche Menschen als »Wucherer für Wucherer« bezeichneten. Das bedeutete, er verlieh Geld an Leute, die es danach jemand anderem liehen, und zwar zu einem höheren Zinssatz. Auf der Straße schuldete man Papa eine Menge Geld, wahrscheinlich über eine Million Dollar. Ich erfuhr nie genau, was damit geschah, ob es jemand eintrieb oder ob die Schulden einfach verfielen, jedenfalls wurde es uns nie ausbezahlt. Ich bin sicher, dass es meinen Vater besonders ärgerte, dass ihm Eddie nicht beim Eintreiben seiner Forderungen half, doch nun, da er sich einmal zur Kooperation mit den Behörden entschlossen hatte, gab es kein Zurück mehr.

Als wir vom Gefängnis nach Hause kamen, ging ich hoch in mein Zimmer. Mir gingen eine Million Dinge durch den Kopf, die meisten davon waren wenig angenehm. Wo sollten wir leben? Was würde mit uns geschehen? Wer würde sich um uns kümmern? Am nächsten Tag ging ich in den Blumenladen. Onkel Eddie war im Büro der Baufirma und saß an Papas Schreibtisch. Ich konnte sehen, dass er sehr erregt war.

»Geh ein Stück mit mir«, sagte er.

Wir machten denselben Spaziergang, den ich immer mit meinem Vater gemacht hatte, nur, dass ich diesmal über meinen Vater sprach. Damals wusste ich noch nicht, dass Eddie beschlossen hatte, meinen Vater hängen zu lassen.

»Wo werden wir wohnen?«, fragte ich.

»Wir lassen erstmal alles, wie es ist. Du, deine Mutter und Gerard, ihr bleibt im Haus. Ich werde mich ums Geschäft und um dich kümmern.«

Dann tätschelte er mir den Kopf und sagte: »Es kommt schon alles in Ordnung.«

Das Ganze verwirrte mich sehr. Eigentlich wollte ich noch so vieles wissen, traute mich aber nicht, danach zu fragen.

Während der folgenden Woche liefen die Geschäfte im Blumenladen ganz normal. Offenbar wusste niemand außer Onkel Eddie etwas, und für ihn schien alles in Ordnung zu sein. Zu Hause sprachen wir eigentlich nicht über Papas Entscheidung. Eines Abends nahm mich Mama mit zum Abendessen im Imbissrestaurant um die Ecke. Sie sagte mir, sie werde Gerard und mich immer schützen. Ich sagte ihr, dass ich niemals am Zeugenschutzprogramm teilnehmen wolle, und sie versicherte mir, dass wir dies auch nicht tun müssten. Ich merkte, dass mein Vater sie sehr verletzt hatte und dass sie wütend auf ihn war. Doch sie schimpfte nicht und sprach auch nicht schlecht über ihn.

»Wir sind auf uns gestellt«, sagte sie nur.

Wir beide wollten mit Papas FBI-Zusammenarbeit nichts zu tun haben, wenngleich keiner von uns bereit war, ihn komplett aus unserem Leben zu streichen.

Ich verstand nicht, warum Papa das alles tat. Ich bat meine Mutter, es mir zu erklären, aber auch sie hatte keine Antwort darauf. Sie sagte nur, dass es wahrscheinlich das Schwerste sei, was Papa je in seinem Leben tun müsse. Doch was auch immer geschehen möge, so wisse sie stets, dass er uns liebe.

Kapitel 12

»Niemand wird dir in den Kopf schießen.«

Kurz bevor die Nachricht von Papas FBI-Kooperation in jenem November an die Öffentlichkeit gelangte, rief er meine Mutter an. Er unterschrieb seine Einverständniserklärung zur Zeugenaussage gegen John Gotti im Austausch gegen die Erlassung von bis zu zwanzig Jahren Haft für seine bisherigen Verbrechen. Des Weiteren hatte er ausgehandelt, nicht gegen seine eigenen Leute aussagen zu müssen. Er sagte meiner Mutter, er wolle uns noch ein letztes Mal sehen. Er war bereits vom MCC in die FBI-Zentrale am Marines-Stützpunkt in Quantico, Virginia, verlegt worden. Also mussten wir dorthin kommen.

Später an jenem Tag verkündete meine Mutter ganz entgegen ihrer sonstigen Gepflogenheiten, dass sie mit mir und meinem Bruder zum Einkaufen in die Woodbridge Center Mall in New Jersey gehen wolle. Sobald wir aus dem Auto stiegen, näherten sich FBI-Agenten, die uns anwiesen, dass wir uns in ihren schwarzen SUV setzen sollten. Die Agenten waren dieselben Männer, die ich im Fernsehen gesehen hatte, als sie meinen Vater, John und Frankie im Ravenite in Gewahrsam genommen hatten.

Papa wollte unbedingt mit uns reden. Er wollte uns seine Beweggründe erklären. Und er wollte ganz sichergehen, dass es uns gut ging. Er wollte uns ein letztes Mal sehen.

Ich konnte nicht glauben, dass es tatsächlich passierte. Mein Vater wollte den Paten verraten. In meinem Herzen verriet Papa damit auch mich. Schließlich war er es, der mich gelehrt hatte, einen bestimmten Ehrenkodex zu befolgen, wenn dieser auch etwas fragwürdig gewesen sein mochte. Ich kannte jedoch nichts anderes, und er hatte diesen Kodex nun verletzt. Auch ich würde das bald zu spüren bekommen. In wenigen Stunden würde ich für die Welt nur noch die Tochter eines Verräters sein.

Er hatte wenigstens Gitter, die ihn schützten, aber ich war da draußen, ein bewegliches Ziel in einer feindlichen Welt.

Ich sah meine Mutter an und erklärte trotzig: »Ich komme nicht mit.«

»Oh doch, das tust du«, entgegnete sie. »Wenn du deinen Vater danach nie wieder sehen willst, musst du das auch nicht. Aber dieses eine Mal komm bitte mit, mir zuliebe.«

Ich weiß nicht, warum meine Mutter dem Treffen zustimmte. Ich weiß, dass sie meinen Vater immer noch liebte und hören wollte, was er zu sagen hatte. Sie war nicht einverstanden damit, was er tat, aber sie war auch verwirrt und verängstigt und erwartete von ihm Antworten. Tief in ihrem Innern wusste sie, dass mein Vater seine Familie über alles liebte und dass er uns stets den rechten Weg weisen würde, welche Entscheidung er auch immer träfe. Noch nie zuvor hatte Mama ohne ihn Entscheidungen fällen müssen. Ich fragte mich, ob sie glaubte, ihn durch ihren Besuch im Gefängnis noch einmal umstimmen zu können. Vielleicht hoffte sie aber auch, dass er ihr sagen würde, wie sie weitermachen sollte, wenn die ganze Geschichte erst in den Schlagzeilen wäre.

Ehe ich mich versah, waren wir unterwegs zum Flughafen, um dort ein Charterflugzeug nach Quantico zu besteigen.

»Ihr nehmt mich wohl auf den Arm«, sagte ich in einem sarkastischen Ton, als mich die Agenten zu der fünfsitzigen Maschine begleiteten. Ich kochte vor Wut und musste Dampf ablassen.

»Karen, bitte lass das«, bat mich meine Mutter.

Gerard hingegen blieb wie üblich passiv und machte brav mit. Mit fünfzehn begriff er noch nicht, wie komplex und weitreichend alles war, was bald geschehen würde. Er wollte einfach nur seinen Vater besuchen.

»Ich hoffe, das Flugzeug stürzt ab, und wir sterben alle!«, sagte ich während des neunzigminütigen Fluges zu unserem Ziel.

Papa wartete auf uns in einem Hotelzimmer in der Nähe der FBI-Zentrale. Er sah gut aus. Er war in Form und wirkte entschlossen. Ich war überrascht, wie zuversichtlich er war.

»Na, wie geht es euch?«, fragte er, als er uns sah, als hätte sich nichts geändert.

In diesem Augenblick wollte ich einfach wieder sein kleines Mädchen sein. Ich wollte mich in seine Arme werfen, wo ich sicher und behütet war. Ich wollte ihm erzählen, was ich heute Neues gelernt hatte. Doch ich war viel zu zornig, sodass dieses Gefühl nicht lange anhielt. Ich ließ mich gegenüber von ihm am Tisch auf einen Stuhl fallen.

»Ich werde nicht am Zeugenschutzprogramm teilnehmen«, stellte ich klar.

Das war meine größte Angst: Dass ich nicht nur aus meinem bisherigen Leben herausgerissen, sondern nach Nebraska geschickt würde, um dort Kühe zu hüten.

»Niemand bittet dich, am Zeugenschutzprogramm teilzunehmen«, versicherte mir mein Vater.

»Ich lasse mir lieber in den Kopf schießen als am Zeugenschutzprogramm teilzunehmen«, grollte ich.

»Niemand wird dir in den Kopf schießen«, sagte Papa und räumte auch diese Angst aus.

»Woher weißt du das?«, fragte ich. Ich wollte, dass mein Vater seine neuen Pläne sofort aufgab, und war überzeugt, dass ich ihn dazu überreden könnte, sich doch noch anders zu entscheiden. Wenn er mich derart aufgebracht sah, würde ihn das gewiss umstimmen. Ich hoffte, meinen Willen zu bekommen, wenn ich das richtige Maß an kindlichem Protest anwandte. Ich wollte nur, dass mein Vater nach Hause kam. Obwohl mein Vater direkt vor mir stand, fühlte ich mich auf einmal entsetzlich alleingelassen.

Papa und ich redeten eine Weile miteinander. Während unseres Treffens machte Mama unmissverständlich klar, dass wir nicht an dem Zeugenschutzprogramm teilnehmen würden. Sie würde jedoch niemals etwas tun, das ihn verletzen könnte. Sie weinte nicht an jenem Tag, ich hingegen schon.

Ich hatte immer geglaubt, mein Vater wäre derjenige, der die Entscheidungen traf, und dass meine Mutter diese fraglos akzeptierte. Heute jedoch sprach sie allein für sich selbst. Ich hatte sie noch nie so gesehen. Es gab keinen Streit und keine Schuldzuweisungen, weil wir alle dasselbe empfanden. Mama überraschte mich, als sie Papa sagte, was sie fühlte und was sie zu tun gedachte.

Papa hatte uns nicht zu sich bestellt, weil er uns überreden wollte, uns seiner Sache anzuschließen. Er erklärte uns, warum er mit den Behörden zusammenarbeitete. Wir sagten, wir verstünden zwar seine Position, seien damit jedoch nicht einverstanden.

Mama teilte ihm mit, dass wir auf Staten Island bleiben würden. Papa bat sie, den Kontakt aufrecht zu erhalten. Er wollte wissen, wie es seinen Kindern ging. Wir verabredeten, in Verbindung zu bleiben. Wir hatten nie zu seiner Welt gehört und wollten jetzt nicht damit anfangen.

Als ich an jenem Nachmittag das Hotelzimmer verließ, wusste ich nicht, ob ich meinen Vater jemals wiedersehen würde. Obwohl ich immer noch wütend war, hatte ich gemischte Gefühle. Ich akzeptierte jedoch, dass man Menschen, die für sich eine Entscheidung getroffen haben, nicht umstimmen kann. Ich war todtraurig und wollte so schnell wie möglich heim nach Staten Island.

Als wir an jenem Abend aus Virginia nach Hause zurückkehrten, war die Geschichte von Papas Kooperation bereits über den Äther gelaufen. Es war die Topmeldung im Radio und im Fernsehen. CNN berichtete nonstop. Sogar laufende Sendungen wurden durch Kurznachrichten unterbrochen. Es war eine Riesengeschichte. Als wir an jenem Abend an unserem Haus in der Lamberts Lane ankamen, hatten sich dort bereits die Journalisten versammelt. Wir hatten ein elektrisches Garagentor, also fuhr Mama direkt in die Garage und schloss das Tor hinter uns.

Wir waren noch nicht lange im Haus, als es an der Tür klingelte. Es waren Onkel Eddie, »Big Louie« Huck und ein paar andere von Papas Leuten. Ihren Gesichtern war abzulesen, dass sie alle dasselbe empfanden: Sie waren untröstlich. Sie hatten nicht die geringste Ahnung davon gehabt, dass Papa umfallen würde, und waren zutiefst schockiert – alle außer Onkel Eddie, der nur so tat, als wäre er schockiert.

Einer nach dem anderen umarmten sie Mama. Onkel Eddie bat meine Mutter, sämtliche im Haus befindlichen Feuerwaffen und Schalldämpfer herauszugeben, was sie auch tat. Sie gab ihm auch die Bücher und die Quittungen über alles Geld, das die Leute auf der Straße Papa schuldeten. Wir hatten außerdem noch Bargeld gebunkert, aber niemand fragte danach. Ich schätze, das war den Männern nicht wichtig.

Die Jungs blieben eine Weile im Haus. Mama machte Kaffee für alle. Ich merkte, dass sie nervös war. Sie versicherte ihnen, dass sie Papas Kooperation nicht gutheiße und nicht die Absicht habe, Staten Island zu verlassen, um sich ihm anzuschließen. Big Louie überbrachte eine Nachricht von John Gotti. Er richtete Mama aus, John sehe ein, dass sie eine Frau und kein Gangster sei und dass sie mit der Entscheidung meines Vaters nichts zu tun habe. Er ließ ihr versichern, dass weder ihr noch ihren Kindern etwas geschehen werde.

Onkel Eddie kam in die Küche, setzte sich an den Tisch und sagte: »Ich kann es nicht fassen, dass Sammy das tut. Debbie, wenn er anruft, musst du ihm das ausreden! Sag ihm, er soll die Biege machen. Er soll tun, was er tun muss.«

Während Onkel Eddie seine Reden schwang, holte ich mir etwas zu trinken aus dem Kühlschrank. Big Louie hatte mich beobachtet und fragte, ob mit mir alles in Ordnung sei. Ich unterdrückte die Tränen, so gut ich konnte. »Ja«, stammelte ich.

Onkel Eddie zeigte auf mich und sagte: »Wie konnte er dir das nur antun? Wenn er anruft, musst du ihm sagen, er soll tun, was er tun muss. Er kann das nicht durchziehen. Er muss die Biege machen.«

Onkel Eddies Verhalten verwirrte mich. Ich wusste nicht, bis zu welchem Grad er sich bereit erklärt hatte, meinem Vater zu helfen, oder ob er ihm überhaupt helfen wollte. Ich wusste jedoch, dass er bei dem Treffen zwischen Papa und mir im Gefängnis dabei gewesen war, als Papa uns zum ersten Mal von seiner Entscheidung erzählt hatte.

Wollte er wirklich, dass ich Papa sagte, er solle sich umbringen? »Okay«, sagte ich und wusste nicht genau, wie ich mich dabei fühlen sollte. Ich war verängstigt, zornig, verwirrt, verletzt und alleine.

Genau in diesem Augenblick kam Gerard die Treppe herunter. Er blickte ein paar Sekunden lang um sich, dann machte er auf dem Absatz kehrt und ging wieder nach oben.

An jenem Abend rief Papa zu Hause an. Er war inzwischen wieder in Quantico in Schutzhaft und fragte mich, wie es mir gehe, und ich antwortete ungläubig: »Wie es mir geht? Was glaubst du, wie es mir geht? Es ist in sämtlichen Nachrichten. Sie nennen dich eine Ratte. Warum tust du uns das an? Bitte tu das nicht, du kannst das nicht durchziehen.« Ich weinte, und mein Weinen schnürte ihm die Kehle zu. Noch nie hatte ich ihn mit so schwacher Stimme sprechen hören, aber ohne es zu wollen, war ich richtig gemein. Ich konnte nicht aufhören, ihm Vorwürfe zu machen.

Ich war todtraurig, doch er beantwortete meine Fragen nicht und wollte stattdessen wissen: »Wer ist gerade bei euch im Haus?«

Ich antwortete: »Onkel Eddie und Louie und alle anderen.« Dann überbrachte ich Eddies Botschaft.

Papa wusste genau, was es bedeutete, zu tun, »was er tun muss«. Er sagte: »Du hast Recht, ich kann das nicht durchziehen, ich kann nicht kooperieren. Das bin nicht ich.«

Ich war erleichtert zu hören, dass er nun doch nicht kooperieren wollte. Dann aber begriff ich, was das bedeutete. Er war zu weit gegangen, als dass er noch hätte umkehren können. Wenn er also sagte, er könne das nicht durchziehen, meinte er, dass er sich umbringen werde.

Ich begann zu heulen wie ein Schlosshund. Ich konnte hören, wie Papa versuchte, mich zu beschwichtigen, dass alles in Ordnung komme. Aber ich konnte nicht aufhören zu weinen. »Ich weiß nicht, wem ich vertrauen soll«, jammerte ich. »Ich weiß nicht, was ich tun soll.« Dann gab ich meiner Mutter den Telefonhörer.

Später erzählte mir Papa, dass unser Gespräch einer der schrecklichsten Augenblicke seines Lebens gewesen sei. Er sagte, dies sei sein absoluter Tiefpunkt gewesen. Zu hören, wie sein eigenes Kind durch seine Handlungen so verwirrt und so verletzt worden sei, sei entsetzlich gewesen. Dabei konnte er sich gar nicht vorstellen, was ich tatsächlich durchmachte. Ich hatte Angst und wusste nicht, wem ich noch trauen konnte. Damals wusste ich noch nicht, dass mein Vater Onkel Eddie beauftragt hatte, ihm Zyankali ins Gefängnis zu bringen, für den Fall, dass er das alles nicht bis zum Schluss durchziehen konnte. Dann wollte er seinem Leben ein Ende setzen.

Onkel Eddie sagte uns, er wolle uns etwas geben, das wir Papa bringen sollten. Ich stellte keine Fragen, nahm aber an, dass es etwas sei, womit er sich umbringen könne. Die ganze Szene war surreal. Menschen, die er sein ganzes Leben lang gekannt hatte, baten mich, ihm beim Selbstmord zu helfen. Ich rannte nach oben in mein Zimmer und weinte mir die Augen aus. Ich musste aus der Küche fliehen, um geistig gesund zu bleiben.

Onkel Eddie folgte mir die Treppe hinauf. Er sah mir fest in die Augen und sagte: »Ich bin jetzt dein Vater, also stell keine Fragen und sprich über nichts.«

»Ich bin jetzt dein Vater«, wiederholte er. »Dein Vater hat dich verlassen, also bin ich jetzt derjenige, der sich um dich kümmert. Du musst mich respektieren.«

»Aber, Onkel Ed…« sagte ich, kam aber nicht sehr weit. Ich wollte ihn fragen, was als nächstes geschehen würde.

»Nichts ›aber Onkel Eddie‹«, unterbrach er mich. »Ich bin jetzt dein Vater. Was ich sage, wird gemacht.«

Als das Haus etwa eine halbe Stunde später endlich leer war, fragte ich meine Mutter, warum sie nichts gesagt habe, als alle in der Küche gewesen seien. »Vertraue mir«, antwortete sie. »Dein Vater wird sich nicht umbringen. Vertraue niemandem. Wir sind jetzt ganz auf uns selbst gestellt.«

An jenem Abend wurde mir klar, dass mein Vater diesen Männern zwar immer noch sehr nahe stand, sie jedoch nicht mehr seine Familie waren. Sie waren ihm gegenüber einst so loyal gewesen, dass er sie als seine Brüder betrachtet hatte. Doch Papa hatte die Seiten gewechselt, also waren diese Tage vorüber. Ich war am Boden zerstört. Ich war neunzehn und kein Gangster. Obwohl ich die Tochter eines Gangsters war, verstand ich das Gangsterleben nicht. Auf jeden Fall wusste ich nicht, was ich als nächstes tun sollte.

An jenem Abend begriff ich zum ersten Mal, worum es bei der Cosa Nostra wirklich ging: Um eine altertümliche Loyalität, darum, sich um der größeren Sache Willen für eine neue Familie zu entscheiden und diese über die eigene Familie zu stellen.

Kapitel 13

»R.I.P.«

Als ich an jenem Abend zu Bett ging, hatte ich Alpträume von Zyankali. Ich spürte, dass einige Leute, die bislang Freunde der Familie gewesen waren, nun zu unseren Feinden zählten, wusste aber nicht genau, wer. Noch nie hatte ich mich zu unserem Schutz auf Mama verlassen müssen, doch jetzt war sie zum ersten Mal am Ruder, unter widrigsten Bedingungen, mitten in einem tosenden Sturm.

Als ich am nächsten Morgen die Schlagzeile in der *New York Post* las, bekam ich den Schock meines Lebens: Unter der Überschrift »R.I.P.« waren die Namen von Papas neunzehn Mordopfern auf Grabsteinen abgebildet. Sammy the Bull, mein Vater, hatte neunzehn Menschen umgebracht. Dort, auf jener Titelseite, erfuhr ich endlich, was mein Vater all die Jahre tatsächlich getan hatte. Während meiner gesamten Kindheit hatte ich kleine Hinweise darauf bekommen, dass im Hause Gravano nicht alles ganz mit rechten Dingen zuging, und viel Zeit damit verbracht, diese einzelnen Puzzleteilchen zusammenzusetzen. Vielleicht hätte es mir klar werden sollen, als Papa zum ersten Mal in die Schlagzeilen der *Post* kam, aber damals war ich noch ein Kind.

Ich starrte stundenlang auf die Titelseite. In dem Artikel hieß es, die Morde hätten bereits vor meiner Geburt begonnen. Der letzte sei gerade zwei Jahre her. Auf den Grabsteinen standen Namen, von denen ich einige als einstige Freunde der Familie wiedererkannte, etwa Louie Milito und Mikey DeBatt.

Louies Tochter Dina war eine Freundin von mir. Ich erinnerte mich sogar daran, wie es war, als ihr Papa auf einmal nicht mehr nach Hause kam. Damals kam Dina zu uns nach Hause und bat meinen Vater unter Tränen, ihn doch suchen zu helfen. Papa und Louie waren ihr gesamtes Leben lang befreundet gewesen. Mikey DeBatt war Papas Springer in der Plaza Suite und am Attentat auf Fiala beteiligt gewesen. Doch seine Kokainsucht machte ihn zu einem Risiko. Auch die Details der Morde an Paul Castellano und Frank Fiala waren in dem Beitrag abgedruckt. Papa hatte nicht selbst auf Fiala geschossen, aber den Mord geplant und auf seinen Leichnam gespuckt.

Aus dem Zeitungsartikel erfuhr ich, dass das Attentat auf Paul Castellano eine von John Gotti arrangierte Mafia-Hinrichtung gewesen war. Gotti hatte befürchtet, Paul könnte ihn töten, weil Johns Leute hinter Pauls Rücken Drogen verkauften. Ein vierköpfiges Killerkommando in braunen Trenchcoats und schwarzen Russenmützen hatte den Auftrag ausgeführt. Castellano saß in seinem Wagen und war auf dem Weg zu einer Besprechung beim Abendessen im Sparks Steak House. Papa und John Gotti parkten gegenüber vom Restaurant in Johns Lincoln und warteten auf Paul. Auf dem Bürgersteig hielt sich ein zweites Killerkommando für den Fall bereit, dass die ersten vier Schützen ihr Ziel verfehlten. Mein Papa war ebenfalls ein Ersatzschütze, doch die Exekution verlief reibungslos, alle entkamen, und John wurde der neue Boss.

Wieder und wieder las ich die Namen auf den neunzehn Grabsteinen. Zu meinem großen Entsetzen trug einer davon den Namen des Bruders meiner Mutter, Nicky Scibetta.

Jahrelang hatte ich geglaubt, mein Onkel wäre einfach verschwunden, geflüchtet und untergetaucht. Später erfuhr ich, dass man seine Hand gefunden hatte, und wir alle nahmen an, dass er tot sei. Onkel Nickys Tod war der erste Verlust, mit dem ich je konfrontiert wurde. Bis heute habe ich ihn nicht ganz verwunden. Er stand mir sehr nahe. Wir gingen immer zusammen in den Park, oder er nahm mich mit zum Nellie Bly Amusement Park in der Nähe des Hauses meiner Großeltern in Brooklyn, wo wir Karussell fuhren.

Ich versuchte, nicht daran zu denken, was mit ihm geschehen sein könnte. Selbst, nachdem meine Familie einen Trauergottesdienst für ihn abgehalten hatte, malte ich mir weiterhin aus, dass er eines Tages zu uns nach Hause zurückkehren würde. Seinen Tod hatte ich immer ausgeblendet, weil ich ihn als zu schmerzlich empfunden hatte. In der Familie sprachen wir eigentlich nie über Onkel Nickys Verschwinden. Nun stand in der Zeitung, dass mein Vater seine Hände dabei im Spiel gehabt hatte, und ich wusste nicht, wie ich mich fühlen sollte.

Zunächst war ich extrem wütend und beschimpfte ihn, als er anrief. Ich wollte nicht mit meiner Mutter darüber reden. Ich konnte sehen, dass sie dieser Mord zutiefst schmerzte. Außerdem sagte sie zu mir, dass sie nicht mit mir darüber sprechen wolle, niemals.

Bis heute haben wir die Angelegenheit unberührt gelassen. Ich weiß nicht, wie es Mama geht, aber ich brauchte jedenfalls eine ganze Weile, um damit fertig zu werden. Wie meine Mutter beschlossen auch meine Großeltern, nicht über Onkel Nicky zu sprechen. Meine Großmutter sagte nur: »An dem Tag, an dem ich erfuhr, dass dein Vater beteiligt war, habe ich zwei Söhne verloren.«

Über Mord hatte ich mir eigentlich noch nie Gedanken gemacht, nicht einmal, als Onkel Nicky verschwand. Ich konnte das Thema sehr gut ausblenden. Vielleicht hatte ich den Verdacht, dass Mord zum Leben meines Vaters dazugehörte, aber ich dachte nie an die Männer, die dabei ihr Leben ließen. So, wie es dargestellt wurde, standen alle Opfer auf die eine oder andere Weise mit der Mafia in Verbindung. Sie wussten, worauf sie sich einließen, und nahmen das Risiko in Kauf. Diejenigen, die keine »gemachten Männer« waren, aber sich in deren Dunstkreis begaben und es wagten, zu rauben, zu stehlen oder ihre Auftraggeber zu hintergehen, kannten die möglichen Folgen ebenfalls. Es waren alles Männer, die dieses Leben bewusst gewählt hatten und sich dessen bewusst waren, dass Mord ein Teil davon war. Obendrein hatten viele selbst Morde begangen.

Viele Leute glorifizieren diesen Lebensstil und sehen nur den Glanz und den Glamour, aber die kalte Realität dieser Welt ist Mord, und daran denken die Leute nicht, wenn sie die Mafia romantisieren. Rückblickend betrachtet, tragen die Familien der Mafiamitglieder die Konsequenzen für etwas, mit dem sie persönlich nichts zu tun haben.

Ich nahm die Nachricht von der Aussage meines Vaters und seinen neunzehn Morden mit einer Mischung aus Grauen und Faszination auf. Damals stellten die Medien es so dar, als wäre John Gotti der »Gute« und mein Vater der kaltblütige Killer gewesen. Es mag sonderbar klingen, doch als ich mich mit Papas Taten halbwegs abgefunden hatte, fand ich morbiden Trost in dem Wissen, dass er ein derart gefährlicher Mann war –

schließlich hatte ich doch entsetzliche Angst davor, was Mama, Gerard und mir passieren könnte, nun, da mein Vater die Seiten gewechselt hatte.

Obwohl er im Gefängnis saß, hoffte ich, dass die Leute es sich zweimal überlegen würden, bevor sie versuchten, uns etwas anzutun. Denn eines wusste ich bestimmt: Er würde alles in Bewegung setzen, um mich und meinen Bruder zu schützen.

Im Gegensatz zu Victoria Gotti, deren Vater zwar ein Mafiaboss und an Morden beteiligt gewesen war, aber trotzdem immer noch verehrt wurde, büßte meine Familie allen Respekt ein, den wir uns in der Unterwelt je erworben hatten. Das passierte, wenn jemand mit dem FBI kooperierte.

Papa war ein Feind, weil er »gesungen« hatte. Sein einstiges Umfeld wollte augenblicklich nichts mehr von ihm wissen und taufte ihn von »Sammy the Bull« in »Sammy die Ratte« um. Mafia-Experten bezeichneten meinen Vater als ranghöchsten amerikanischen Mafioso, der je sein Schweigen gebrochen und als Zeuge ausgesagt habe. Tatsächlich hat bis zum heutigen Tage keine andere Zeugenaussage ähnlich weitreichende Auswirkungen für das organisierte Verbrechen gehabt. Nicht einmal die Aussage von Joe Valachi, einem niederrangigen Mitglied der Familie Genovese, der als erster Mafioso das Schweigegelübde der Mafia brach und 1963 vor einem Unterkomitee des Senats aussagte, hatte vergleichbare Auswirkungen.

John Gotti hielt man für die mächtigste Verbrecherfigur seit Al Capone, und mein Vater wandte sich nun gegen ihn und damit auch gegen die Mafia als Ganzes. In diesem Augenblick verlor ich sämtliche Privilegien, an die ich mich während meines Heranwachsens gewöhnt hatte.

Wichtiger noch war aber, dass ich begann, die Entscheidung meines Vaters anzuzweifeln, etwas, das ich noch nie zuvor in meinem Leben getan hatte. Als Kind hinterfragte ich nie, was mein Vater mir sagte. Ich war stets zufrieden mit seinen Antworten, doch diesmal hatte ich einen ganzen Haufen Fragen. Ich begriff nicht, warum er seinen Boss verriet, wo er mir doch mein Leben lang eingeschärft hatte, niemals einen Freund zu verpfeifen. Ich war voller Zweifel.

In den Stunden, nachdem die Story über meines Vaters Aussage an die Kioske gelangt war, riefen mich meine drei besten Freundinnen an: Jennifer Graziano und Roxanne und Ramona Rizzo. Sie wollten bei mir vorbeischauen. Alle drei waren Töchter von Männern, die mit meinem Vater in Verbindung gestanden hatten, und wir waren seit Kindestagen miteinander befreundet. Doch ich zweifelte mittlerweile an allem. Oh Gott, dachte ich, werden die Mädchen mich nun fertig machen? Tief im Herzen wusste ich, dass sie das niemals tun würden. Trotzdem stellte ich mir diese Frage.

Die drei hielten vor dem Haus, stiegen aber nicht aus dem Wagen. Ich spähte links und rechts die Straße entlang, bevor ich mich von der Haustür entfernte und zu ihnen rannte, um mit ihnen zu sprechen.

Die Mädchen waren hysterisch. »Wir dürfen uns nicht mehr mit dir treffen«, schluchzten sie. Ich war am Boden zerstört. Was hatte ich denn getan? Warum verurteilten mich die Leute in meinen Kreisen für das, was mein Vater getan hatte?

Ich war zwar verwirrt, doch klug genug, um zu wissen, dass sie das tun mussten. Wir waren alle mit demselben Wertesystem erzogen worden. Durch seine Kooperation wandte sich mein Vater gegen alles, was man uns je gepredigt hatte, und ich bin sicher, dass ihre Väter wollten, dass sie sich von mir distanzierten, damit sie auf gar keinen Fall in die Sache verwickelt würden. Trotzdem kam es mir unwirklich vor. Ich hätte nie gedacht, dass ich einmal in eine solche Situation geraten würde. Unsere Freundschaft war beinahe ein Abziehbild der Bruderschaft unserer Väter. Wir waren eine Art Schwesternbund. Wir waren unsere eigenen »Leute«.

Nun war es mir nicht mehr gestattet, ihre Häuser zu betreten, wodurch unser Schwesternbund auf die Probe gestellt wurde. »Mach dir keine Sorgen, Karen, wir kriegen das schon hin«, versprachen sie mir. »Wir lieben dich. Wir sind wie Schwestern.« Ich war ungemein erleichtert, als ich begriff, dass sie mich nicht fallen lassen würden.

Kurz nachdem sie davongefahren waren, ging mein Pager los, weil mich alle meine anderen Freundinnen anfunkten. Ich brachte nicht den Mut auf, auch nur eine davon zurückzurufen. Es waren Freundinnen, die ich schon mein ganzes Leben lang kannte, und ich hätte es nicht ertragen, mit ihnen zu sprechen. Ich dachte nur: Mein Leben ist vorbei. Ich bin erst neunzehn, und mein Leben ist bereits vorbei.

Es war mir damals nicht klar, aber auch ich war im Gefängnis – nur, dass ich draußen und nicht eingesperrt war. Ich kam mir vor, als hätte mich mein Vater aus der Welt herausgerissen. Ich war neunzehn, hatte keinen Vater mehr und wusste von einem Augenblick zum anderen nicht mehr, was geschehen würde. Würden mir meine Freunde und Verwandten auf ewig die kalte Schulter zeigen? Ich war zornig, fühlte mich verlassen und allein. Doch ich wusste, dass mein Vater immer noch Leute hatte, die ihn achteten und sich um uns kümmern würden. Möglicherweise verstanden einige dieser Männer, warum mein Vater kooperiert hatte, wenn sie es auch niemals laut sagen würden. Trotzdem würden sie auf mich, Mama und Gerard Acht geben. Schließlich gab es die alte Regel, dass man Ehefrauen und Kinder »aus dem Spiel« ließ.

Der Blumenladen, den mir mein Vater zum Highschool-Abschluss geschenkt hatte, war vom Tag seiner Eröffnung bis zum Bekanntwerden der Zeugenaussage ein brummendes Geschäft gewesen. Über Nacht kamen keine Kunden mehr in den Laden, bereits aufgegebene Bestellungen für Taufen und Partys wurden storniert, und nach wenigen Wochen blieb mir nichts anderes übrig, als Exotic Touch dicht zu machen.

Als Tochter eines Mafiagangsters habe ich die guten und die schlechten Seiten dieser Rolle erlebt. Ich habe den Glanz und den Glamour genossen, die eine Mafiaprinzessin umgeben. Ich habe aber auch die Kehrseite kennen gelernt, die Angst, die man verspürt, wenn man in einem Kartenhaus lebt.

Als Heranwachsende stand ich auf einem hohen Podest. Ich genoss die Aufmerksamkeit und den Respekt, die mir als Tochter eines Mafiabosses entgegengebracht wurden. Doch als ich fiel, stürzte ich tief. Dazwischen gab es für mich nichts. Als sich mein Vater zur Kooperation bereiterklärte, war ich zwar schon neunzehn, aber immer noch eine Jugendliche, die versuchte, ihren eigenen Weg zu finden. Ich krabbelte gerade aus meinem kleinen Kokon und musste plötzlich ganz alleine durchkommen. Also versuchte ich, herauszufinden, wer ich wirklich war und wohin ich in dieser neuen Welt gehörte.

Es war ein sehr kritischer Punkt in meiner Entwicklung. Ich wusste nicht, welchen Schritt ich als nächstes tun sollte. Es war ein Gefühl, als steckte ich mit den Rädern tief im Schlamm. Ich wusste, dass mich die Leute für die Taten meines Vaters büßen ließen. Sie sagten es mir zwar nicht ins Gesicht, aber sie sagten es hinter meinem Rücken. Meine Freundinnen gaben mir nie dieses Gefühl. Sie standen stets zu mir. Dasselbe galt für die Kids, mit denen ich mich auf dem Schulhof traf, man mag es glauben oder nicht. An diesem Punkt scherte es mich nicht, was die Anderen dachten, solange ich noch meine Freundinnen und ein paar loyale Freunde vom Schulhof hatte. Dass sich Papas Freunde von uns abwandten, störte mich immer weniger. Ich hatte meine eigene Clique, Menschen, denen ich etwas bedeutete.

In diesem Moment begann meine Rebellion gegen meinen Vater und seinen gesamten Lebensstil.

Kapitel 14

»Der wichtigste Zeuge in der Geschichte des organisierten Verbrechens in den Vereinigten Staaten.«

Mama schickte an alle, die sie kannte, eine Nachricht. Darin hieß es, dass wir nicht den geringsten Anteil an Papas Entscheidung hätten und nicht ins Zeugenschutzprogramm gingen. Wir kommunizierten mit meinem Vater übers Telefon, doch sämtliche Besuche stellten wir ein. Von Zeit zu Zeit sahen wir immer noch die Agenten, die meinen Vater verhaftet hatten, an unserem Haus vorbeifahren. Sie fuhren bewusst langsam, damit ich sie auch sehen könnte, wenn ich gerade draußen wäre. Nun, da mein Vater fort war, fragte ich mich, warum sie uns immer noch beschatteten. Es war, als täten sie das nur, um mich zu ärgern. Papa sagte mir jedoch später, dass er den Agenten, die ihn jahrelang observiert hätten, irgendwann sympathisch geworden sei. Es waren dieselben Typen, die mich so oft dabei beobachtet hatten, wie ich mich aus dem Haus geschlichen hatte. Nun, da Papa im Gefängnis saß, hielten sie es für ihre Pflicht, uns zu schützen.

Wenn ich mit Papa telefonierte, waren unsere Gespräche immer sehr oberflächlich. Ich war aufrichtig, wenn ich ihm sagte, dass ich ihn vermisste. Das tat ich wirklich. Ich wollte ihn auch nicht verletzen. Ich war jedoch sehr wütend und verwirrt und sagte deshalb viele verletzende Dinge.

Nun, da das geheime Leben meines Vaters in den Medien ausgebreitet wurde, flüchtete ich mich in eine Art Rauschzustand. Ich befand mich in einem Zustand totaler Rebellion und verbrachte die nächsten paar Monate damit, in New York auf die Pauke zu hauen. Ich ging in Clubs, trank, tanzte und rauchte Gras bis zum Exzess. Meine Mutter versuchte, mit mir zu reden, aber ich kümmerte mich nicht darum. Meinen Freunden war es egal, was mein Vater getan hatte. Sie nahmen mich, wie ich war, und das war ein gutes Gefühl.

Vier Monate nach der Aussage meines Vaters kam John Gotti vor Gericht. Ich versuchte, das Ganze auszublenden, so schwer das auch war. John hatte Mama gebeten, die Verhandlungen zu besuchen, um meinen Vater abzulenken, wenn er im Zeugenstand sei. Sie sagte jedoch, das könne sie nicht tun, und John hatte dafür Verständnis. Über *ihr* Leben wurde nicht verhandelt, also blieb sie der Sache fern.

Meine Mutter, Gerard und ich gingen für die Dauer des Prozesses nach Kalifornien. Ich wollte nicht in New York bleiben und jeden Tag die Zeitung aufschlagen, um darin ein Bild meines Vaters mit einem Rattenkopf zu erblicken. An diesem Bild störte ich mich sehr. Ich war fest davon überzeugt, dass mein Vater nicht deshalb kooperierte, weil er Angst vor der lebenslangen Haftstrafe hatte, und doch sagten die Leute genau das über ihn. Ich begriff, dass es tiefere Gründe geben musste, als es den Anschein hatte, tat jedoch das Richtige und hielt meinen Mund.

John stand in dem Ruf, die Geschworenen zu manipulieren, also sonderte man sämtliche Geschworenen für die Dauer des monatelangen Verfahrens ab. Die Nachrichten nannten es den »Prozess des Jahrhunderts«, und die Strafverfolger bezeichneten meinen Vater als »wichtigsten Zeugen in der Geschichte des organisierten Verbrechens in den Vereinigten Staaten«.

Neun lange Tage war mein Vater im Zeugenstand. Meine Mutter hatte es abgelehnt, der Verhandlung beizuwohnen, um Papa einzuschüchtern. Doch Joey d'Angelo, der Sohn von Papas bestem Freund Stymie, saß an dem Tag, als mein Vater den Zeugenstand betrat, in der ersten Reihe auf der Galerie. Papa war sehr wütend auf John Gotti, dass er den Jungen dazu getrieben hatte. Mein Vater hatte immer ein schlechtes Gewissen gehabt, weil er Joey bei der Mafia eingeführt hatte. Es war nicht das, was sich die Männer für ihre Kinder auf ihrem künftigen Lebensweg wünschten. Doch nach Stymies Tod klebte Joey förmlich an Papa. Er blickte zu ihm auf und sah in ihm eine neue Vaterfigur. Papa wollte Joey nicht abweisen, weil er dachte, dass dieser sonst einen anderen Weg finden würde, sich der Mafia anzuschließen. Also nahm er ihn unter seine Fittiche. So hatte er ihn wenigstens in seiner Nähe.

Papa wusste, dass Gotti Joey gebeten hatte, zur Verhandlung zu gehen, um Papa mit seinen Blicken zu durchbohren. John tat alles in seiner Macht stehende, um Papas Willen zu brechen. Während Papas neun Tagen im Zeugenstand betrat einmal eine Frau den Gerichtssaal und schrie, Sammy habe ihre Söhne ermordet. Papa wusste nicht einmal, wer sie war; er hatte sie noch nie zuvor gesehen. Dann stürmten Gerichtsdiener herbei und ergriffen die Frau.

Doch Papa war unerschütterlich und blieb während der gesamten Dauer des Prozesses stoisch. Jedes Mal, wenn John ihn zu zerbrechen versuchte, wurde er dadurch nur noch stärker.

Am 2. April 1992 befanden die Geschworenen nach vierzehnstündiger Verhandlung John Gotti des dreizehnfachen Mordes und zahlreicher weiterer Verbrechen für schuldig. Frank Locascio wurde unter anderem wegen Mordes in mittelbarer Mittäterschaft und Geldwäsche verurteilt. Der vorsitzende Richter Leo Glasser bezeichnete die Zeugenaussage meines Vaters als »das Mutigste«, was ihm jemals untergekommen sei. John und Frank wurden zu lebenslangen Haftstrafen ohne Bewährung verurteilt. Gotti wurde zum United States Penitentiary in Marion, Illinois, geflogen, wo er den größten Teil seiner Strafe in Einzelhaft verbrachte, bis er am 10. Juni 2002 an Kehlkopfkrebs starb. Frankie wurde in ein Bundesgefängnis in Terre Haute im Bundesstaat Indiana gebracht, im April 2010 jedoch ins Federal Medical Center in Devens, Massachusetts, verlegt.

Papas Zeugenaussage trug außerdem dazu bei, weitere siebenunddreißig Mitglieder der Mafia ins Gefängnis zu bringen, darunter Bosse der Familie Gambino sowie hochrangige Mitglieder der Familien Genovese, Colombo und DeCavalcante.

Nach dem Gotti-Prozess kehrten Mama, Gerard und ich nach Staten Island zurück. Papa blieb in einer Bundesanstalt in Schutzhaft und wurde später nach Phoenix, Arizona, überstellt. Erst im September 1994 wurde er formal verurteilt. Zu diesem Zeitpunkt hatte er den größten Teil seiner fünfjährigen Haftstrafe bereits abgesessen. Der Haftentlassung folgten noch einmal drei Jahre unter Auflagen und Meldepflichten.

Ich ähnelte meinem Vater zwar sehr, doch konnte ich unmöglich gutheißen, was er getan hatte. Zudem konnte ich nicht darüber hinwegsehen, dass über meine Familie getuschelt wurde. Sogar Tante Fran und Onkel Eddie distanzierten sich von uns.

Eine Zeitlang blieb ich zu Hause auf Staten Island. Ich war immer noch ein Teenager und sorgte mich sehr um mein Image und darum, was andere Leute über mich dachten. Die Wahl, die mein Vater getroffen hatte, verwirrte mich. Je mehr Artikel über ihn erschienen, desto aufsässiger wurde ich und fand, dass ich etwas beweisen müsse. Auch Mama spürte die Ablehnung. Ihre Freunde hatten sich von ihr distanziert, und sie wiederum begann sich zurückzuziehen. Die Leute hatten Angst davor, was man von ihnen denken könnte, wenn sie mit uns zusammen gesehen würden. Leute, die meinem Vater Geld schuldeten, ließen uns einfach im Stich. Das war nicht recht.

Seltsamerweise wurde mein Bruder Gerard nicht geschnitten. Er war jünger als ich, und seine Freunde in der Nachbarschaft schien Papas FBI-Kooperation so oder so nicht zu kümmern. Er traf sich weiterhin mit seinen Kumpels und lebte ganz normal weiter. Seine Freunde waren noch nicht alt genug, um Möchtegern-Gangster zu sein, und die meisten Eltern seiner Freunde hatten keine Verbindungen zur Mafia. Ich hingegen schlug mich immer noch mit dieser lächerlichen Frage herum, die mich einfach nicht loslassen wollte: Wer war ich – ein aufrechter oder ein böser Mensch? Ich musste mich entscheiden. Ich konnte mich von »dem Leben« lossagen und selbst ein neues Leben beginnen.

Als schlechter Mensch fühlte ich mich jedoch wohler. Das war die Welt meines Vaters, die mir ein gewisses Gefühl von Sicherheit und Schutz gab, obwohl sie recht undurchsichtig war. In ihrer Vertrautheit war sie bequem. Mit dem trügerischen Gefühl der Unverwundbarkeit begann ich meinem Vater nachzueifern, als ich auf den Straßen von New York meinen eigenen Weg beschritt.

In meinem Herzen wollte ich mich von der Entscheidung meines Vaters zur Kooperation abgrenzen. Das kriminelle Dasein fiel mir allzu leicht. Damals war mir das nicht klar, aber ich trat sein Vermächtnis an. Ich kannte nichts anderes. Mein einziges Ziel war es, für mich den Respekt zurückzuerobern, den mein Vater vertan hatte. Ich war überzeugt, dass dies nur zu schaffen sei, wenn man sich recht hart gesotten gab, also nahm ich dieses »Tough Girl«-Image an. In Wahrheit war ich wütend auf meinen Vater, vermisste ihn aber noch immer. Ich war zornig und verwirrt.

Es war mir egal, dass der Blumenladen dichtmachte. Ich fand sowieso, dass ich nicht zur Floristin geboren war. Ein Semester lang besuchte ich die St. John's University auf Staten Island, dann brach ich das Studium wieder ab. Tommy und ich hatten uns nach drei Jahren getrennt, und ich hatte einen neuen Freund namens Lee d'Avanzo, den Anführer der Straßenbande unseres Viertels. Er hatte einen Ruf als richtig böser Junge. Ich dachte, wenn ich mit ihm zusammen wäre, würde niemand irgendwelche Scheiße über mich erzählen.

Lee war groß, hatte einen dunklen Teint und große, olivenförmige Augen. Er sah gut aus und besaß diese gewisse Härte, die ich attraktiv fand. In ihm steckte eine Führernatur. Er war drei Jahre älter als ich und lebte ein paar Blocks entfernt von dem Schulhof, wo wir uns immer trafen.

Ich kannte Lee schon seit Jahren. Mein Vater hatte ihm einmal das Leben gerettet, als er noch jünger gewesen war. Als ich noch mit Tommy ging, kam Papa eines Tages vom Training nach Hause und bat mich, etwas aus seiner Sporttasche zu holen. In der Tasche hatte er eine Liste mit drei Namen. Einer davon war der von Lee.

»Was machst du mit diesen Namen?«, fragte ich ihn.

Papa fragte zurück: »Kennst du diese Jungs?«

»Ja, die kenne ich«, antwortete ich.

Wir begannen, gezielt über Lee zu sprechen.

»Ist er ein guter Junge?«, wollte Papa wissen.

Ich hatte gehört, was er schon alles angestellt hatte; er hatte Radkappen und andere Dinge von Autos geklaut. Ich wusste, dass er ein harter Junge war. Nachdem sein Vater vor einer illegalen Autowerkstatt von den Bundesbehörden erschossen worden war, hatte ihn seine Mutter allein großgezogen. Vom Tod seines Vaters erfuhr er an Halloween, als er gerade vom Süßigkeitenbetteln nach Hause kam.

Alle im Haus weinten. Er fragte seine Mutter, wann sein Vater wieder zurück sei. Sie antwortete »niemals« und sagte, er solle seinen Namen nicht mehr erwähnen. Schließlich erfuhr Lee die Wahrheit über die Schießerei und hasste das FBI und die Regierung dafür, was sie seiner Familie angetan hatten. In sehr jungen Jahren musste er bereits die Familie ernähren, und seine Mutter stellte keine Fragen, solange Geld hereinkam.

Papa wusste nichts von Lees Geschichte, doch wenn ich ihn kannte, genügte ihm das. Er sagte: »Tu mir einen Gefallen – kriegst du es hin, dass der Junge morgen zu mir kommt? Sag ihm, er soll das Haus erst dann verlassen, wenn er zu mir kommt.«

Ich rief Tommy an und bat ihn, Lee zu verständigen und ihm zu sagen, dass er zu uns nach Hause kommen solle. Lee und Tommy kannten sich vom Schulhof. Sie hatten denselben Freundeskreis. Lee erhielt die Nachricht und erschien am folgenden Tag. Ein paar Tage zuvor war er in eine Prügelei verwickelt gewesen und hatte den Neffen eines Mafioso zusammengeschlagen. Der Mafioso hatte Lee zum Abschuss freigegeben. Es sollte eine Botschaft für die Springville Boys sein, denen er damit sagen wollte, dass es auf der Straße einen Kodex gebe, an den sie sich halten müssten. Mein Vater erklärte, dass Lee und seine Freunde Acht geben müssten, wen sie zusammenschlugen. Außerdem müssten sie sich einem Mitglied des organisierten Verbrechens gegenüber verantworten, weil die Familien die Straße kontrollierten. Lee akzeptierte das und dankte meinem Vater dafür, dass er ihm das Leben gerettet hatte. Danach schien es, als hätte Lee ein Auge auf mich geworfen. Vielleicht fühlte er sich meinem Vater verpflichtet. Ein paar Jahre später gingen wir miteinander.

Lee hielt nicht viel von der Stadt, also besuchten wir Clubs auf Staten Island oder in Brooklyn. Am Wochenende fuhren wir zum Hunter Mountain oder raus in die Hamptons. Alles, was mir damals wirklich wichtig war, war mein gesellschaftliches Leben. Von Zeit zu Zeit telefonierte ich mit Papa, aber meistens machte ich ordentlich einen drauf, um nicht an ihn denken zu müssen. Meine Mutter zeigte sich hinsichtlich meines zügellosen Verhaltens besorgt, aber ich zerstreute ihre Bedenken.

Lee und ich waren inzwischen ziemlich fest zusammen. Wir gingen nun schon fast zwei Jahre miteinander. Papa verbüßte seine Haftstrafe in Arizona. Meine Mutter sprach regelmäßig mit ihm, um ihn über die Familie auf dem Laufenden zu halten. Ich besuchte ihn zwar nicht, telefonierte jedoch ab und zu mit ihm. Kurz nach einer ihrer Unterredungen verkündete Mama, dass wir nach Arizona umzögen.

Das FBI hatte Papa im Gefängnis aufgesucht und ihm mitgeteilt, sie hätten glaubhafte Informationen, dass möglicherweise ein Attentat auf Gerard geplant sei. Also wollte Mama, dass wir New York verließen.

Die Behörden gaben Papa nicht allzu viele Informationen, weil sie verhindern wollten, dass er sich sofort nach seiner Entlassung rächte. John Gotti hatte das Attentat nicht genehmigt. Ungeachtet seiner Beziehung zu meinem Vater verhielt er sich gegenüber mir, meiner Mutter und Gerard immer wie ein Mann.

Er ließ es nicht an uns aus, dass mein Vater kooperiert hatte. Wenn überhaupt, dann sorgte er im Rahmen seiner Möglichkeiten dafür, dass wir geschützt wurden. Nie hätte er zugelassen, dass uns etwas zustieß. So war er nicht. Er kannte die Regeln und hätte sie nie gebrochen, wenn es um Frauen und Kinder ging. Zudem hätte ihn wohl auch das FBI an die Kandare genommen, wenn uns etwas geschehen wäre. Ich glaube, John konnte tief im Innern nie akzeptieren, was mein Vater getan hatte, aber er wusste, wer mein Vater war und warum er es getan hatte. Ich weiß nicht, welches Motiv hinter dem geplanten Attentat auf meinen Bruder stand. Vielleicht wollte man Sammy damit eine Botschaft schicken. Vielleicht wollte sich auch nur irgendein Idiot durch den Mord an Gerard einen Namen machen.

Die Agenten erzählten meinem Vater, es sei geplant, dass ein guter Freund Gerard in einen Nachtclub locken solle. Dort werde ein Killerkommando auf ihn warten und ihn töten. Ein ehemaliger Mitarbeiter meines Vaters schob der Sache jedoch einen Riegel vor. Papa hatte ihm einst das Leben gerettet, sodass er es für seine Pflicht hielt, dafür zu sorgen, dass unserer Familie nichts geschah. Wir hörten, dass der Mann gedroht habe, eigenhändig jeden umzubringen, der es wage, Gerard auch nur ein Haar zu krümmen.

Obwohl Papa kooperiert hatte, hatte er auf der Straße noch viele loyale Freunde. Es gab viele Leute, denen er nicht geschadet und gegen die er nicht ausgesagt hatte, Menschen, die für ihn schlicht unantastbar waren, Punkt.

Papa wandte sich an Mama, um die ganze Angelegenheit zu besprechen. Sie freuten sich über den Schutz, fürchteten jedoch, dass Gerard immer eine Zielscheibe bleiben würde. Er würde immer im Schatten von Sammy the Bull stehen.

Meine Eltern beschlossen, dass es das Beste sei, wenn wir aus New York wegzögen. Mama entschied sich für Arizona, weil sie den Staat schon einmal besucht und es ihr dort gefallen hatte. Gerard war achtzehn und gerade mit der Highschool fertig, und Phoenix war eine umtriebige College-Stadt, perfekt für jemanden in seinem Alter. Meine Tante Diane war frisch geschieden, also hörte sich ein Ortswechsel auch für sie gut an. Mama, Gerard, Gerards Freundin Maria, Tante Diane und ihre zwei Kinder Gina und Anthony waren bereit für den großen Umzug. Mama sagte, sie möge das warme Klima und den langsameren Lebensstil des Südwestens.

Sie kaufte ein hübsches, geräumiges Haus in einem Vorort von Phoenix, und Tante Diane erwarb das Haus direkt daneben. Sie öffneten sogar ihre Hinterhöfe, um die Grundstücke zusammenzulegen. Meine Mutter hatte eine Freundin, die jemanden kannte, der ein Geschäft verkaufen wollte, einen Bagel-Laden in Temple in der Nähe der Arizona State University. Sie dachte, sie könne ihn gemeinsam mit Gerard betreiben.

Gerard fand die Idee gut. Er hatte zwar nicht genau gewusst, was er in Arizona anfangen sollte, aber er wollte bei unserer Mutter sein. Ich hingegen lehnte es ab, sie zu begleiten. Ich sei eine waschechte New Yorkerin, sagte ich zu ihnen, und hätte nicht die Absicht, die Stadt zu verlassen.

Die Beziehung mit Lee wurde immer fester, und ich hatte viel Spaß. Manchmal vergaß ich sogar, dass mein Vater im Gefängnis saß. Das Haus an der Lamberts Lane war leer, seit Mama und Gerard fort waren. Sie hatten ihre Sachen gepackt und eine Menge Kram mit nach Arizona genommen. Mir blieben nur das Nötigste und mein eigenes Zeug. Ich lud Lee ein, bei mir einzuziehen. Damals besaß er ein eigenes Haus auf Staten Island, also verkaufte er es und brachte seine Habseligkeiten mit zu mir. Er war ein Bankräuber, also brauchte ich nicht unbedingt zu arbeiten. Er stahl genug Geld für uns beide.

Lee beging Verbrechen, und ich versuchte derweil, mir eine eigene Karriere zusammenzubasteln. Mama hatte mir etwas Geld hinterlassen, und Lee kümmerte sich um die meisten Rechnungen. Abends ging er regelmäßig rauben und stehlen, sodass niemals ein Mangel an Geld herrschte. Ich wusste, was er tat, befolgte jedoch den alten Kodex unserer Familie und stellte keine Fragen. Lee erzählte mir trotzdem alles.

Ich war also recht gut versorgt. Wenn ich nicht arbeitete, traf ich mich mit den Mädchen – Ramona, Roxanne und Jennifer. Dann gingen wir zusammen ins Palladium oder ins Limelight oder in einen anderen Club in New York, der an dem betreffenden Abend angesagt war. Lee gefiel es nicht, dass ich mit meinen Freundinnen um die Häuser zog. Die meisten Reibereien zwischen uns hatten damit zu tun, um welche Uhrzeit ich nach Hause kam. Ich hingegen machte ihm niemals Vorwürfe, wenn er tagelang wegblieb, um seine Verbrechen zu begehen.

Eines späten Abends im Juli schliefen Lee und ich oben in unserem Schlafzimmer, als Kugeln durchs Fenster pfiffen. Es war kein gewöhnliches Glasfenster, sondern eins, für dessen Anfertigung und Einbau Papa keine Kosten und Mühen gescheut hatte: eine etwa ein Meter große, runde Fensterscheibe aus Rauchglas mit einem großen »G« in der Mitte. Die Kugeln flogen direkt über das Bett und trafen den Schrank, wo sich einst der Safe mit dem Geld befunden hatte.

Wir hatten keine Ahnung, warum jemand auf das Haus schoss, aber ich nahm an, dass es mit meinem Vater zu haben müsse. Ich konnte also auf keinen Fall die Polizei rufen, und auch aus der Nachbarschaft tat das niemand. Vielleicht hörte niemand etwas, weil das Haus direkt an der Zufahrt zur Schnellstraße lag, aber wahrscheinlicher ist, dass sich niemand in die Angelegenheiten der Mafia einmischen wollte.

Am nächsten Morgen gingen Lee und ich hinaus und stellten fest, dass auch auf meinen grauen Acura geschossen worden war. Die Seitentür hatte zwei Einschusslöcher. Ich rief meine Mutter in Arizona an, und sie verständigte Onkel Eddie, der sich um uns kümmern sollte. Onkel Eddie wusste bereits davon, war aber nicht gekommen, um nach mir zu sehen. Ich bin nicht sicher, warum. Big Louie Valario und Mikey Scars waren zwei loyale Freunde der Familie, die, nachdem sie von der Sache gehört hatten, regelmäßig vorbeischauten, um sicherzugehen, dass bei mir alles in Ordnung war. Ich fühlte mich in diesem Lebensstil immer noch geborgen, begann jedoch einzusehen, dass es nicht das war, was ich eigentlich wollte.

Lee brachte meinen Wagen in die Werkstatt eines Freundes. Der Mechaniker entfernte die Kugeln und kittete die Löcher. Das Rauchglasfenster im Haus ließ ich nicht ersetzen, stattdessen entschied ich mich für einfaches Fensterglas. Erst Jahre später erfuhr ich, wer geschossen hatte. Es stellte sich heraus, dass es kein Racheakt gegen Papa gewesen war, wie ich zunächst gedacht hatte. Vielmehr hatte ein Junge aus Staten Island Lee eine Botschaft gesandt, weil er ihn nicht leiden konnte. Lee und ich redeten nie darüber, so seltsam das auch klingen mag. Wir vergaßen das Ganze einfach.

Das Haus stand bereits zum Verkauf, als es beschossen wurde. Lee und ich hatten vereinbart, ebenfalls nach Phoenix zu ziehen und dort einen Neuanfang zu versuchen. Wir hatten Mama und Gerard dort besucht, und die Stadt hatte uns gefallen. Lee war ein paar Mal wegen Schlägereien verhaftet worden, und die Polizei hatte ihn auf dem Schirm. Ich vermisste meine Familie. Ich wollte Lee nicht verlassen, also mussten wir zusammen gehen.

Als ich Mama erzählte, dass wir kommen würden, war sie hocherfreut. Ich sollte den Kaufinteressenten das Haus zeigen, bis es verkauft wäre. Es war sehr schwer, es anderen Menschen zu übergeben. Papa hatte viel Zeit und Herzblut in dieses Haus gesteckt, und vieles darin war sehr persönlich. Einige der schönsten Erinnerungen an meine rebellischen Teenagerjahre waren mit ihm verknüpft. Die meiste Zeit, die wir in Bulls Head lebten, war Papa als Gangster respektiert worden. Unsere Partys waren legendär. Wir gehörten wirklich dorthin.

Es brach einem das Herz, das alles loszulassen. Mama reiste zur Übergabe an. Das Haus war auf sie eingetragen, also musste sie sämtliche Verträge unterzeichnen, nicht mein Vater. Um genügend Geld für einen Neubeginn in Arizona zu haben, verkaufte Mama auch das Bürogebäude an der Stillwell Avenue sowie einige andere Immobilien, die glücklicherweise auf sie eingetragen waren. Wir packten alles ein, was wir noch mitnehmen wollten und verschenkten den Rest an Verwandte und Nachbarn. Ein großer Teil des Mobiliars gehörte Lee, also luden wir es für unser neues Zuhause auf den Umzugslaster.

Das einzig Tröstliche an dem ganzen Unterfangen war für mich, zu wissen, dass ich bald wieder bei Mama und Gerard sein würde.

Kapitel 15

»Ich bin kein Penner und auch kein Idiot.«

Lee und ich fanden eine Mietwohnung in einem Vorort von Phoenix im East Valley, gleich um die Ecke von Mamas Haus. Es war eine geräumige Zweizimmer-Einheit im ersten Stockwerk eines zweigeschossigen Hauses. Dazu gehörten auch ein von Palmen umstandener, herrlicher Swimmingpool und ein topmoderner Fitnessraum, die allen Mietern zur Verfügung standen. Die Miete war spottbillig, kein Vergleich zu New York. Die Lage war unglaublich.

Phoenix selbst war topfeben, aber umgeben von Bergen und Wüste. Mitten im Stadtgebiet lag der Camelback Mountain. Eine solche Vegetation hatte ich noch nie gesehen: riesige Kakteen, seltsam anmutende Yuccapalmen und jede Menge Wüstensalbei. Dort draußen schien es nie zu regnen. Jeder Tag war wolkenlos, blauer Himmel, keinerlei Luftfeuchtigkeit. Die Sonnenuntergänge waren schlicht unglaublich, mit Farbtönen von Rosa über Blau und anderen Schattierungen, die ich bei einem Sonnenuntergang in New York nie gesehen hatte.

Lee hatte genug Geld beiseite gelegt, damit wir eine Weile sorgenfrei leben konnten. Geplant war, später ein Haus und ein Geschäft zu kaufen und uns ganz in Arizona niederzulassen. Für kurze Zeit arbeitete ich bei Manhattan Bagels, dem Laden, den Mama und Gerard in Tempe betrieben. Bagels waren in Arizona schwer zu bekommen, und in der Stadt lebten viele Exil-New-Yorker, sodass Mamas Geschäft prächtig lief. Die Arbeit dort war eine gute Gelegenheit, mich auf meine neue Umgebung einzustellen und zu überlegen, welche Art von Geschäft Lee und mir vorschwebte.

Mein Traum von einem besseren Leben begann wahr zu werden. Lee und ich waren zusammen in Arizona und schmiedeten Pläne für ein eigenes Geschäft. Ich wollte nicht mit jemandem verheiratet sein, der ein Gangsterleben führte, daher hoffte ich, dass wir uns in Arizona eine bürgerliche Existenz aufbauen könnten. Aber es kam alles ganz anders.

Lee gelang es nicht, in Phoenix Geld zu verdienen, also flog er zurück nach New York, um Kohle heranzuschaffen. Er brachte sogar ein paar Jungs aus New York mit nach Arizona und begann dort, mit ihnen Verbrechen zu begehen. Er hatte einen Hang zu kriminellen Aktivitäten. Er war nicht für die Arbeit geschaffen; er liebte das Gefühl, mit Beute davonzukommen.

Lee wusste zwar, wie man illegal zu Geld kam, aber nicht, wie man es vermehrte. Mein Vater war da ganz anders: Obwohl Papa in jedem seiner Geschäftszweige der Chef war, hatte er keinerlei Probleme damit, selbst zu arbeiten. Er ging trotzdem jeden Tag ins Büro. Mein Vater folgte gerne einer Struktur. Diese Qualität ließen die Straßengangster von heute vermissen; sie waren unstrukturiert.

Als wir nach Arizona zogen, war mein Vater dort noch inhaftiert, doch er wurde bald entlassen. Während er im Gefängnis gesessen hatte, war in mir die Sehnsucht nach einer neuen Beziehung zu ihm aufgekommen. Einmal hatte ich ihn besucht, aber es war sehr steif gewesen. Ich vermisste ihn, war aber immer noch sehr zornig auf ihn. Ich kam über das Ganze einfach nicht hinweg.

Lee und ich versuchten immer noch, in Phoenix Fuß zu fassen, als mein Vater Anfang 1995 aus der Haft entlassen wurde. Er wurde unverzüglich in ein Zeugenschutzprogramm des Bundes nach Boulder, Colorado, verfrachtet, wo er sich vollkommen neu erfinden sollte.

Als Papa freikam, rief er mich an. Meine Wut begann zu verfliegen, und ich war gewillt, unsere Beziehung zu kitten, wollte aber meinen Standpunkt nicht völlig aufgeben. Ich war mittlerweile in meinen Zwanzigern und fand, ich müsse ihm meine Unabhängigkeit beweisen. Ich nahm seine Kooperation mit der Regierung sehr persönlich, als hätte er mich in Stich gelassen. Immerhin hatte seine Entscheidung mein ganzes Leben verändert. Er drängte mich immer, aufs College zu gehen und mir eine eigene Karriere aufzubauen, aber ich wollte das nicht hören. Wenn ich bereit wäre, würde ich schon etwas Passendes finden. Ich wusste ja, dass er es nur tat, weil er sich ein besseres Leben für mich wünschte. Aber ich blieb stur. Es war nicht meine Absicht, seine Gefühle zu verletzen, aber er hatte meine verletzt. Außerdem war ich immer noch sehr aufgebracht darüber, was er unserer Familie angetan hatte.

Schließlich besuchten Lee und ich meinen Vater für ein paar Tage in der Nähe von Boulder. Das war eine große Sache für mich. Papa war Lee erst einmal begegnet, und jetzt war er mein Freund, sodass er ihn nun in einem anderen Licht sah. Ich wusste, dass er viele Gerüchte gehört hatte. Das FBI hatte ihn darüber informiert, womit Lee seinen Lebensunterhalt bestritt, und dass wir beide zusammen waren. Noch im Gefängnis hatten sie meinen Vater aufgesucht, um ihm mitzuteilen, dass seine Tochter »mit einem Typen von der Straße« gehe, und Papa verstand, was das bedeutete.

Der Ausflug machte großen Spaß. Als uns Papa am Flughafen abholte, trug er statt der sportlichen Kleidung, die ich bei ihm gewohnt war, Jeans und Jeansjacke. Er hatte nicht viel unternommen, um sein Erscheinungsbild zu verändern, und sich lediglich einer minimalen plastischen Operation unterzogen, bei der sein gebrochenes Nasenbein begradigt worden war. Allerdings kleidete er sich nun anders, mit Jeans und Schnürstiefeln. Das FBI hatte ihm eine vollkommen neue Identität verpasst. Sie hatten ihm einen Decknamen gegeben, Jimmy Moran, und eine Baufirma auf ihn eintragen lassen. Ich fand es lustig, dass mein Vater, Sammy the Bull, der mit jeder Faser seines Körpers Italiener war, nun ausgerechnet einen Iren geben sollte. Seinen Brooklyn-Akzent, seine italienische Herkunft und seine Leidenschaft für die sizilianische Küche konnte er einfach nicht verbergen.

Papas Wohnung hatte einen kleinen Balkon, von dem aus man den Boulder Creek überblickte, der neben dem Hinterhof des Komplexes verlief. Er saß dort gerne in seinem Liegestuhl, schlürfte Kaffee und sah dem vorbei fließenden Wasser zu. Er hatte einen kleinen Hund, einen Zwergdobermann namens Petie, der ihm Gesellschaft leistete. Die Wohnung war sehr hübsch, wenngleich sie nicht dem Geschmack entsprach, den ich von Papa gewohnt war. Er mochte es modern, doch das Apartment war eher im Country & Western-Stil eingerichtet, mit Holzmöbeln, dunklen Fliesen und karierten Vorhängen.

»Wie lebt es sich hier?«, fragte ich ihn. Ich wusste, dass er immer gern umbaute und renovierte, aber dies war schließlich eine Mietwohnung.

»Lässt die Hausverwaltung dich Wände einreißen?«, scherzte ich. Dann sprach ich über sein gutes Auge für Design und Stil.

Papa sagte, es sei ihm egal. Er sei anpassungsfähig und könne überall leben. Die ganzen Umbauten habe er immer nur für uns gemacht, um uns das Leben angenehm zu gestalten. »Ich wollte immer nur das Beste für euch«, antwortete er. »Ich wollte mein Geld nicht für Weiber, Alkohol und schicke Klamotten verpulvern, sondern für meine Familie einen Ort schaffen, wo man sich wohl fühlen und mit Freunden Zeit verbringen konnte.« Schließlich hatte ich ihn dann aber doch soweit, dass er zugab, über diese oder jene Renovierung schon einmal nachgedacht zu haben.

Papa schien es in Colorado gut zu gehen. Er wirkte entspannt und glücklich. Seine Gewohnheiten und seine Zuversicht waren ganz wie früher. In dieser Hinsicht unterschied ihn nichts von dem Mafia-Unterboss aus New York. Es war jedoch unübersehbar, dass er nun auf einem anderen Weg war.

Mein Vater war sehr glücklich, mich zu sehen, doch ich glaubte, es ging ihm bei diesem Besuch vornehmlich darum, mit Lee zu sprechen und herauszufinden, was für ein Mensch er war, welche Motive er hatte und wie er mich behandelte. Obwohl sich Lee nichts anmerken ließ, bin ich mir sicher, dass er aus verschiedenen Gründen nervös war, nicht zuletzt deshalb, weil er wusste, wer mein Vater war und wozu er fähig war. Papa konnte auf ruhige Weise einschüchternd sein. Er machte gerne Witze, war aber ein ernster Mann, dem seine Familie sehr viel bedeutete. Er machte sich stets Gedanken darum, welche Rolle jemand in seinem Leben spielen könnte, ganz besonders jetzt.

In den vier Tagen, die wir dort waren, führte Papa Lee und mich viel herum. Wir gingen essen, machten einen Ausflug in die Berge oder fuhren durch die Gegend, um die lokalen Sehenswürdigkeiten zu besichtigen. Einmal gingen wir sogar nachts in eine Bar, um etwas zu trinken. Es war das erste Mal, dass ich in seiner Gegenwart ein alkoholisches Getränk bestellte. Die ganze Zeit über wusste ich, dass Papa Lee gründlich auf den Zahn fühlte. Er konnte in anderen Menschen wie in einem offenen Buch lesen. Dabei blieb er äußerst beherrscht. Diese Fähigkeiten waren angeboren, doch hatte er sie bei der Mafia noch geschärft. Es war seine Überlebensstrategie: Er konnte Menschen blitzschnell und ganz nüchtern analysieren.

Papas Wohnung hatte nur ein einziges Schlafzimmer, also überließ er Lee dieses Zimmer. Er und ich schliefen im Wohnzimmer, er auf der Couch und ich in einem großen Sessel. Er hatte bereits einen recht guten Einblick in Lees Lebensumstände, weil er selbst einmal so angefangen hatte. Er wusste, dass Lee ein Straßengangster war, erkannte aber auch, dass er mit dem organisierten Verbrechen nicht viel am Hut hatte. Lee war eher ein Cowboy, er war unbezähmbar und wollte nichts und niemandem verpflichtet sein.

Doch Papa wollte wissen, wie Lees Pläne für die Zukunft aussahen. War er gewillt, seine Verbindungen nach New York abzubrechen, um mit mir zusammenzuleben? Papa erzählte Lee, dass er plane, aus dem Zeugenschutzprogramm auszusteigen. Seine Familie habe beschlossen, nicht an dem Programm teilzunehmen, also habe er ebenfalls kein Interesse mehr daran. Er wolle nach Arizona gehen, sich dort im Hintergrund halten und dafür sorgen, dass es seinen Kindern gut gehe. Seine wahre Identität solle freilich ein Geheimnis bleiben. Nach dem geplanten Mord an Gerard habe er sich geschworen, die Familie zu schützen, auch, wenn er dabei selbst ein Risiko eingehe. Natürlich gefielen meinem Vater auch die Einschränkungen nicht, die das Zeugenschutzprogramm mit sich brachte – so konnte er sich etwa nicht nach Belieben frei bewegen. Es gab zu viele Regeln und Vorschriften, die er nicht befolgen wollte. Er hatte Geld auf der hohen Kante und wollte es dazu verwenden, der Familie zu helfen, damit wir einmal auf ganz legale Weise unseren Lebensunterhalt verdienen könnten. Er war ein ebenso guter Geschäftsmann, wie er ein Gangster war. Er war bereit, sein Leben in Ordnung zu bringen, und gewillt, Lee zu helfen, wenn er mit mir zusammenblieb.

Er sagte: »Wenn du mit meiner Tochter zusammen bist, würde ich dich gerne unterstützen. Du kannst es zu etwas bringen. Ich kann dir helfen, ein erfolgreicher Geschäftsmann zu werden.«

Lee willigte ein. Unser letzter Abend in Boulder verlief besser, als ich es erwartet hatte. Lee und mein Vater schienen sich gut zu verstehen, was mich sehr erleichterte. Wir waren den ganzen Tag über unterwegs gewesen, die letzten vier Tage hatten emotional an meinen Kräften gezehrt, und ich war müde. Die Männer wollten noch nicht ins Bett gehen, also ging ich ins Schlafzimmer, um mich hinzulegen. Lee und mein Vater blieben im Wohnzimmer sitzen und unterhielten sich.

Als ich schlief, redete Papa mit Lee Klartext: »Ich bin kein Penner und auch kein Idiot«, sagte er. »Ich hatte nie Angst vor dem Gefängnis. Ich habe nicht kooperiert, weil ich Angst hatte. Ich mache keine halben Sachen. Ich habe vielleicht der Mafia den Rücken gekehrt, aber das hat keinen anderen Menschen aus mir gemacht.«

Mein Vater ließ Lee wissen, dass er plane, nach Arizona zu ziehen – und sollte jemand nach Arizona kommen, um seiner Familie oder einer ihm nahe stehenden Person etwas anzutun, würde es Krieg geben. Bevor mein Vater Lee akzeptieren konnte, musste er sicher sein, auf welcher Seite er stand. Papa nahm den Schutz seiner Familie und anderer geliebter Menschen sehr ernst; außerdem hatte er ein gutes Gespür für die Loyalität von Menschen, und nun stellte er Lee auf die Probe. Papa konfrontierte ihn mit der hypothetischen Frage, ob er bereit sei, für ihn zu morden, wenn er es von ihm verlange. Auf diese Weise stellte mein Vater fest, dass Lee zwar ein Straßengangster und Krimineller war, aber kein Mörder.

Ich erfuhr von alledem erst vier Monate später, aber ich glaubte nicht, dass Lee beabsichtigte, meinen Vater oder mich hinters Licht zu führen. Trotzdem denke ich, dass er die Unterhaltung mit Papa unangenehm fand. Ich glaube, Lee begriff, dass Papa zwar kooperiert hatte, aber immer noch derselbe alte Sammy war, der vor nichts zurückschreckte, wenn es um den Schutz seiner Familie ging.

Am nächsten Morgen flogen Lee und ich zurück nach Phoenix. Lee entfernte sich danach irgendwie von mir. Ich dachte, es läge einfach daran, dass er in Arizona nicht glücklich wurde. Er hatte Schwierigkeiten, seinen Lebensunterhalt zu bestreiten, wenn er nicht in New York war. Er flog bereits zwischen New York und Phoenix hin und her und erwähnte häufig, dass er sich danach sehne, dauerhaft nach Staten Island zurückzukehren.

Ich glaube, Lee wurde klar, dass er sich keinen Schnitzer leisten durfte, wenn er sich im Dunstkreis von jemandem wie Sammy the Bull bewegte. Nach dem Gespräch mit Papa wusste er, dass er immer zwischen den Fronten stehen würde, und dort war es meistens sehr ungemütlich. Jene Unterhaltung in Boulder spielte eine große Rolle bei seiner weiteren Lebensplanung. Da er in New York leben wollte, musste er zeigen, dass er keine Verbindung zu Sammy the Bull hatte, obwohl er mit dessen Tochter liiert war.

Ein paar Monate nach dem Besuch bei meinem Vater in Boulder ging Lee zurück nach New York. Wie angekündigt, stieg mein Vater aus dem Zeugenschutzprogramm aus und zog nach Phoenix, und Lee wollte fort sein, bevor er dort eintraf. Ich blieb noch zwei Monate in Arizona, dann zog ich zu Lee nach Staten Island.

Lee und ich mieteten ein Zweizimmer-Apartment in einem Gebäude mit Fahrstuhl. Es lag am Wellington Court, in der Nähe des La Tourette Park und der Staten Island Mall. Statt unser Geld darauf zu verschwenden, alles wieder zurück zu transportieren, kauften wir eine komplett neue Sofagarnitur, einen Küchentisch und andere Möbelstücke. Papa respektierte meinen Wunsch, nach New York zurückzukehren. Er ging davon aus, dass Lee seine Botschaft verstanden hatte: Wenn er mit mir zusammen war, musste er mich genauso beschützen und lieben, wie mich mein Vater beschützte und liebte.

Papa erzählte mir später, dass er während des Treffens in Boulder Lee auf die Probe gestellt habe, um zu sehen, ob er fähig sei, zu töten. Er habe ihn auf Herz und Nieren geprüft. Wenn Lee nach Arizona gekommen wäre, um ihm eine Falle zu stellen, habe er es wissen wollen. Aufgrund dessen, was mit seinem Vater geschehen war, erkannte Lee Autoritäten nicht an, sagte Papa. Er sei der kriminellen Unterwelt zugetan, verstehe das System der Cosa Nostra jedoch nicht. Mein Vater betrachtete Lee nicht als Bedrohung für mich, aber er wünschte sich etwas Besseres für seine Tochter. Er hatte das Gefühl, dass Lee im Gefängnis enden würde.

Als Lee und ich wieder zurück nach New York kamen, war unsere Beziehung nicht mehr dieselbe. Die Unterredung mit meinem Vater in jener Nacht in Boulder hatte wohl eine Schlüsselrolle bei unseren Problemen gespielt. Lee sagte mir, er wolle nicht, dass ich Kontakt zu meinem Vater hielt. Er wusste aber ganz genau, dass ich darauf nie eingehen würde. Von diesem Punkt an sprachen wir nicht mehr über meinen Vater oder mein Verhältnis zu ihm. Ich begann meinen Vater zu verstehen und war bereit, unsere Beziehung neu aufzubauen. Er war mein Vater, und ich vermisste ihn.

Zurück in New York, machten Lee und ich die üblichen Höhen und Tiefen einer Beziehung durch, kamen aber insgesamt nicht miteinander aus. Ich glaube, ich blieb nur deshalb bei ihm, weil ich mich sicher und versorgt fühlte. Damals hatte ich tatsächlich keinen Kontakt zu meiner Familie, und Lee kam einer Familie noch am nächsten. Leider war er sehr aufbrausend und besitzergreifend.

Welche Probleme wir auch miteinander hatten, ich nahm Lee trotzdem in Schutz, weil ich das Gefühl hatte, dass er mich beschützte. Ich wusste, dass es nicht recht war, zu streiten; und dass sich echte Männer und echte Gangster nicht von Frauen aus der Ruhe bringen ließen. In New York hatte ich niemanden, an den ich mich sonst hätte wenden können, und ich wusste, dass Lee einigermaßen mit mir fertig wurde. Mit ihm zusammen zu sein, gab mir ein Gefühl der Sicherheit.

Nach unserer Rückkehr nach New York versorgte das FBI Papa einige Male mit den neuesten Informationen über Lee. Sie berichteten ihm, dass Lee in Banküberfälle verwickelt sei und eines Tages in ernste Schwierigkeiten mit dem Gesetz geraten werde. Papa war wegen Lees Verhalten besorgt. Sollte unsere Wohnung je durchsucht werden, während ich dort anwesend war, wäre das Risiko für uns aufgrund seiner Person höher, so fürchtete er. Ich würde tief in der Scheiße stecken, obwohl ich selbst nichts getan hätte – einzig und allein, weil mein Nachname Gravano war.

Papa sagte mir, er habe sich immer etwas Besseres für mich gewünscht. Er sagte, Lee sei ein kleiner Ganove und würde es auch immer bleiben, jemand, der raubte und stahl, um über die Runden zu kommen. Er würde nie Millionen von Dollar in einem Wandsafe versteckt halten. Er trieb stets hier und da etwas Geld auf, aber nicht genug, um für schlechte Zeiten etwas zurückzulegen.

Vieles von dem, was Papa sagte, stimmte. Zudem war sich Lee, was unsere Beziehung betraf, nicht mehr ganz sicher. Er wollte zu meinem Leben gehören, verspürte jedoch dauernd eine unterschwellige Spannung, die mit meinem Vater zusammenhing. Lee hatte ebenso viele Ressentiments meinem Vater gegenüber wie dieser ihm gegenüber. Wir waren trotz der vier Jahre, die wir schon zusammen waren, kein glückliches, liebendes Paar, aber auch noch nicht bereit, uns voneinander zu trennen.

Meine Beziehung mit Lee geriet immer mehr aus den Fugen. Er betrog mich, und ich betrog ihn. Nach einem besonders wüsten Streit packte ich meinen Koffer und zog in das Haus meiner Großmutter an der 15th Avenue in Brooklyn. Großmutter Scibetta verbrachte den Winter in Florida, sodass das Haus leer stand. Ich lud eine neue Freundin ein, mit mir zusammen dort einzuziehen, ein albanisches Mädchen namens Drita Selmani.

Drita ging mit einem Typen namens Albert, den Lee von der Straße kannte. An dem Abend, als wir uns kennen lernten, war ich mit Roxanne Rizzo unterwegs. Drita tippte mir auf die Schulter und fragte, ob ich eine Stripperin kenne, auf die sie deutete. Ich sagte: »Ich weiß, wer sie ist, aber wir sind nicht befreundet.« Sie entgegnete: »Gut, denn ich werde ihr das Gesicht ramponieren.« Drita war sauer, weil sie glaubte, dass das Mädchen etwas mit ihrem Freund hätte. Ich sah nicht, was geschah, aber Drita erzählte mir später, sie habe das Mädchen noch an Ort und Stelle verprügelt. Danach wurden wir dicke Freunde.

Ich hatte Drita schon kennen gelernt, bevor Lee und ich nach Arizona gezogen waren, und wir blieben auch befreundet, während ich in Phoenix war. Wir telefonierten andauernd. Als ich zurückkam, hingen wir ständig zusammen. Sie kam immer zu unserer Wohnung am Wellington Court. Manchmal gingen wir auch zu viert aus: Lee, Albert, Drita und ich.

Wie Lee und ich machten auch Drita und Albert gerade eine schwere Zeit durch. Wenn ich mit Lee Krach hatte, war Drita immer für mich da. Sie war eine gute Freundin. Ich vertraute mich ihr an, ging mit ihr aus und stellte sie meinen anderen Freundinnen vor.

Roxanne und Ramona mochten sie nicht so sehr. Sie kannten sie nicht seit ihrer Kindheit, deshalb vertrauten sie ihr nicht. Ihre Eltern waren albanische Immigranten, und sie war nicht in unserem Viertel aufgewachsen. Drita war ganz anders erzogen worden als wir, aber ich fand sie cool und gab nichts auf Kleinmädchenklatsch. Langsam integrierte ich sie in unserem Freundeskreis.

Ich wohnte ein paar Monate im Haus meiner Großmutter, dann zog ich zurück zu Lee. Drita zog wieder bei ihren Eltern ein, die ebenfalls auf Staten Island lebten. Lee bezahlte immer noch die Rechnungen, aber ich wollte lieber unabhängig bleiben, also suchte ich mir eine Stelle als

Telefonistin für einen russischen Kleinaktionär. Auch Drita besorgte ich dort einen Job.

Wir brauchten nicht lange, um herauszufinden, dass die Firma nicht ganz legal war. Jeder, der dort arbeitete, hatte einen starken russischen Akzent und nannte sich »Richard Smith«. Für meine Sekretärinnendienste zahlte man mir achthundert Dollar die Woche – bar auf die Hand. Es war ein guter Deal, und sie behandelten mich gut, doch das Ganze war nur von kurzer Dauer.

Ich arbeitete seit gerade einmal vier Monaten dort, als ich eines Morgens zur Arbeit kam und vor heruntergelassenen Läden stand. Das Büro war leer geräumt und hatte geschlossen. Da sich meine Sekretärinnenstelle also über Nacht in Luft aufgelöst hatte, begann ich mich nach etwas Anderem umzusehen.

Meine Streitereien mit Lee eskalierten. Um dem Geschrei zu entrinnen, verbrachte ich mehr und mehr Zeit in der Wohnung meiner Kindheitsfreundin Jennifer Graziano in Manhattan. Jenn trennte sich gerade von ihrem Freund, und ich war mit Lee in einer Sackgasse angelangt, also konnten wir uns gegenseitig trösten.

Jennifer war ein Intelligenzbolzen. Sie besuchte die Stern School of Business der Universität New York und arbeitete auf einen Magisterabschluss hin. Während des Semesters wohnte sie in einem Apartment an der 39. Straße in Manhattan. Ich war ständig dort und ging nur noch ab und zu zum Schlafen nach Hause.

Jenn hatte dasselbe Leben geführt, das auch ich geführt hatte, bis mein Vater mit dem FBI kooperierte. Sie hatte eine Mutter, die der meinen recht ähnlich war, eine sehr hingebungsvolle Mutter und typische Mafia-Ehefrau: Stell keine Fragen, sieh nichts Böses, kümmere dich einfach nur um deine Familie. Die Mütter besorgten den Haushalt, kochten unsere Mahlzeiten, sorgten für uns Kinder und zogen uns auf. Sie selbst hatten sonst keinerlei Ambitionen, sondern sorgten ausschließlich dafür, dass ihre Familien glücklich und zufrieden waren.

Nun musste ich einen Weg finden, für mich selbst zu sorgen, und an dieser Stelle kam mir eine Freundin, die ich einmal Christina nennen will, sehr gelegen. Auch Christinas Vater hatte Verbindungen zur Mafia. Außerdem betrieb ihr Freund einen schwunghaften Marihuana-Handel, bei dem sie dann und wann ausgeholfen hatte. Als sie jedoch entdeckt hatte, dass er sie betrog, war sie so in Wut geraten, dass sie seine Kundenliste gestohlen und kopiert hatte und nun selbst in den Drogenhandel einsteigen wollte. Ob ich wohl Lust hätte, mitzumachen?

Das klang perfekt, fand ich zumindest damals. Ich wollte kein Geld von Lee mehr annehmen; ich wollte unabhängig sein.

Wir starteten unser Unternehmen mit sämtlichen Attributen einer ganz legalen Firma. Wir druckten Visitenkarten, auf denen wir uns »Naturheilkundler« nannten. Wir verschickten Infopost an die Kunden ihres Ex-Freundes, dass dessen Lieferservice auf den Namen *Aromatherapy* umbenannt worden sei, den Namen unserer neu gegründeten Unternehmung.

»Erweitern Sie Ihren Geist durch unsere Kräuter, Blumen und Bäume direkt aus dem Lande Buddhas. Unsere Naturheilkundler werden sie in höhere Sphären geleiten und ihnen mit unserer Aromatherapie helfen, loszulassen und zu entspannen«, hieß es auf den Karten, auf denen wir uns der Anspielungen und umgangssprachlichen Ausdrücke bedienten, die unter Rauchern gebräuchlich waren.

Christina Freund, besser gesagt: ihr Ex, flippte aus. Sein Marihuana-Lieferservice war nun eine reine Mädchenveranstaltung.

Christina war der Kopf. Sie zog das Ganze wie ein richtiges Unternehmen auf. Wir hatten Computer, Codes und Piepser und verschickten verschlüsselte Infos. Ich übernahm die Rennerei, den aktiven Part. Ich ging auf die Straße und erledigte die Bestellungen. Ich hatte keine Angst, ausgeraubt zu werden, an Türen zu klopfen oder Lieferungen zu machen. Ich sagte mir: »Ich bin mit allen Wassern gewaschen, ich schaffe das.« Ich fürchtete mich nicht.

Ich lebte immer noch mit Lee zusammen, wusste aber nicht, woran ich mit ihm war. Ich wollte nicht, dass er von unserer »Firma« Wind bekam, weil Christina und ich versuchten, möglichst unauffällig zu bleiben, damit unsere Väter nicht herausbekämen, was wir taten. Die einzige kriminelle Aktivität, über die man bei der Mafia die Nase rümpfte, war das Drogengeschäft. Die meisten Leute dachten, die Mafia wäre tief im Rauschgifthandel verstrickt, aber das war nicht der Fall. Das so genannte RICO-Bundesgesetz enthielt sehr strenge Richtlinien für Rauschgiftdelikte, mit einem verbindlichen Strafmaß von zwanzig oder mehr Jahren ohne Spielraum für Verhandlungen. Es lohnte sich nicht, einen Mann für so ein Verbrechen zu verlieren.

Unser Unternehmen lief mit Volldampf an. Wir konnten nicht einmal die Nachfrage bedienen. Zum ersten Mal seit langer Zeit hatte ich Spaß und fühlte mich wieder ganz obenauf. Ich dealte mit bekannten puertoricanischen Bandenmitgliedern und anderen Straßengangstern, konnte aber wieder erhobenen Hauptes durch die Welt gehen. Ich hatte mir eine neue Persönlichkeit geschaffen und war Gina, die Drogendealerin. Es war ein gutes Gefühl, wieder respektiert zu werden.

Kapitel 16

»Es geht das Gerücht, dass Sammys Tochter einen Gras-Service betreibt.«

Es war meine eigene Entscheidung, Drogendealer zu werden. Ich wurde von Meadow Soprano aus der erfolgreichen TV-Serie *Die Sopranos* zu Nancy Botwin aus *Weeds*. Ein perfekter Pusher, vierundzwanzig Stunden am Tag erreichbar. Das Geld strömte nur so herein, und Christina und ich gaben es ebenso schnell wieder aus. Wir gingen in Clubs, nahmen uns Tische direkt neben den ganzen angesagten Rap- und HipHop-Superstars wie Puff Daddy und Biggie Smalls und bestellten flaschenweise sündhaft teuren Champagner. Bald kannte man uns als die »Mafia-Girls«. Alle dachten, wir hätten Geld, weil unsere Väter Gangster waren. Sie hatten ja keine Ahnung, dass wir alles selbst verdienten. Es gefiel mir, im Rampenlicht zu stehen und in diesen Kreisen zu verkehren. Ich war wie im Rausch.

Ich fühlte mich wie die Königin des Universums, lebte in New York und betrieb einen Marihuana-Lieferservice. Für jemanden, der ein gesetzestreues Leben führt, mag das vielleicht komisch klingen, aber ich hatte das Gefühl, mir wieder Respekt auf der Straße verschafft zu haben. Mein Vater verkaufte nie Drogen; er war dagegen, wie die meisten anderen Mafiamitglieder auch. Aus meiner Sicht grenzte ich mich von seinem Lebensstil ab und bahnte mir in einer ganz anderen Unterwelt meinen eigenen Weg.

Ich war stolz darauf, eine Drogendealerin zu sein, verdiente mein eigenes Geld, und die Leute sahen zu mir auf. Ich begann, den Lebensstil meines Vaters aus dessen Anfangsjahren zu imitieren. So was passiert einfach, wenn man eine starke Vaterfigur vor sich hat: man imitiert ihn. Manche Typen sagten mir, es sei schwer, mit mir auszukommen, weil ich so starrsinnig sei. Ich bin eben kein unterwürfiges Mädchen. Nachdem

Papa kooperiert hatte, fühlte ich mich derart unter Druck, dass ich unbedingt das böse Mädchen geben musste.

Christina und ich hatten mehr Angst davor, von unseren Vätern erwischt zu werden, als von den Bullen. Wir hatten ein gemeinsames Geheimnis, einen Schwesternbund, in dem gegenseitige Loyalität zählte.

Einmal war Christina eine Woche lang verreist, und ich hielt den Betrieb ganz alleine am Laufen. Christina und ich öffneten mittags und schlossen um Mitternacht, also hatte ich einen straffen Tagesablauf: Ich rannte herum, nahm die Telefonate entgegen, packte das Gras ab und lieferte alles selbst aus. Lee kam mein nächtliches Ausbleiben mittlerweile höchst verdächtig vor, also hatte er beschlossen, mir nachzuspionieren. Er sah, wie ich in fünf verschiedenen Mietshäusern treppauf und treppab rannte und an fünf verschiedene Türen klopfte. Jedes Mal blieb ich gut eine halbe Stunde, um sicherzugehen, dass der Kunde mit dem Gras zufrieden war, und um das Geld zu kassieren. Ich hatte gerade das fünfte Gebäude wieder verlassen und bog um die Ecke, als ich Lee in die Arme lief. Ich trug einen Bauchgürtel mit kleinen Zylindern, die mit Gras gefüllt waren. Einige waren mit hochwertigem Stoff zu fünfzig Dollar gefüllt, zum Beispiel mit Purple Haze oder Kush. Die anderen waren Portionen zu dreißig Dollar mittlerer Qualität.

»Was machst du da?«, schrie er.

Ich hatte ihm nicht sagen wollen, dass ich im Drogenhandel tätig war. Er war ein Krimineller, also was kümmerte es mich? Aber man will schließlich nicht, dass die eigene Freundin krumme Dinger dreht. Ich wurde sehr nervös und begann zu stottern. Lee griff nach meiner Bauchtasche, und das ganze Gras verteilte sich auf dem Gehsteig.

»Bist du wahnsinnig?«, schrie er mich an, gleichzeitig erheitert und entsetzt. »Ich dachte, du wärst eine Prostituierte. Ich bin dir von Haus zu Haus gefolgt.«

»Ich handle mit Gras«, entgegnete ich.

»Was soll das heißen, du handelst mit Gras?«, fragte er. Dann sagte er, wenn dies der Fall sei, könne er mir ein paar gute Kontakte vermitteln.

Ich blieb danach noch anderthalb Jahre mit Lee zusammen, aber unsere Streitereien wurden immer gewaltsamer, bis zu einem Punkt, an dem ich es nicht mehr ertrug. Ein paar Monate, nachdem er mich beim Dealen erwischt hatte, warf ich das Handtuch und flog spontan nach Arizona.

Ich hatte mir vorgenommen, eine Kosmetikschule zu besuchen, also wohnte ich bei meiner Mutter und schrieb mich für einen Kurs ein, um ein Diplom als Kosmetikerin zu erwerben. Ich dachte, so könne ich für mich selbst sorgen und mit meiner Lizenz arbeiten, wo ich wollte. Christina indes wusste, dass ich zurückkommen würde.

Nach vier Monaten in Phoenix hatte ich alles Schlechte und die Probleme mit Lee vergessen. Ich konnte es einfach nicht lassen. Ich zog zurück an den Wellington Court und freute mich auf einen Neuanfang. Bald wurde klar, dass unsere Beziehung nicht funktionierte, weil wir genau da weitermachten, wo wir aufgehört hatten. Ich versuchte, so viel Zeit wie möglich außerhalb der Wohnung zu verbringen, begriff aber, dass ich ihn verlassen musste. Ein für allemal zog ich offiziell aus.

Jennifer lebte inzwischen in Bayside, Queens, und sie bot mir an, mit in ihr kleines Zweizimmer-Apartment zu ziehen. Jenn besuchte immer noch die Schule, und ich machte mit Christina und unserem Grasgeschäft genau dort weiter, wo ich aufgehört hatte.

Als unser Geschäft erblühte, sprachen Christina und ich darüber, dass wir expandieren müssten. Wir arbeiteten ausgezeichnet zusammen; wir waren ein richtiges Powerteam. Keiner von uns beiden hatte ein großes Ego, also traten wir uns auch nicht gegenseitig auf den Schlips.

Als ich nach New York zurückkehrte, nahm ich auch wieder Verbindung zu einem Typen namens Dave Seabrook auf. Ich hatte ihn im Januar 1997 kennen gelernt, bevor ich nach Arizona geflogen war, um die Kosmetikschule zu besuchen. Ich feierte gerade mit meinen Freundinnen im China Club, unserem Lieblingsladen am Times Square, wo man unter dem Partyvolk immer Prominente aus Musik, Sport, Mode und vom Broadway traf. Dave war dort in Gesellschaft von Jam Master Jay von der HipHop-Gruppe Run DMC. Ich war unterwegs, um Werbung für meinen neuen Gras-Service zu machen, und überreichte ihm eine Probe eines exquisiten Krauts namens *Chronic*.

»Das solltest du mal probieren«, sagte ich zu ihm. »Das ist Chronic. Richtig guter Stoff.«

»Du schenkst es mir?«, fragte er verwirrt.

Ich gab ihm meine Visitenkarte. »Mein Name ist Gina, und wo das herstammt, gibt es noch mehr davon.«

Am nächsten Tag rief Dave an.

»Willst du etwas kaufen?«, fragte ich.

»Nein, ich will mich nur mit dir treffen«, antwortete er.

Dave war Afroamerikaner, gut aussehend und gut gekleidet. Ich wusste, dass mein Vater etwas dagegen gehabt hätte. Italiener zogen es vor, wenn ihre Kinder mit ihresgleichen gingen. Dave war sogar nach meinen Maßstäben kein besonders braver Bürger. Er war ein ehemaliger Straßengangster, der gerade nach sechs Jahren Haft wegen Raubes und versuchten Mordes aus dem Gefängnis entlassen worden war.

Dave war in Hollis, Queens, zur Welt gekommen und aufgewachsen. Es war ein schlechtes Viertel, und viele Jugendliche waren kriminell. Er war erst sechzehn, als er und sein Vetter ein Geschäft ausraubten. Auf der Flucht versuchte ein Polizist außer Dienst, seinen Vetter aufzuhalten. Dave zufolge zog der Junge eine Pistole und richtete sie auf den Polizisten, aber der Beamte konnte später nicht genau sagen, wer von beiden das getan hatte. Dave war über ein Jahr lang auf der Flucht, wurde aber schließlich doch geschnappt. Er lehnte es ab, seinen Vetter zu belasten, also wurde er nach dem Erwachsenenstrafrecht wegen versuchten Mordes verurteilt.

Er verbrachte sechseinhalb Jahre in verschiedenen New Yorker Haftanstalten. Es war nicht das erste Mal, dass er hinter Gittern saß. Zuvor hatte er bereits eine zweijährige Jugendstrafe verbüßt, also war er es gewohnt, eingesperrt zu sein. Die meisten Kids aus seinem Viertel landeten früher oder später einmal im Gefängnis.

Mir war das egal. Ich tat möglichst alles, was meinem Vater gegen den Strich gehen würde. Ich dealte mit Drogen, feierte die Nächte durch, ging mit einem bösen Jungen und hatte bei alledem großen Spaß. Dave war anders als die anderen Jungen, die ich kannte. Er hatte einen gewissen Schick, den ich zuvor noch nicht gesehen hatte, und das zog mich magisch an. Er war anders aufgewachsen als ich und in einer anderen Kultur groß geworden. Damals flog ich auf alles, was »anders« war. Wir scherzten darüber, was wir als Pasta bezeichneten. Ich sagte Makkaroni, Dave sagte Nudeln. Die Beziehung war frisch. Sie passte zu dem, was ich tat.

Ich verkaufte Gras, und nun hatte ich auch noch einen Freund frisch aus der Strafanstalt. Dave war eine andere Art Gangster als mein Vater. Er war eher ein Straßengauner.

Dave umgab sich mit seinen eigenen Leuten. Er versuchte nie, mich ins Sparks Steak House auszuführen, wo sich immer noch die ganzen Möchtegerngangster trafen – trotz des Mordes an Paul Castellano vor dem Restaurant, der inzwischen über ein Jahrzehnt zurücklag. Dave war nicht sehr fordernd, was meinem neuen Goldstandard nach dem besitzergreifenden Lee entsprach.

Dave passte zu meinem Lebensstil. Ich wollte nichts Festes, und das ging in Ordnung mit ihm. Er war mit dem HipHop-Jam-Master Jay befreundet und hatte viele Kontakte in der Musikindustrie. Es machte Spaß, mit ihm zusammen zu sein. Obendrein kannte er viele Leute und konnte uns helfen, ein wenig Gras zu verkaufen, was auch nicht schlecht war.

Christina und ich bezogen unser Zeug aus Spanish Harlem und die mittlere Qualität aus Staten Island. Ich hatte das Gefühl, mein Leben nun endlich in die eigenen Hände genommen zu haben. Ich hatte einen festen Tagesablauf, den ich nach meinem eigenen Dafürhalten strukturierte. Ich fühlte mich nicht mehr wie die Mafia-Prinzessin, die ich als kleines Mädchen gewesen war. Damals hatten mich die Leute regelrecht hofiert. Ich war in Restaurants gegangen, wo man feinstes Silberbesteck deckte, wenn ich zu Gast war, weil jeder wusste, wer mein Vater war.

Nun fühlte ich mich selbst als Boss. Christina und ich hatten eine vollkommen neue Unterwelt betreten, in der wir mit Gangstern zu tun hatten, die keine Anzüge trugen wie einst John Gotti. Christina und ich machten unser eigenes Ding, wofür uns diese Leute respektierten, und das gefiel mir.

Wir betrieben den Gras-Service noch nicht mal seit zwei Jahren, als ich begann, mich einsam zu fühlen. Ich hatte akzeptiert, dass Lee und ich miteinander fertig waren. Zwar hatte ich Freunde, die wie Schwestern für mich waren, aber ich vermisste meine Familie. Es war einfach nicht dasselbe. Auch Ramona war selten da. Sie hatte eine feste Beziehung mit einem Jordanier namens Wally. Ihre Familie hieß die Verbindung aus vielerlei Gründen nicht gut, und sie war mit ihren eigenen Problemen beschäftigt. Obwohl ich ihr immer mit Rat und Tat zur Seite stand, reiste sie mit ihrem neuen Freund sehr viel, weil dieser im Ausland geschäftlich unterwegs war.

Wieder einmal saß ich zwischen allen Stühlen. Obwohl ich mit Dave ging, der mir sehr wichtig war, und meine Freundinnen um mich hatte, brauchte ich meine Familie immer noch sehr. Es war blanke Ironie, dass ich meine Familie vermisste, führte ich doch das kriminelle Leben, von dem ich immer geträumt hatte. Ich lebte in einer entsetzlichen Zwischenwelt; es gab keine Komfortzone.

Wieder fühlte ich mich, als gehörte ich nicht dazu, diesmal nicht zur Mafia-Familie meines Vaters, sondern zu meiner echten Familie. Sie riefen mich nicht mehr an. Ich bin sicher, genau das war ihr Plan: mich sozusagen abzuschreiben, damit ich mich einsam fühlte. Ich hatte sie nie gebeten, nicht mehr anzurufen, und vermisste sie mehr und mehr.

Ich war zwar wütend auf meinen Vater, doch ich stellte fest, wie ähnlich ich ihm in vielerlei Hinsicht war. Auf einmal hatte ich mein eigenes kriminelles Unternehmen und war stolz darauf. Ich verschaffte mir Respekt, ohne die Hilfe meines Vaters zu benötigen. Ich hatte in Brooklyn, auf Staten Island und in Manhattan gelebt und mochte den Pulsschlag der Stadt, das Nachtleben, das quirlige New York. Nicht zuletzt hatte ich eigenhändig ein lukratives Geschäft aufgebaut, selbst wenn es illegal war.

Obgleich ich wusste, dass ich mehr vom Leben wollte, war ich im Augenblick gefangen und konnte mich nicht dazu durchringen, einen Schlussstrich unter all das zu ziehen.

Papa hatte alles getan, was er uns bei unserem Besuch in Boulder angekündigt hatte. Er war nur noch sechs Monate länger in Colorado geblieben, dann war er aus dem Zeugenschutzprogramm ausgestiegen und zu meiner Mutter und meinem Bruder nach Arizona gegangen.

Sobald sich mein Vater in Phoenix gemeldet hatte, stand er offiziell nicht mehr unter den Fittichen des U.S. Marshals Service. Zudem musste er eine lange Liste von Bewährungsauflagen erfüllen. Er wollte meine Mutter durch seine Anwesenheit in der Stadt nicht in Gefahr bringen, also nahm er sich eine eigene Wohnung in der Nähe für den Fall, dass ihn ein rachsüchtiger Mensch mit einer Waffe aufsuchen würde. Nachdem sie aus dem Haus an der Lamberts Lane hatten ausziehen müssen, lebten meine Eltern nie wieder zusammen. Sie ließen sich sogar scheiden, doch mehr aus rechtlichen Gründen als aufgrund einer gescheiterten Ehe. Papa bezeichnete meine Mutter immer noch als seine Frau. Sie liebten einander sehr.

Meine Eltern hatten im Laufe ihrer Ehe viele Höhen und Tiefen durchlebt, doch meine Mutter war ein sehr loyaler Mensch. Mein Vater wiederum war stets ein guter Ehemann und Vater, ungeachtet dessen, wie sich sein eigenes Leben gestaltete und was er meiner Mutter als Ehefrau zumutete.

Meine Mutter wusste, dass es niemals seine Absicht gewesen war, ihr oder den Kindern Schaden zuzufügen. Sie begriff, dass er uns liebte und beschützen würde, solange er lebte. Er war immer ein guter Versorger gewesen und hatte darauf geachtet, dass es meiner Mutter an nichts fehlte. Sie wusste, dass er zu uns immer gut gewesen war, wofür er sich in seinem Leben auch entschieden hatte.

Wann immer ich mit meiner Familie in Arizona telefonierte, berichtete Mama, dass sie mit Papa und Gerard zum Abendessen ausgehe oder sie sich einen Film im Kino ansehen wollten. Es hatte den Anschein, als kämen sie recht gut ohne mich aus. Papa klang sogar, als hätte er einen Ersatz für mich gefunden. Er hatte große Sympathien für ein College-Mädchen namens Jen entwickelt, das etwa in meinem Alter war. Er hatte sie sogar als persönliche Assistentin in der Baufirma eingestellt, die er inzwischen betrieb. Papa würde nie so tief sinken, sie mit mir zu vergleichen, aber er sagte, »sie ist sehr intelligent« oder »sie wird es weit bringen« – was mich definitiv ärgerte, weil ich mich dadurch beurteilt fühlte. »Ich möchte gerne, dass du sie kennen lernst«, sagte er, als ob ich die Bekanntschaft von jemandem machen wollte, über den er besser dachte als über mich.

Ich war schon eine Weile nicht mehr in Arizona gewesen, also beschloss ich, meinen Eltern einen Besuch abzustatten. Während ich dort war, lernte ich Papas Assistentin Jen kennen. Sie war definitiv aus dem Westen. Ihr fehlte der städtische Schick. Doch obwohl sie keine Designerklamotten trug, fühlte ich mich neben ihr ganz klein. Sie war nicht schick, besaß aber eine aggressive Intelligenz. Papa hatte Recht: Sie würde es bestimmt einmal weit bringen.

Das College bedeutete mir nichts. Ich verdiente jetzt dreitausend Dollar pro Woche, auch ohne College-Abschluss. Trotzdem spürte ich, dass ich nicht in Jens Liga spielte. Sie machte mich eifersüchtig.

Während ich aufwuchs, sah mich Papa immer an und sagte, ich würde es einmal zu etwas bringen und einen geachteten Beruf ausüben, vielleicht Ärztin oder Rechtsanwältin werden. Bei meinem jetzigen Besuch in Arizona schaute er mich nicht mit diesem Blick an. Er dachte nicht: »Ich glaube an dich; ich werde eines Tages stolz auf dich sein.« Irgendwie hatte er mich aufgegeben. Zum ersten Mal hatte er auch nicht darauf bestanden, dass ich ihn besuchen kam. Es schien ihm egal zu sein, ob ich kam oder nicht.

Meine Eltern hatten alles für mich getan, was in ihren Kräften gestanden hatte, und sahen mein Leben aus einem ganz anderen Blickwinkel als ich selbst. Ich war viel zu betriebsblind und dachte, Geld zu verdienen sei alles, worauf es ankam. Es war mir egal, wie ich es verdiente, solange es hereinkam.

Als ich nach meinem Besuch wieder zurück in New York war, begann ich mich unzulänglich zu fühlen. Ich war deprimiert. Viele unserer Kunden hatten studiert, waren Ärzte und Rechtsanwälte, also genau dort, wo mich mein Vater so gerne gesehen hätte – einmal abgesehen von ihrem Marihuanakonsum. Wenn ich sie zu Hause aufsuchte, fragte ich mich oft, wie es wäre, zu haben, was sie hatten: gesellschaftliches Ansehen, eine hübsche Wohnung und einen guten Beruf.

Um dem Ganzen noch eins obendrauf zu setzen, versuchten die Kids in meinem alten Viertel inzwischen ernsthaft, Gangster zu werden. Keine Radkappen und sonstiger Kleinkram mehr. Doch genau dieses Gangsterleben war schuld daran, dass meine Familie zerbrochen war, dass mein Vater im Gefängnis gesessen hatte, dass Mama weit weg in einem anderen Staat lebte und mein Bruder einem Mordanschlag nur deshalb entgangen war, weil Papas Freund zufällig zur rechten Zeit am rechten Ort gewesen war. Ich hatte Heimweh nach meiner Familie.

Nicht nur das, ich fühlte mich auch entsetzlich schuldig für etwas, das Gerard geschehen war. Ich hatte meinen Bruder gebeten, mir ein Pfund Gras aus Arizona per Express nachzusenden, und er war dabei erwischt worden. Er gab das Päckchen nach New York bei einem Postamt auf, dick in Zeitungspapier eingewickelt und verpackt mit braunem Packpapier und Klebeband. Die Schalterangestellte fand, dass er verdächtig aussah. Als er bezahlt und das Postamt verlassen hatte, öffnete sie daher das Päckchen und fand das Gras. Sie wusste nicht, wie sie ihn ausfindig machen sollte, da sich auf dem Päckchen kein Absender befand. Als ich ihn am nächsten Tag anrief und sagte, die Sendung sei nicht eingetroffen, rief er auf dem Postamt an, um nachzuhaken, wann das Päckchen verschickt worden sei. Er geriet an dieselbe Schalterangestellte, der es gelang, seine Nummer per Computer zurückzuverfolgen. Dann verständigte sie die Polizei.

Die Bullen riefen meinen Bruder an und sagten, er müsse sich stellen. Gerard bat Papa um Hilfe, der ihm in Phoenix einen Rechtsanwalt besorgte. Am Ende kam Gerard noch einmal davon, weil die Frau das Päckchen ohne amtlichen Beschluss geöffnet hatte, sodass die Durchsuchung und Beschlagnahme illegal gewesen waren. Trotzdem war mein Vater wütend auf Gerard. Mein Bruder hatte ein Haus, ein Restaurant und einen Sohn, also hielt Papa es für leichtsinnig und unverantwortlich, dass er sich mit Marihuana hatte erwischen lassen.

Gerard erzählte meinem Vater nie, dass das Päckchen für mich bestimmt gewesen war. Er hielt sich an den Familienkodex: Nicht petzen, macht es untereinander aus. Mein Vater wusste, dass Gerard und ich ab und zu ein kleines Ding drehten, aber er wusste nichts von meinem Drogengeschäft. Obwohl ich selbst nicht in Schwierigkeiten geriet, fühlte ich mich mies, dass ich für die Verhaftung meines Bruders verantwortlich war.

Der Tropfen, der das Fass zum Überlaufen brachte, kam jedoch an dem Tag, als ich eine Auslieferung in einer Zeitschriftenredaktion machte, wo einige meiner Kunden angestellt waren. Es kursierten bereits allerlei Gerüchte, dass die Tochter von Sammy the Bull einen Marihuana-Service betrieb. Einer unserer Kunden, ein Redakteur, der mich als »Gina« kannte, sah mich, als ich eintrat. Wir hatten uns miteinander angefreundet und plauderten immer ein wenig, wenn ich vorbeikam.

Als ich mich an jenem Tag zum Gehen anschickte, verblüffte er mich, weil er mich nicht mit meinem Pseudonym ansprach. »Gut, Fräulein Gravano«, sagte er, »dann bis zum nächsten Mal.«

»Okay, tschüss«, sagte ich und wollte schon zur Tür gehen, als ich mich umwandte und ihn verwundert ansah. »Moment mal, was hast du gesagt?«

»Es geht das Gerücht, dass Sammys Tochter einen Gras-Service betreibt.«

»Das bin nicht ich«, beharrte ich.

»Na gut, Karen – ich darf doch Karen zu dir sagen?« Die Situation wurde langsam unangenehm für mich. »Sieh mal, ich weiß nicht, warum du das machst«, sagte er. »In dir steckt doch so viel mehr.« Offenbar meinte er es gut. Er riet mir zur Vorsicht und fand, ich könne etwas Besseres mit meinem Leben anfangen. »Wenn sie dich schnappen, sperren sie dich ewig in den Knast – bei deinem Nachnamen«, warnte er mich.

Ich hatte gedacht, dass es mir gelungen wäre, meine Familiengeschichte geheim zu halten, doch die Kombination aus Ruhm und Stigma, die dem Namen Gravano anhaftete, verfolgte mich überall hin. Es war mir nie in den Sinn gekommen, ein ganz normales Leben zu führen, doch die Worte meines Bekannten machten mich nachdenklich.

Außerdem war das Drogengeschäft alles andere als ein risikofreies Gewerbe. Es wurde zunehmend gefährlicher, den Gras-Service zu unterhalten. Zunächst einmal waren da die anderen Anbieter, die mit uns konkurrierten.

Anfangs hatten alle bei uns angerufen, weil für uns ausschließlich Mädchen arbeiteten. Inzwischen jedoch bestellten die Kunden bei zwei Lieferanten gleichzeitig und kauften von dem Boten, der als erster eintraf. Einige unserer Boten wurden ausgeraubt. Die Leute fingen an, sich gegenseitig auszurauben. Eines Abends wurde Christina mit einem Messer bedroht. Ich stand daneben. Zum Glück wurden wir nur ausgeraubt, und niemand wurde verletzt. Wir machten uns aber vor Angst beinahe in die Hose.

Wir hielten es daher für das Beste, ein paar Muskeln mit an Bord zu nehmen. Von da an gaben uns Dave und einige seiner Freunde Rückendeckung. Dave war nicht wie meine bisherigen Freunde, die von der Mafia und vom Gangsterleben besessen gewesen waren. Das Ganze schien ihn nicht zu interessieren. Das mochte ich. In unserer Beziehung ging es also um mich, nicht um Papa.

Die Jungs mit hinzuzuziehen, führte indes zu noch mehr Schwierigkeiten und Konfrontationen. Die Auseinandersetzungen wurden schlimmer. Als reinen Mädchen-Service hatte man uns im Großen und Ganzen in Ruhe gelassen, doch nun war alles möglich.

Eines Abends waren wir in einem Nachtclub, als es zu einer heftigen Auseinandersetzung kam. Am Ende wollten die Bullen mit Christina sprechen. Sie hatten mitbekommen, dass es bei dem Streit um unseren Marihuana-Service gegangen war. Obwohl man Christina zum Verhör mit aufs Polizeirevier nahm, weigerte sie sich, mit den Beamten zu reden. Sie konnten ihr nichts Konkretes vorwerfen und mussten sie schließlich gehen lassen.

Unsere größte Sorge waren ohnehin nicht die Bullen, sondern unsere Väter. Wir wollten nicht, dass unsere Väter herausfanden, was wir taten. Wir wussten, wie enttäuscht sie wären.

Insgesamt jedoch machte die Sache keinen Spaß mehr. Allzu oft schlitterten wir nur mit knapper Not an einer Katastrophe vorbei. Mir wurde langsam klar, dass die Zeit gekommen war, wo ich selbst die Verantwortung für mein Handeln übernehmen musste, so gerne ich auch meinen Vater für alles verantwortlich machte, was in meinem Leben schief lief. Es war Zeit, dass ich endlich erwachsen wurde.

Kapitel 17

»Bereust du heute etwas?«

Eines Morgens erwachte ich und beschloss, dass ich mit New York fertig sei. Ich war siebenundzwanzig, vermisste meine Familie und wusste nicht, was ich eigentlich wollte. Christina hatte einen College-Abschluss, also standen ihr neben dem Grashandel viele Möglichkeiten offen. Ich wusste, dass ich nicht ewig so weitermachen konnte. Irgendwann würde man mich schnappen, also zog ich im Oktober 1998 zu meiner Familie nach Phoenix. Es sollte meine neue Welt und ein Neuanfang für uns alle werden, nun, da auch Papa dort lebte. Als Familie hatten die Gravanos eine ganze Menge Kummer, Schmerz und Verrat durchgemacht. Ich sehnte mich nach ein wenig Ruhe und Geborgenheit.

Es war irre, dass man mich einmal dazu aufgefordert hatte, meinem Vater nahe zu legen, er solle sich umbringen, und noch viel irrer, dass ich über diese Anweisung tatsächlich nachgedacht hatte – totaler Wahnsinn. Doch damals waren solche Gespräche an der Tagesordnung gewesen. Nun war ich auf der Suche nach einer anderen Normalität.

Jennifer dachte, ich wäre nur auf Besuch in Phoenix und würde – als Bilderbuch-New-Yorkerin, die ich war – bald wieder in ihre Wohnung in Bayside zurückkehren. Als ich in Arizona ankam, war selbst ich fest davon überzeugt, dass es nur für eine begrenzte Zeit wäre.

Ich konnte mir für meine Zukunft vieles vorstellen. Auf jeden Fall aber hatte ich vor, nach New York zurückzukehren oder vielleicht in Los Angeles zu leben.

Meine Mutter holte mich vom Flughafen ab. Als wir an jenem ersten Tag vor Mamas prächtigem neuen Haus anhielten, begrüßte mich Papa dort am Straßenrand. Als er aus Boulder hierher gekommen war, hatte er meiner Mutter ein neues Haus gekauft und es komplett umgebaut, weil er wollte, dass sie sich wohl fühlte. Es verfügte über mehr als vierhundert

Quadratmeter Wohnfläche und einen eingelassenen Pool. Er selbst hatte eine Wohnung irgendwo in der Nähe und war nur zu meiner Rückkehr hergekommen.

»Willkommen zu Hause, Kindchen«, strahlte er. »Wir haben dein Zimmer bereits fertig. Willst du es sehen?«

»Ich bleibe nicht für immer«, entgegnete ich. »Das ist nicht mein Zuhause.«

Darauf sah er mich an, als wollte er mir den Arsch aufreißen, aber er sagte nichts. Auch Gerard erwartete mich mit seinem neuen Baby. Seine Freundin Mallory hatte in jenem Mai ihren Sohn Nicholas zur Welt gebracht, und ich war schon sehr gespannt, ihn kennen zu lernen. Ich hatte ihn nicht mehr gesehen, seit ich anlässlich seiner Geburt vor fünf Monaten kurz nach Phoenix geflogen war. Mein Bruder hatte mich seitdem über die wichtigsten Schritte in der Entwicklung seines Babys auf dem Laufenden gehalten.

So gerne ich glücklich gewesen wäre, schaffte ich es doch nicht, dass es mir gut ging. Ich wusste nicht, wie ich meinen Zorn überwinden und mich wieder einfinden sollte. Ich war gemein, sarkastisch und streitsüchtig.

Als wir zu Abend aßen, fühlte ich mich wieder wie zu Hause, wollte es meinen Eltern aber nicht zeigen.

Nach dem Abendessen sagte Papa: »Komm, wir machen einen kleinen Spaziergang.« Er hatte hinter dem Haus einen Rosengarten mit einer kleinen Sitzbank angelegt. »Hast du je *Der Pate* gesehen?«, fragte er mich. »Die Szene mit Michael Corleone im Rosengarten?«

Warum will er das wissen, fragte ich mich.

»Ich weiß, wie schwer es ist, hierher zu ziehen. Auch ich vermisse New York. Aber vertrau mir bitte. Ich blicke nach vorn und möchte dir und deinem Bruder eine Chance im Leben geben. Wenn mir das gelänge, wenn ich einen neuen Weg für uns finden würde, dann würde mich das sehr glücklich machen.«

Ich wollte das nicht hören. Ich wollte einfach, dass er Sammy the Bull war, der Gangster.

»Ich weiß, du glaubst, dass ich mich verändert habe«, fuhr Papa fort. »Aber, um ganz ehrlich zu dir zu sein – ich werde immer Sammy the Bull bleiben. Ich glaube, du verstehst nicht, wer Sammy ist. Ich muss nicht in New York sein, mich von Leuten herumkutschieren und mich bewundern lassen, um zu sein, wer ich bin. Ich versuche, einen neuen Weg einzuschlagen.«

Um seinen Worten Nachdruck zu verleihen, zog Papa eine Waffe hervor. »Ich werde immer Sammy the Bull sein«, sagte er. »ich habe mich nicht verändert. Ich bin immer noch der Alte.«

Ich glaube, er wollte mir damit sagen, dass er sich nicht geändert hatte, obwohl er inzwischen nichts mehr mit der Mafia zu tun hatte. Wenn sich seine Feinde an ihm rächen wollten und das sein Schicksal sein sollte, wäre er bereit. Doch galt sein Hauptaugenmerk etwas ganz Anderem: Er wollte uns allen helfen, unser Leben wieder in den Griff zu bekommen und eine neue Existenz aufzubauen.

»Ich bin kein Feigling«, sagte er. »Ich werde nicht davonlaufen, sondern meinen Mann stehen, wenn es sein muss, denn so bin ich nun mal.«

»Ich kann verstehen, dass du aufgrund deiner Erziehung denkst, es gäbe keinen anderen Weg«, sagte Papa. Er versuchte mir zu zeigen, dass mir auch außerhalb von New York viele Möglichkeiten offen standen. Doch das begriff ich noch nicht. Ich war immer noch stur und nicht vollständig bereit, ein neues Leben zu beginnen. Meine Antworten waren immer noch ein wenig barsch.

In diesem Moment hätte er mir die Leviten lesen sollen. Mein Vater hatte es nie zugelassen, dass ich so mit ihm redete, aber ich glaube, in seiner Elternrolle hörte er nun einfach zu und ließ mich meinen Ärger abladen. Nur ein Teil von mir hatte nach Phoenix kommen wollen, ein anderer war noch nicht bereit dazu.

Papa wollte dafür sorgen, dass ich beschäftigt war und nicht an New York dachte. Am nächsten Morgen schaute er in Mamas Haus vorbei und nahm mich mit zum Einkaufen. Ich bekam eine komplette Kosmetikerinnen-Ausrüstung. Er kaufte mir eine Liege, einen Dämpfer, einen Tisch, und was ich sonst noch brauchte, um in Gerards ehemaligem Zimmer in Mamas Haus Gesichtskosmetik anzubieten.

Mein Bruder war ausgezogen und lebte mit seiner Freundin und dem Neugeborenen ein paar Häuser von uns entfernt. Einige Tage später fand ich eine Stelle in einem örtlichen Kosmetiksalon, wo ich Gesichtsmasken und Körperbehandlungen machte.

Papas kleines Einzimmer-Apartment lag in einer benachbarten Stadt. Er lebte dort mit seinem neuen Hund Petie Boy, den er sich besorgt hatte, nachdem sein erster Hund Petie in Boulder vom Balkon gefallen und in den Tod gestürzt war. Weder mein Vater noch meine Mutter sahen sich nach einem neuen Partner um, doch fanden sie als Paar auch nicht mehr zusammen. Trotzdem blieben sie Freunde. Beide lebten in Phoenix, aber in getrennten Haushalten. Mein Vater hielt es für wichtig, in unserer Nähe zu sein, wollte jedoch eine gewisse Distanz halten.

Als ich etwas über eine Woche in Phoenix war, redeten Papa und ich beim Abendessen endlich Klartext miteinander. Wir gingen zu seinem Lieblings-Italiener, nur wir beide. Das Restaurant war schick und lag ein wenig versteckt in einem alten Haus in Tempe, nicht weit vom College entfernt. Ich hatte Mama und Gerard gesagt, dass ich mit Papa allein zu Abend essen wolle. Ich hatte so viele Fragen; einige davon hatte ich ihm schon stellen wollen, als ich noch ein Kind war. Er war es gewesen, der das Schweigegelübde gebrochen hatte, also fand ich, dass ich ihn nunmehr alles fragen könne, was ich wollte – auch nach jenen Dingen, über die sich Mama so respektvoll in Schweigen gehüllt hatte.

»Ich möchte, dass du nicht als Sammy the Bull oder Jimmy Moran mit mir sprichst, sondern als mein Vater«, sagte ich zu ihm geradeheraus.

Ich fragte ihn, wie es sei, jemanden zu töten. Seine Antwort haute mich völlig aus den Socken.

»Beim ersten Mal war es überraschenderweise wie ein Rausch«, sagte er. »Es war ein total verrücktes Gefühl, weil ich keinerlei Reue empfand. Ich hatte einfach nur ein starkes Machtgefühl.«

»Bereust du heute etwas?«, fragte ich.

»Ich bereue nicht, wer ich bin. Obwohl es in meinem Leben Dinge gegeben hat, die ich nicht gerne getan habe, so weiß ich doch, warum ich sie getan habe und dass ich mit ihnen leben muss. Um deine Frage also zu beantworten: Ich bereue nichts, sondern ich lebe in der Realität. Reue muss man überwinden. Das ist das Leben, das ich gewählt habe. Wenn es sein müsste, könnte ich morgen wieder jemanden umbringen. Ich versuche, einen neuen Pfad zu beschreiten, aber ich werde immer Sammy the Bull bleiben.«

Papa erzählte mir vom Leben in der Mafia und den Regeln, nach denen sie hatten leben sollen. »Wenn es hundert Regeln gibt, dann haben wir neunundneunzig davon gebrochen«, sagte er.

Ich erzählte ihm von meinem Marihuana-Handel. Es belustigte ihn ein wenig, dann aber sagte er, er sei froh, dass ich aus der Geschichte draußen sei. Schließlich gestand ich, dass ich daran schuld sei, dass Gerard verhaftet worden sei, als er mir das Pfund Gras nach New York hatte schicken sollen. Er tadelte mich, zeigte aber auch Verständnis.

Wir redeten zwar über viele Dinge, doch am schwersten war es für ihn, über meinen Onkel Nicky zu sprechen, also schnitten wir dieses Thema nicht an.

Papa sagte, er glaube, dass ihm die Mafia wichtiger als seine eigene Familie gewesen sei. Nun jedoch sei er bereit, seine echte Familie über seine Cosa-Nostra-Familie zu stellen. Ich hatte das Gefühl, endlich den wahren Charakter meines Vaters zu erkennen. Ich begriff, dass er ein ehrenwerter, loyaler Mann war, der nie jemanden betrügen würde, solange er nicht selbst betrogen wurde. Nach unserem Gespräch an jenem Abend begann mein Zorn auf ihn zu verfliegen.

Auf meine Frage, ob er bereue, mit dem FBI kooperiert zu haben, antwortete er, dass er manchmal bereue, John Gotti nicht getötet zu haben, wie er es ursprünglich geplant habe, als sie noch im Gefängnis gewesen seien. Doch er sagte: »Ich werde mein Leben nicht in Reue verbringen, denn sonst wird es mir nie gelingen, jemals einen Schritt vorwärts zu tun. Man sollte nicht ständig seine Vergangenheit bereuen, sondern immer nur an die Zukunft denken.«

Ich fand, dass wir an jenem Abend einer Versöhnung näher gekommen waren. Mein Vater schien mit seinen Antworten ehrlicher gewesen zu sein, als ich es erwartet hatte. Durch seine Entscheidungen hatte sich in den vergangenen sieben Jahren viel für mich verändert. Ich schien immer nur zu reagieren, anstatt selbst etwas zu initiieren und zu durchdenken. Ich war hin und her gerissen gewesen: Einerseits war ich böse auf meinen Vater gewesen, andererseits hatte ich ihm vergeben und nach vorn blicken wollen. Wir hatten aber immer noch eine ganze Menge aufzuarbeiten.

Obwohl Papa aus dem Zeugenschutzprogramm in Boulder ausgestiegen war, lebte er in Phoenix immer noch unter seinem Decknamen

Jimmy Moran. Er war der hochrangigste Gangster, der jemals das mit Blut besiegelte Schweigegelübde gebrochen hatte. Durch ihn waren viele Leute ins Gefängnis gewandert, und diejenigen, die noch draußen waren, hassten Papa dafür.

Das FBI bot ihm Schutz, so gut es ging. Es bereitete ihnen Sorge, dass er so wenig zurückgezogen lebte, also sahen sie ab und zu nach ihm. Mein Vater lehnte es jedoch ab, sein Leben in Angst zu verbringen. Er arbeitete bereits wieder hart und tat sein Bestes, um voranzukommen. In seiner »Gambino-Zeit« hatte ein großer Teil seines Einkommens aus Geldern bestanden, die er aus großen Geschäften abgeschöpft oder durch die Kontrolle der Gewerkschaften eingenommen hatte.

In Phoenix hatte er mehrere legale Unternehmungen angemeldet. Er hatte eine Baufirma, die genauso hieß wie sein altes Bauunternehmen in New York, Marathon Development. Die Firma warf mit dem Bau von Einfamilienhäusern gutes Geld ab. Außerdem besaß mein Vater die Swimmingpool-Firma Creative Pools, wo er auch mich einstellte. Im gesamten Gebiet in und um Phoenix hob er Baugruben aus und installierte den Leuten Schwimmbecken. Er schien begeistert zu sein, dass ich nun mit an Bord war.

Er überredete Mama und Gerard, den Bagel-Shop zu verkaufen, weil dieser seiner Meinung nach nicht genügend abwarf, und kaufte dafür ein Luxusrestaurant in Scottsdale, etwa fünfzehn Meilen vom Stadtzentrum Phoenix entfernt. Meine Mutter übernahm das Management, und mein Bruder war der Küchenchef. Gerard hatte in Arizona die Kochschule besucht und kochte für sein Leben gern, also war *Uncle Sal's* der perfekte Ort, wo er seine Kochkünste unter Beweis stellen konnte.

Sammy Gravano – allen, die nicht zur Familie gehörten, immer noch als Jimmy Moran bekannt – war Stammgast. Er arbeitete hart und war beliebt. Es schien, als würde sich für ihn in Phoenix alles zum Guten wenden. An manchen Tagen brachte mich seine Gesellschaft zurück ins Jahr 1989, als ich den mit dem Büro seiner Baufirma in Brooklyn verbundenen Blumenladen Exotic Touch geleitet hatte.

Mit der Zeit wurden aber der Name und die wahre Identität meines Vaters bekannt. Im Gegensatz dazu, wie viele Mitglieder der New Yorker Gemeinde über meinen Vater und seinen Entschluss zur Kooperation dachten, machte ihn das für die Menschen in Arizona attraktiv, sowohl als echter New Yorker Mafioso als auch als der berühmteste Gangster des Landes, der jemals ausgesagt hatte. Sie fanden es cool, uns, die Gravanos, zu kennen.

Auch Gerard und mir gefielen dieser neue Status und der Respekt, den man uns entgegenbrachte. Eine Zeitlang fühlten wir uns wieder ein bisschen so wie damals in New York. Die Leute verehrten uns sozusagen wieder. Allerdings war das eine Art von Respekt, der die falschen Leute anzog, aber das war mir damals nicht bewusst. Ich war begeistert, beliebt zu sein, statt geschnitten zu werden.

Papa war sehr stolz, mich wieder zu haben.

Drei Wochen, nachdem ich mich wieder an das Leben im Südwesten gewöhnt hatte, wurde beim Sohn meines Bruders, Nicholas, Meningitis festgestellt. Gerard und seine langjährige Freundin waren zusammengezogen, um das Kind gemeinsam großzuziehen. Die Ärzte glaubten nicht, dass Nicholas eine Überlebenschance hatte. Schließlich schaffte er es aber doch, dem Tod von der Schippe zu springen. Das war ein Wendepunkt für mich: Ich beschloss nie wieder so weit von meiner Familie entfernt sein zu wollen.

Ich hatte jedoch ein Geheimnis vor ihnen. In der Woche zuvor hatte ich erfahren, dass ich schwanger war. Dave Seabrook war der Vater. Ich wollte niemandem davon erzählen, anfangs nicht einmal Dave. Damals wusste ich, dass ich ihn liebte, hatte jedoch beschlossen, ihn zu verlassen, als ich aus New York fort ging. Ich wusste selbst nicht so recht, wie ich nun mit der Schwangerschaft umgehen sollte. Ich dachte kurz an eine Abtreibung, konnte mich aber nicht dazu durchringen. Ich war in Arizona, um ein neues Leben zu beginnen, stellte jedoch rasch fest, dass man sein altes Leben nicht einfach so zurücklassen konnte.

Am schwierigsten würde es sein, meinem Vater von der Schwangerschaft zu erzählen. Ich wusste, dass ihm das nicht gefallen würde. Papa hatte aus zwei Gründen etwas gegen Dave. Erstens war er ein Ex-Knacki. Papa würde sich daran stören, dass er wegen Raubes und versuchten Mordes im Gefängnis gesessen hatte, das wusste ich. Zweitens war er schwarz, und ich hatte Sorge, dass mein Vater kein Verständnis dafür hätte. Wenn sich Papa die Hochzeit seines kleinen Mädchens vorstellte, hatte er einen bürgerlichen Geschäftsmann, einen Arzt, einen Rechtsanwalt oder wenigstens einen Typen aus dem Baugeschäft im Sinn.

Als ich Lee verlassen hatte und nach Arizona gekommen war, war Papa erleichtert gewesen. Da war ich nun, mit dem nächsten Ganoven. Ich weiß noch, dass ich eine Stunde lang übte, wie ich ihm das Ganze erzählen sollte. Als ich mich schließlich neben ihn aufs Sofa in Mamas Wohnzimmer setzte, brachte ich von meinen einstudierten Worten aber so gut wie nichts hervor.

»Ich bin von einem schwarzen Mann schwanger«, platzte ich heraus.

Papa sah mich leicht schockiert an. »Okay, ist das irgendein x-beliebiger Schwarzer oder jemand, den du kennst?«

»Jemand, den ich kenne.«

Papa stand auf, ergriff seine Autoschlüssel und verließ das Haus.

Am folgenden Tag rief ich ihn an und fragte, ob ich rüberkommen und mit ihm reden könne. Er sagte ja, also brachte ich Mama und Gerard als Verstärkung mit. Wir saßen in seinem Wohnzimmer. Meine ersten Worte waren: »Wirst du ihn umbringen?«

»Nein, aber ich kann dir sagen, wenn ich noch in New York wäre, würde ich ihn wahrscheinlich umbringen, und zwar nicht, weil er schwarz oder weiß ist, sondern wegen der Art, wie du es mir gesagt hast, und dem Mangel an Respekt, den du mir entgegenbringst.«

Mein Vater hatte mich nicht in dem Geiste erzogen, Menschen nach ihrer Rasse oder Hautfarbe zu beurteilen. Er hatte mich stets gelehrt, einen Menschen anhand seines Charakters zu beurteilen, also teilte ich ihm mit, dass ich Dave für einen guten Menschen hielt. Außerdem fand ich, dass er einen guten Vater für unser Kind abgäbe.

Mein Vater war nicht gerade begeistert, dass Dave ein Straßengangster war, weil er sich etwas Besseres für mich gewünscht hatte. Er wollte wissen, wie Dave es sich vorstelle, für mich und seine Enkelin in spe zu sorgen.

Ich sagte, dass ich verwirrt sei. Dass Dave New York verlassen und versuchen werde, hier in Phoenix Arbeit zu finden. Ich glaube, Papa war enttäuscht darüber, dass ich einfach schwanger nach Hause gekommen war und ihm keine Chance gelassen hatte, meinen Freund und den künftigen Vater meines ersten Kindes kennen zu lernen. Er gab mir jedoch sein Wort, Dave als neues Familienmitglied willkommen zu heißen, wenn es das sei, was ich wolle.

Papa war ein Mann, der zu seinem Wort stand.

Dave flog nach Arizona, um sich mit ihm zu treffen. Ich hatte ein bisschen Panik und war besorgt, wie das alles wohl ausgehen würde.

Ich holte Dave am Flughafen ab, dann fuhren wir zum Haus meiner Mutter. Dave betrat das Haus, und meine Mutter begrüßte ihn. An jenem Abend gingen mein Vater, meine Mutter, Dave und ich gemeinsam Essen. Ich war nervös, dass ihn mein Vater erst kennen lernte, als ich bereits schwanger war. Dave wirkte gelassen.

Papa und Dave machten Witze übers Gefängnis. Papa ließ David wissen, dass er für seine Tochter keinen Straßengangster haben wolle. Er wollte wissen, warum er nach Arizona gekommen sei und wie er es sich vorstelle, seinen Lebensunterhalt zu verdienen, um für mich und das Baby zu sorgen.

Ich wollte, dass nichts schief ging. Ich hatte bereits beschlossen, das Kind zu bekommen, und wollte nicht, dass zwischen meinem Vater und dem Mann, mit dem ich zusammen war, irgendwelche Spannungen bestanden. Die Zusammenkunft verlief jedoch einigermaßen gut.

Dave kam nach Arizona, mietete eine Wohnung und fand einen Job als Klempner. Alles schien prima zu funktionieren. Dave kaufte mir sogar einen Ring, weil er wusste, wie wichtig es für italienische Familien war, dass man verheiratet war. Er hielt bei meinem Vater um meine Hand an, und Papa sagte: »Wenn du sie zähmen kannst und für den Rest deines Lebens mit ihr zusammen sein willst, dann viel Glück, meinen Segen hast du.«

Es schien, als würde sich in Arizona alles zum Guten wenden. Ich hatte einen Job, Dave hatte einen Job, unser Baby war unterwegs, Gerard und Mama betrieben ein Restaurant, und Papa war im Baugewerbe. Dave machte mir einen Antrag, und ich sagte ja. Aber wir wollten nichts überstürzen. Wir wussten, dass wir ein Mädchen bekommen würden, und ich wollte mit der Hochzeit bis nach der Geburt warten.

Ich schickte mich an, bei Dave einzuziehen, als Papa vorschlug, er solle bei mir und meiner Mutter einziehen, um Geld zu sparen.

»Ihr könnt euch an den Haushaltskosten beteiligen«, instruierte er uns. »So könnt ihr in Ruhe nach einer Bleibe suchen, ein bisschen Geld sparen, einen guten Kredit aushandeln und irgendwann in der Zukunft ein eigenes Haus kaufen.« Also zog Dave bei Mama und mir ein.

Nicht lange darauf trennte sich mein Bruder wieder von seiner Freundin. Es war ein ständiges Hin und Her, sodass ich mir schon Sorgen machte, Gerard hätte sonst gar keine anderen Freunde. Er war immer noch Chefkoch im Uncle Sal's in Scottsdale. Ich ermunterte ihn, sich etwas Spaß zu gönnen, neue Freunde zu suchen und ein neues Leben aufzubauen. Solche Einschnitte sind jedoch immer sehr schwer.

Etwa zu dieser Zeit begann meine Kusine Gina, mit einem Typen namens Michael zu gehen. Michael war ebenfalls Chefkoch im Uncle Sal's und außerdem Geschäftspartner. Er war ein richtiger Partylöwe. Gina ging damals auf die Zwanzig zu, war aber trotzdem nicht so vergnügungssüchtig wie Michael. Sie und Michael gingen in Nachtclubs. Ich blieb zu Hause; es machte mir keinen Spaß, schwanger auf die Pauke zu hauen. Ich war ständig müde, mir war übel, und ich wollte einfach nur ins Bett. Ich ermunterte Dave, doch mit Michael auszugehen und ein paar neue Freunde zu finden. Michael dachte indes ans Geschäft und begann, viele Leute, denen er begegnete, ins Uncle Sal's einzuladen, um neue Stammkunden zu gewinnen.

Mein Vater hatte gemeinsam mit dem Journalisten Peter Maas ein Buch geschrieben: *Underboss: Ich war der zweite Mann. Die Lebensgeschichte des Mafia-Bosses Sammy »the Bull« Gravano*.

Maas war auch der Autor von *The Valachi Papers* und *Serpico*. Das Buch war eine Sensation. Papa wurde von Diane Sawyer für *Prime Time Life* interviewt. Das Gespräch wurde am 16. April 1997 ausgestrahlt und bundesweit von Millionen Menschen gesehen. Zu den Bedingungen des Interviews gehörte, dass sich die beiden an einem vereinbarten Ort fern von Phoenix trafen. Sawyer nahm auf Papas Lebensumstände Rücksicht. So sagte sie etwa: »Wir sollten erwähnen, dass wir nicht wissen, wo Gravano lebt. Wir haben uns einverstanden erklärt, ihn in einem Gasthaus in einem entlegenen Tal in Kalifornien zu treffen.«

»Doch wie Sie sehen, ist er überraschenderweise nicht maskiert oder verkleidet. Er sagt, er sei vorsichtig, aber kein Mensch, der in Angst lebe.« Papas Gesicht war nun also bekannt.

Das Interview in *Prime Time* weckte das Interesse eines Lokalreporters des *Arizona Public*, Dennis Wagner, der ein bisschen herumstöberte und herausfand, dass Gerard Gravano ein Jahr zuvor in Phoenix wegen Drogenbesitzes verhaftet worden war. Die Verhaftung hatte stattgefunden, als mir Gerard das Pfund Marihuana hatte zuschicken wollen.

Bei weiteren Nachforschungen fand Wagner heraus, dass sich auch Sammy the Bull in Phoenix aufhielt. Durch das Interview mit Diane Sawyer und den Bestseller hatte mein Vater die nationale Aufmerksamkeit auf sich gezogen. Wagner wusste daher, dass er an einer ganz heißen Sache dran war, als er Papa aufspürte.

Das FBI versuchte, die Veröffentlichung von Wagners Story zu verhindern. Obwohl mein Vater aus dem Zeugenschutzprogramm ausgestiegen war, versuchten sie ihm doch den bestmöglichen Schutz zu bieten. Die Agenten, die Papa am besten kannten, statteten ihm sogar regelmäßig einen Besuch ab, wenn sie gerade in der Gegend um Phoenix unterwegs waren. Papa war nicht besonders glücklich, als der Reporter immer öfter im Restaurant und im Büro seiner Baufirma aufkreuzte; er rief sogar bei meiner Mutter zu Hause an und versuchte, jemanden von uns ans Telefon zu kriegen. Schließlich fand Papa, es sei besser, Wagner seine Story schreiben zu lassen und sich mit ihm zu treffen, damit er ihn endlich loswurde.

Gegen die Einwände des FBI druckte der *Arizona Public* den Artikel mit der Überschrift »Sammy the Bull im Tal der Sonne aufgetaucht«. Mein Vater taugte immer noch für eine Titelgeschichte; so viel war gewiss.

Als der Artikel erschien und jeder in der Gegend um Phoenix erfuhr, wer Jimmy Moran war, litten die Geschäfte meines Vaters darunter. Erst wurden die Stammkunden der Pool-Firma nervös und blieben aus. Diese Nervosität war aber auch mit einem gewissen Maß an Neugier verbunden, sodass das Restaurant immer beliebter wurde. Leute, die von unserer Familiengeschichte fasziniert waren, frequentierten nun das Uncle Sal's, um einen Blick auf einen echten Gravano zu erhaschen.

Leider waren einige davon die falschen Leute – Drogenhändler, Kleinganoven und solche, die selbst gerne zur Mafia gehört hätten. Dem FBI bereitete das große Sorgen. Mein Vater sollte nicht in Gesellschaft krimineller Elemente geraten, also ging er nicht mehr ins Restaurant.

»Ich werde den Ball eine Zeitlang flach halten«, sagte er zu uns. »Ich mache meine Bauarbeiten, gehe zum Training und abends nach Hause.« Er liebte aber Gerards Kochkünste und wollte auf leckeres Essen nicht verzichten. Also schlich er sich heimlich ins Restaurant und holte sich etwas zum Mitnehmen. Somit war er nur im Hintergrund präsent. Er hielt auf dem Nachhauseweg an und holte sich rasch sein Essen.

Derweil sonnten Gerard und ich uns in der neuen Aufmerksamkeit. Es war herrlich, wieder ganz obenauf zu sein. Wir fanden eine Menge neuer Freunde, meist harte Jungs, die in den Nachtclubs abhingen und ins Drogengeschäft verwickelt waren. Wie New York und jeder andere Ort der Welt war auch Arizona ein aktiver Markt für illegale Betäubungsmittel. Ecstasy war der letzte Schrei, und die örtlichen Nachtlokale wurden damit förmlich überschwemmt. Es war nur allzu naheliegend, dass die Drogendealer der Stadt meinen Bruder aufsuchten und sich mit ihm, einem echten Gravano, anfreundeten.

Einer dieser Dealer war ein College-Student, ein ehemaliger New Yorker namens Mike Papa. Ich begegnete ihm zum ersten Mal am Silvesterabend 1999. Er wirkte auf uns sehr bildungsbeflissen. Er besuchte die Arizona State University und nahm an medizinischen Vorbereitungskursen teil. Er war unheimlich gerne mit Gerard zusammen, beinahe wie ein Stalker. Sein Bruder war in Schwierigkeiten geraten und brauchte einen Rechtsanwalt, also vermittelte ihn Gerard an den Anwalt, der ihn aus der Marihuanasache herausgeboxt hatte. Eines Abends saß der Anwalt mit meinem Vater im Uncle Sal's beim Abendessen. Papa sagte, er habe einen Klienten für ihn, einen Freund von Gerard. Mike kam ins Restaurant, um sich vorzustellen und meinem Vater dafür zu danken, dass er ihm den Anwalt besorgt hatte. Er brachte ihm eine Kiste Zigarren mit.

Mike war ein regelrechter Fan meines Vaters und hatte sogar sein Buch *Underboss* gelesen. Vielleicht glaubte Mike, er würde ernster genommen, wenn er sich im Dunstkreis der Familie eines berühmten Mafioso bewegte. Ich hatte diese Typen zur Genüge in New York gesehen. Man merkte immer, dass sie einen Vorteil witterten.

Papa war geschmeichelt, dass Mike sein Buch gelesen hatte und ihm mit solcher Hochachtung begegnete. Er war richtig froh, dass Mike mit Gerard befreundet war. Mike war ein Universitätsstudent und ein Landsmann aus New York – zwei Pluspunkte, die großen Eindruck auf Papa machten. Mein Vater wusste nicht, dass Mike Papa ein Drogendealer war, und Gerard und ich banden es ihm auch nicht auf die Nase.

Bald verbrachte Mike auch Zeit mit meinem Vater. Er war ein extrem gebildeter Typ, und Papa dachte, er würde sich gut in seiner Pool-Firma machen. Also machte er ihn zum Verkaufsleiter. Mike sah gut aus und war sehr charmant. Als er an Bord kam, verkauften sich die Schwimmbecken wieder besser, und das Geschäft blühte auf.

Was niemand wusste, war jedoch, dass Mike überall herumerzählte, er mache Geschäfte mit Sammy the Bull und sei sein Partner und der seines Sohnes. Damals hatte mein Vater weder eine Ahnung davon, dass Mike mit seinem Namen hausieren ging, noch, dass er als Drogenhändler verdächtigt wurde und unter polizeilicher Beobachtung stand.

Aus den Nachtclubs kannten wir Mike als Hans Dampf in allen Gassen. Jeder schien sich gern mit ihm zu zeigen. Erst später erfuhren wir, in welchen Schwierigkeiten er steckte. Gerard und ich wussten zwar beide, dass er seine Finger im Drogengeschäft hatte, ahnten aber nicht, wie lange schon und in welchem Ausmaß er dealte. Beamte des Gilbert Police Department hatten ihn schon observiert, noch bevor er Gerard kennen gelernt hatte. Der Deckname für die Observation lautete »Organisation Papa«.

Gerard und ich hatten auch keine Ahnung davon, dass er Mitglied einer Bande in Gilbert, Arizona, war. Wir wussten allerdings, dass sein Bruder Kevin einer rechtsradikalen Gruppierung namens Devil Dogs angehörte, deren Name sich daraus ableitete, dass die Mitglieder bellten, wenn sie über ihre Opfer herfielen. Kevin war verhaftet worden, und die Geschichte war in sämtlichen Nachrichten gelaufen.

Deshalb hatte Mike den Namen des Rechtsanwaltes benötigt. Er beharrte jedoch darauf, dass er nicht wie sein Bruder sei und gab sich den Anstrich des ehrgeizigen Medizinstudenten in spe. Wenn jemand meinen Vater kennen lernte, versuchte er ihn in der Regel mit seinen bisherigen kriminellen Heldentaten zu beeindrucken, doch Mike tat genau das Gegenteil. Er versuchte, Papa vorzugaukeln, dass er unbedingt Arzt werden wollte.

Papa hatte keine Ahnung davon, dass Mike Gerard gefragt hatte, ob er wisse, wo man Ecstasy bekommen könne. Mike dachte, Gerard könne einen Deal vermitteln. Gerard kannte Leute in New York, und Mike gab meinem Bruder Geld für die Kontaktvermittlung. Ich begann mich zu sorgen, dass mit Gerard etwas Schlimmes geschehen könnte.

Ihr ganzes Leben lang hatten Mama und Papa versucht, Gerard zu schützen. Als ihn die Jugendlichen in Todt Hill gängelten, zogen wir um. Als seine schulischen Leitungen zu wünschen übrig ließen, engagierte Papa Privatlehrer. Als man Legasthenie bei ihm feststellte, schleppte ihn Papa zu sämtlichen Spezialisten, die er in New York auftreiben konnte. Als Mama Staten Island verließ, nahm sie Gerard mit. Und nun benutzte dieser Dreckskerl Mike Papa meinen Bruder für seine schäbigen Drogengeschäfte.

Mein Vater hatte immer gewollt, dass Gerard nicht auf die schiefe Bahn geriet. Er hatte geglaubt, Gerard sei für den rauen Umgangston der Straße nicht geschaffen. Selbst in Phoenix war es die größte Angst meines Vaters, dass jemand aus New York, der sich einen Namen machen wollte, versuchen könnte, meinen Bruder zu töten, nun, da er kein Kind mehr war. Als Vater hatte er jedoch nur begrenzten Einfluss auf das Handeln und die Entscheidungen seines Sohnes.

Die ganze Sache war eine Verkettung unglücklicher Umstände. Gerard verbrachte immer mehr Zeit mit seinen neuen Kumpels im Restaurant. Er wusste, was sie im Schilde führten, und beteiligte sich aus freien Stücken am Drogenhandel, niemand zwang ihn dazu. Allerdings arbeitete er ausschließlich mit Mike zusammen. Er ging auch nicht raus und vertickte Pillen, sondern überließ Mike das Dealen. Gerard borgte ihm lediglich etwas Geld. Diese Typen erkannten, dass man sie mit größerem Respekt behandelte, wenn sie in Mikes Gesellschaft waren. Dass Mike von den Gravanos begeistert war, erschien mir zwar seltsam, aber es störte mich auch nicht. Ich unternahm keinen Versuch, dem Ganzen Einhalt zu gebieten.

Als sie jedoch davon sprachen, nach New York zu gehen, wurde ich unruhig. Mein Bruder hatte bereits ein paar ziemlich unvernünftige Sachen gemacht, bevor seine neuen Freunde auf der Bildfläche erschienen waren. Er lebte über seine Verhältnisse, kaufte Dinge, die er sich nicht leisten konnte, und verschuldete sich. Er wollte sich an einer Reihe von Drogengeschäften beteiligen, um aus den Miesen herauszukommen. Ich versuchte, Gerard zu überreden, nicht nach New York zu gehen, aber er wollte nicht auf mich hören. Er wollte wieder Kontakt zu einigen seiner alten Freunde aufnehmen und ein Geschäft einfädeln, das groß genug wäre, um von dem Gewinn seine Schulden begleichen zu können.

Man hatte ihn schon einmal auf die schwarze Liste gesetzt, zwei Jahre, nachdem Papa mit dem FBI kooperiert hatte. Es gab niemanden mehr in New York, der uns beschützen könnte. Lee hatte das getan, bis er herausgefunden hatte, dass ich mit Dave zusammen war. Ob es nun daran lag, dass ich einen neuen Partner hatte, oder daran, dass Dave schwarz war – jedenfalls gefiel es Lee nicht, dass ich mit Dave zusammen war, und er beschützte danach weder mich noch Gerard.

Ich steckte in einem Dilemma. Mein Bruder und ich waren dazu erzogen worden, den Anderen niemals zu verpetzen. Taten wir es doch, bestrafte uns mein Vater dafür. Ich hatte jedoch Angst um Gerards Leben. Also war ich gezwungen, zu meinem Vater zu gehen und ihm zu erzählen, was vor sich ging.

Mein Vater flippte aus, als ich ihm von Gerards Plan berichtete. »Steig ins Auto«, befahl er mir. Er fuhr direkt zum Haus meines Bruders, trat die Vordertür ein und hielt Gerard eine Pistole an den Kopf. »Ich helfe dir dabei, dich umzubringen!«, schrie er. »Hier ist die Knarre!«

Papa war wutentbrannt und presste meinem Bruder die Mündung an die Schläfe. »Wir haben dir so viel zu bieten. Wir haben es endlich geschafft. Wir kommen endlich wieder auf die Beine.« Er war außer sich.

»Es sind doch nur ein paar Deals, Papa«, flehte Gerard.

»Das ist mir scheißegal!«, schrie mein Vater.

Rückblickend wünschte ich, ich hätte meinem Vater nie von der Sache erzählt, denn dann wäre er nicht gezwungen gewesen, sich einzumischen. Ich musste feststellen, dass es immer kompliziert wurde, wenn man versuchte, anderer Leute Probleme zu lösen.

Nach dem Sturm auf Gerards Wohnung gingen wir drei zum Abendessen aus. Papa war immer noch aufgebracht. »Ich habe den Eindruck, seit ich kooperiert habe, haben du und dein Bruder alle eure Entscheidungen mir zum Trotz getroffen«, sagte er. »Wir haben alles verloren, was wir hatten. Wir müssen die größeren Zusammenhänge berücksichtigen, wenn wir Entscheidungen treffen.«

Die gesamte Familie wusste nicht mehr genau, worauf es eigentlich ankam: Respekt, Geld, Vergebung, Privatleben. Wir hatten viel erlebt, worüber wir nicht gesprochen hatten. Wir befanden uns alle in einem Prozess gegenseitigen Verzeihens.

Papa hatte Gerard alles gegeben, was man für Geld kaufen konnte. Er hatte ihm ein eigenes Restaurant geschenkt. Er hatte ihm die Anzahlung für sein Haus gegeben. Er verstand nicht, warum er das Risiko eingehen wollte, nach New York zu fliegen und dort ein Drogengeschäft abzuwickeln. Für mich war klar, dass für Gerard Respekt wichtiger war als Geld.

Papas Lösung bestand darin, Gerard Geld zu leihen. Dann müsste er nicht zurück nach New York gehen, um das Drogengeschäft zu tätigen. Papa glaubte, er könnte damit verhindern, dass ihm dort etwas zustieß, weil er in eine kriminelle Aktivität verstrickt war.

Gerard versprach meinem Vater zwar, mit dem Dealen Schluss zu machen, er und Mike hörten aber nie wirklich auf. Es gab noch ein paar weitere Deals. Und dann war da einTyp namens Jason, ein Konkurrent. Irgendwann schlugen Mike und Gerard ihn vor einem Nachtclub zusammen und ließen ihn liegen. Sie wussten nicht, dass Jason mit einer israelischen Verbrecherbande aus New York in Verbindung stand, die eine Menge Ecstasy von New York nach Los Angeles und Arizona transportierte.

Der Angriff auf Jason erzürnte die israelische Bande bis zum Äußersten. Mike Papa kam ins Büro der Pool-Firma und erzählte meinem Vater, israelische Mafiosi hätten herausgefunden, dass er, Sammy the Bull, in Phoenix sei, und dass sie ihn abknallen wollten. Auch ihn und Gerard wollten sie töten. Mike sagte meinem Vater, es habe einen Streit gegeben, bei dem er und Gerard den Jungen verprügelt hätten. Dabei verschwieg er aber sowohl Jason als auch meinem Vater nicht nur seine eigene Rolle bei den Drogengeschäften, sondern auch die persönliche Fehde, die er mit diesem Jason hatte.

Papa sagte zu Mike: »Arrangiere ein Treffen im Uncle Sal's.«

Papa hatte keine Ahnung, worum es eigentlich ging. Jason erschien zu dem Treffen im Restaurant. Papa drohte ihm: »Ich sag's dir nur einmal: Wenn meinem Sohn irgend etwas geschieht, gibt es hier einen gnadenlosen Krieg.«

»Arizona gehört uns«, entgegnete der Israeli.

»Falsch«, erwiderte Papa. »Mir gehört Arizona. Sag deinem Boss, dass Sammy the Bull hier ist und ihm jetzt Arizona gehört.«

Die Geburt meiner Tochter Karina dauerte volle zwei Tage. Ich lebte bei meiner Mutter, und Dave war gerade erst bei uns eingezogen. Der Geburtstermin wäre eigentlich der 26. Juni 1999 gewesen, aber Karina ließ sich bis zum 7. Juli Zeit. Mein Arzt ließ sie mich zwei Wochen länger tragen, wollte dann aber die Geburt einleiten, wenn Karina nicht von selbst käme. Am 5. Juli ging ich zur Entbindung ins Desert Samaritan Hospital in Mesa. Alle kamen dorthin: Mama, Gerard, Tante Diane, Papa, sogar Großmutter Scibetta, die extra aus Florida anreiste, um mir bei der Geburt zur Seite zu stehen. Man verabreichte mir Oxitozin, aber ich dilatierte nicht. Also durfte ich die Nacht durchschlafen, dann wollten sie es am nächsten Tag noch einmal versuchen. Aber nichts passierte.

Ich hatte zwar Wehen, aber der Muttermund weitete sich nicht. Ich lag genau neben dem Kreißsaal und wurde schier wahnsinnig, weil ich hörte, wie all diese jungen Mütter hereingebracht und mit ihren Neugeborenen wieder herausgefahren wurden. Ich sagte dem Arzt, ich sei bereits seit zwei Tagen hier, und bat um einen Kaiserschnitt.

Der gesamte 6. Juli verging, dann kam der Morgen des 7. Juli. Ich stand auf, duschte und packte meine Sachen. Die Schwester sah mich im Zimmer umhergehen und fragte, was ich da mache. »Ich gehe in ein anderes Krankenhaus, wo man mir hilft, mein Baby zu bekommen«, sagte ich zu ihr. Sie verschwand auf den Korridor und kehrte mit dem Arzt zurück.

»Ich gebe Ihnen mein Wort, dass Sie ihr Kind noch heute Abend bekommen werden«, versicherte er mir. Ich vertraute ihm nicht, also rief ich meinen Vater an. Ich erreichte ihn im Büro der Baufirma. »Papa, kannst du hierher kommen, und wenn ich das Baby heute Abend nicht bekomme, kannst du dann irgendetwas tun?«, flehte ich. Er versprach, alles zu regeln, aber zuerst musste er mich noch ein wenig ärgern.

»Karen«, sagte er. »Du bist wie ein kleiner Stier. Das Baby will nicht kommen.« Ich hätte ihn umbringen können.

Um siebzehn Uhr hatte sich mein Muttermund immer noch nicht geweitet. Gerade als wir überlegten, ob man mich nicht für einen Kaiserschnitt vorbereiten sollte, begann ich zu dilatieren. Innerhalb einer Stunde hatte sich mein Muttermund komplett geweitet. Schließlich kam Karina zur Welt. Sie wog knapp sechseinhalb Pfund.

Leider hatte Karina bei ihrer Geburt eine unregelmäßige Herzfrequenz, sodass sie unverzüglich auf die Intensivstation für Neugeborene gebracht werden musste, noch bevor ich sie überhaupt richtig zu Gesicht bekam. Mein Bruder hatte auf dem Gang gewartet, und als er sah, wie das Team mit dem eilig eingewickelten Baby aufgeregt an ihm vorbei rannte, stürmte er in den Kreißsaal, wo ich immer noch mit weit gespreizten Beinen lag.

»Bist du okay?«, fragte er in Panik.

»Mir geht's soweit gut«, sagte ich zu ihm.

Alle außer meiner Mutter und meiner Großmutter gingen zur Intensivstation, um das Neueste zu erfahren. Dem Ärzteteam bereitete Karinas niedriger Puls große Sorgen. Doch sie war eine Kämpfernatur. Bald konnte sie die Intensivstation wieder verlassen und lag in meinen Armen. Von einer Sekunde zur anderen war sie die Liebe meines Lebens. Die Feststellung, dass ich ein Baby bekommen hatte, war ein verrücktes Gefühl. Damit veränderte sich meine gesamte Lebenseinstellung. Von diesem Augenblick an wollte ich nicht mehr in Schwierigkeiten geraten, sondern eine perfekte Mutter sein.

Als wir nach Hause kamen, wusste Dave nicht, was er mit ihr anfangen sollte. Mein kleines Schreikind weinte die ganze Zeit. Ich hatte Schuldgefühle, dass ich etwas falsch machte, aber sie litt unter starken Koliken. Immer, wenn sie zu schreien anfing, reichte Dave sie mir zurück. Mein Vater nannte sie seine kleine Erdnuss, aber auch er gab sie lieber mir, wenn sie ihr Stimmchen erhob.

Dave und ich modelten eines der Schlafzimmer in Mamas Haus zu einem Babyzimmer um. Ich tapezierte es rosa und setzte ein riesiges Plüschkaninchen in eine Ecke. Wir nutzten dieses Zimmer jedoch selten, weil es gegenüber von unserem Schlafzimmer auf der anderen Seite des Hauses lag. Stattdessen stellten wir einen Stubenwagen auf, und Karina blieb bei uns.

Ein paar Wochen nach Karinas Geburt fing ich an, in der Pool-Firma meines Vaters zu arbeiten. Ich war zwar ganz zufrieden als Kosmetikerin, war jedoch der Ansicht, dass ich als Mutter eines Neugeborenen einen Job mit flexibleren Arbeitszeiten benötigte. Papa hatte hinten ein Büro, wo ich das Kind stillen und frisch wickeln konnte, also war das Ganze durchaus sinnvoll.

Ich freute mich, wieder mit Papa zusammenzuarbeiten. Wir begannen, die Pool-Firma auszubauen, und richteten einen zusätzlichen Reinigungsservice ein, den Gerard und Papa gemeinsam betreiben sollten. Papas Grabungsfirma hob die Gruben aus, die Pool-Firma setzte die Becken ein, und der Reinigungsservice bot unseren Kunden monatliche Verträge an. Die Arbeit in der Pool-Firma brachte es mit sich, dass ich mit Jen zusammenarbeitete, der Assistentin, auf die mein Vater so stolz war. Ich fand sie herablassend, krankhaft ehrgeizig und kalt. Sie war ohne Vater aufgewachsen und gab mir das Gefühl, dass ich meinen Vater nicht genug schätzte. Trotzdem war es okay. Ich war überglücklich, dass ich mit Papa zusammenarbeitete. Es war schon komisch: Meine ganze Wut auf ihn war seit Karinas Geburt einfach verraucht. Ich begriff, dass ein eigenes Kind das Wichtigste überhaupt war. Mein Vater hatte unter den gegebenen Umständen alles für uns getan, was er konnte, und ich wollte mein Bestes für Karina tun. Verbrechen kamen dabei jedoch nicht in Frage.

Keiner von uns hatte eine Ahnung, dass die Polizei von Phoenix Papas Baufirma im Visier hatte. Er befand sich längst unter ständiger Observation.

Jemand hatte der Polizei von Phoenix einen Tipp gegeben, dass Mike Papa mit der italienischen Mafia in Verbindung stehe, und gesagt, irgendein großes Tier der italienischen Mafia halte sich in der Stadt auf. Sie fanden heraus, dass Mike mit Gerard Gravano befreundet war und Geld in einer Pool-Firma angelegt hatte, deren Inhaberin Debra Gravano war, sowie in einem Restaurant, das Mama, Gerard und Ginas Freund Mike gehörte.

Die Bullen ließen Gerard und Mike Papas observieren. Sie gingen in die Nachtclubs und fragten die Gäste: »Wer sind denn die Kids, die heute mit Mike Papa hier sind?« Sie sahen Gerard. Sie sahen, wie sich Mike bei Marathon Development einfand, einer Firma, die ebenfalls auf Debra Gravano eingetragen war. Nun sagten sie: »Moment mal, handelt es sich hier etwa um Sammy the Bull?« Die Polizei von Phoenix unterstellte ihre Nachforschungen der höchsten Geheimhaltungsstufe und teilte auch dem FBI nicht mit, was sie vorhatte, da sie fürchtete, die Agenten könnten Papa sonst aus der Stadt bringen.

Sie zapften all unsere Telefone an und installierten unter Papas Schreibtisch im Büro der Baufirma eine Wanze. Papa wusste von dem Ecstasy, dachte aber, das Ganze wäre vorbei. Was die Polizei betraf, so sahen sie nur diese Organisation und dass jeder dem »großen Tier« Rechenschaft ablegte, weil alle an ihren Mobiltelefonen Papas Namen gebrauchten, um sich auf der Straße Respekt zu verschaffen. In einem der aufgezeichneten Gespräche redete Mike Papa mit einem Typen, dem er zehntausend Dollar zu wenig gezahlt hatte.

Der Drogenlieferant rief Mike an und sagte: »Du hast mir zehntausend Dollar zu wenig bezahlt.«

»Mein Pate hat es mir gegeben und es selbst gezählt«, lautete Mikes Antwort, die von der Polizei aufgezeichnet wurde.

Mein Vater hatte Gerard und Mike Geld geliehen. Es sollte eine einmalige Sache bleiben, damit Gerard aus dem Drogengeschäft herauskäme. Die Bullen hatten all unsere Telefone verwanzt, also hörten sie sämtliche Gespräche mit.

Mike warf mit Papas Namen nur so um sich, um glaubhafter zu erscheinen, oder, wie in diesem Fall, um seine Schulden nicht zahlen zu müssen. Der Typ war ein mieser Ganove, der sich hinter Papa versteckte und seine Reputation auf der Straße dadurch aufpolieren wollte, dass er andauernd den Namen meines Vaters und seine Freundschaft zu Gerard erwähnte.

Zur selben Zeit, als mein Vater von dem angeblichen Attentat der israelischen Organisation erfuhr, schickte John Gottis Bruder Peter ein Killerkommando nach Phoenix, das meinen Vater aufspüren sollte. Das FBI teilte meinem Vater mit, man habe Grund zur Annahme, dass ein Killerkommando in der Gegend sei und nach ihm suche. Mein Vater dachte, er stehe bereits in Kontakt zu der betreffenden Person, nämlich dem israelischen Mafioso aus dem Restaurant.

Mein Vater rief Mike Papa an. »Ich weiß nicht, was du da machst«, fuhr er ihn an. »Ich habe dir Geld geliehen.«

Zwei Tage später wurden wir alle verhaftet, weil man uns für ein Drogenkartell hielt.

Dem schicksalhaften Morgen, an dem meine gesamte Familie in Haft genommen wurde, ging eine Reihe von Ereignissen voraus. Das Killerkommando der Mafia, zu dem auch Thomas »Huck« Cabonaro und ein Typ namens Fat Sal gehörten, war in Phoenix und beobachtete die Baufirma meines Vaters. Zur selben Zeit observierte auch die Polizei das Büro.

Das FBI kam nach Arizona, um mit Papa eine mögliche Zeugenaussage in einem anderen Fall zu besprechen. Die israelischen Verbrecher bedrohten Gerard, Mike Papa und meinen Vater. Und Mike betrieb hinter dem Rücken meines Vaters einen schwunghaften Handel mit Ecstasy.

In den frühen Morgenstunden des 24. Februar 2000 war ich im Kinderzimmer, um Karina zu füttern. Sie war sieben Monate alt und neigte zu Koliken. Ich versuchte gerade, sie bequem hinzulegen, damit ich ihr die Flasche geben könnte, als ich vor dem Fenster Stimmen hörte.

»Mach doch mal Platz, verdammt«, forderte ein Mann.

Kapitel 18

»Karen, kommen Sie mit erhobenen Händen heraus!«

Als ich die Vorhänge beiseite zog, sah ich eine schwarz gekleidete Person mit einer schwarzen Maske, die mich von der anderen Seite des Fensters aus anstarrte. Ich wusste nicht, ob jemand ins Haus einbrechen oder uns umbringen wollte. Ich stand völlig unter Schock.

Ein paar Sekunden später rief eine Stimme an der Vordertür: »Macht die scheiß Tür auf!« Im selben Augenblick flog die Tür aus den Angeln, und bewaffnete Männer mit schwarzen Masken stürmten ins Haus. Sie schnappten meine Mutter und warfen sie zu Boden. Überall zerbrach Glas. Ich wusste nicht, wie uns geschah.

Dave kam aus dem Schlafzimmer gerannt. Als ich wieder zu mir gekommen war und ihm gerade hinterherlaufen wollte, erinnerte ich mich daran, dass das Baby noch im Stubenwagen lag, also rannte ich zurück und verriegelte die Tür.

Die Eindringlinge trugen Sturmhelme mit Lampen, damit sie auch in der Dunkelheit sehen konnten. Sie warfen Rauchbomben in die Zimmer, und die Luft war dick und schwarz. Ich nahm Karina, wickelte sie in eine Decke und legte sie in den Schrank.

»Karen, kommen Sie mit erhobenen Händen heraus!«, rief eine heisere Stimme aus dem Gang. Offensichtlich wussten sie, wer ich war, da sie mich mit meinem Namen ansprachen.

»Ich habe ein Baby«, schrie ich zurück und nahm Karina auf den Arm.

»Machen Sie die verdammte Tür auf!«

»Nein, ich bin hier mit meiner Tochter, und ihr geht es nicht gut«, schrie ich. Ich wusste nicht, wer die Eindringlinge waren, aber ganz sicher würden sie meinem Kind nichts tun. »Sie hat eine Bindehautentzündung«, rief ich, in der Hoffnung, ein mitleidiger Mensch würde dazwischen gehen.

Ich hörte meine Mutter aus dem anderen Zimmer rufen: »Bitte, bitte, sie ist krank.«

Schließlich öffnete ich doch die Tür und stand sofort einem maskierten Mann mit einer Waffe gegenüber. »Polizei!«, schrie er, sichtlich voll gepumpt mit Adrenalin. »Geben Sie mir das Baby!« Dann versuchte er, mir meine Tochter aus den Armen zu reißen. Ich spürte, wie sich Karinas kleine Finger in mein Hemd krallten und meine Haut zwickten.

So, wie er sich verhielt, dachte er vielleicht, ich wäre bewaffnet. »Sie haben zwei Möglichkeiten«, sagte ich mit fester Stimme. »Entweder holen Sie mich mit meinem Baby hier heraus oder in einem Leichensack, aber in jedem Fall werde *ich* das Baby halten!«

»Lassen Sie ihr das Kind!«, schrie meine Mutter am Boden liegend, wo man ihr Handschellen angelegt hatte. Ich hatte keine Ahnung, warum sich die Bullen so aufführten oder was sie von uns wollten. Ich nahm an, es hätte irgendetwas mit meinem Bruder zu tun. Ich hoffte nur, sie würden ihn nicht finden. Gerard konnte jeden Augenblick vorbeikommen, um auf dem Weg zur Arbeit Nicholas bei uns abzuliefern.

Unsere Verhaftung lief ab wie in einem Actionfilm, nur viel beängstigender, weil wir diesmal selbst das Objekt der Szene waren. Später erfuhr ich, dass die Polizei von Phoenix und die DEA (Drug Enforcement Agency) in fünfzehn Häusern gleichzeitig Razzien durchgeführt hatten.

In der ganzen Stadt wurden Leute verhaftet, die unter Verdacht standen, in den Drogenhandel verwickelt zu sein. Die Aktion war über ein Jahr lang geplant worden. Mein Vater hatte ganz oben auf der Liste der Verdächtigen gestanden, die man hatte festnehmen wollen. Er war der Hauptpreis.

Damals wusste ich noch nicht, dass sich mein Bruder in der Nachbarschaft befand, als die Bullen unser Haus stürmten. Als er in unsere Straße einbog, sah er, dass das gesamte Haus umstellt und abgesperrt war. Vor dem Haus parkten etwa fünfzehn Polizeifahrzeuge, und in der Luft schwebten Helikopter.

Er drehte ein paar Runden um den Block und versuchte verzweifelt, Papa anzurufen. Als er ihn nicht erreichte, rief er Kusine Gina an. Gina und meine Tante rasten zu unserem Haus, um Karina zu holen und sie mit zu sich zu nehmen. Die Agenten ließen meine Mutter und mich fünfundvierzig Minuten lang in Handschellen auf dem Sofa sitzen, wo wir auf sie warteten.

Gerard fuhr zu Papas Haus, doch es war ebenfalls abgesperrt. Da beide Häuser gestürmt worden waren, konnte er sich zusammenreimen, dass eine Großrazzia stattgefunden hatte. Also suchte er einen Ort, wo er erst einmal wieder einen klaren Kopf bekommen könnte. Er konnte keinem von uns helfen. Ein paar Stunden nach unserer Verhaftung stellte er sich freiwillig, als er erfuhr, dass auch er per Haftbefehl gesucht wurde.

Mama und ich waren unter den fünfundvierzig Personen, die an jenem Morgen verhaftet worden waren. In einem Streifenwagen brachte man uns zum Polizeihauptquartier in Phoenix und warf uns mit etwa dreißig anderen Gesetzesbrechern, Prostituierten und Drogenabhängigen in eine Zelle. Dort war kein Sitzplatz mehr frei.

»Kann sie sich setzen?«, fragte ich eine jüngere Person, die einen Platz hatte.

»Sie kann sich setzen, dann muss sie mir aber ihr Essen geben«, antwortete die Dame.

Mama weigerte sich. Man hatte ihr ein Paket mit einem Gefängnismittagessen gegeben.

»Mama, was willst du denn? Du wirst das sowieso nicht essen, also gib ihr einfach das Zeug«, sagte ich zu ihr. Ohnedies sollte das Essen aus der Gefängnisküche in einer Stunde kommen.

Ich wusste, dass man uns mit Mike Papas Ecstasy-Ring in Verbindung brachte, doch war mir nicht ganz klar, wie Mama und ich in dieses Schema passten. Man brachte uns für das weitere Vorgehen in einen anderen Gebäudeteil, eine Sonderbehandlung der falschen Art. Ich hörte einige Beamte sagen, wir seien die »Pyramidenspitze« der »Operation«.

Eine unserer neuen Zellengenossinnen fragte meine Mutter, warum wir verhaftet worden seien. »Ich weiß nicht«, antwortete Mama. »Sie sagen, ich sei der Finanzier eines großen Drogensyndikats.«

»Glauben Sie, ich kann einen Job bekommen, wenn ich rauskomme?«, wollte sie wissen. Sie sprach Mama wie eine alte Freundin an. Man kann dieser Scheiße nicht entkommen. Wie gesagt, eilte uns unser zweifelhafter Ruhm überall hin voraus.

Ich nahm an, dass man uns wahrscheinlich wegen des Verkaufs von Ecstasy verhaftet hatte. Das ergab jedoch keinen Sinn. Es waren zu viele Bullenautos, Helikopter und maskierte Agenten beteiligt, angesichts der Sachlage ein totaler Overkill. Es ging ja nur um eine Handvoll Transaktionen.

Ich machte mir auch Gedanken um meinen Vater. Ich wusste, dass er Waffen besaß und sorgte mich, was er wohl tun würde. Später erzählte er mir, er sei durch Peties Gebell geweckt worden, als man ihn auch schon zu Boden geworfen hatte.

Papa war stets auf der Hut. Mir kam er vor, als wäre er schon vom Tag seiner Geburt an ein achtsamer Mensch gewesen. Einmal, als wir in Phoenix in einem Kino waren, zog er eine Pistole aus seiner Tasche und war drauf und dran, sie auf einen Typen abzufeuern, der uns zu verfolgen schien. Ich wusste nicht, was geschah. Wir verließen gerade das Kino, als er mich beim Arm nahm und sagte, ich solle weitergehen. Voller Entsetzen sah ich, wie er seine Hand auf den Revolver legte, den er in seiner Gesäßtasche stecken hatte. Es stellte sich heraus, dass unser Verfolger aus dem Kino Sammy the Bull erkannt hatte und nun wollte, dass mein Vater sein Buch, *Underboss*, signierte, das der Mann hinter seinem Rücken trug. Papa hatte das Buch versehentlich für eine Waffe gehalten und war bereit, zu reagieren. Gott sei Dank ließ sich die Angelegenheit gütlich regeln.

Am Morgen der Razzia waren die Bullen schneller als mein Vater und ließen ihm keine Gelegenheit, seine Waffe zu ziehen. Er versuchte, an seine Waffe zu kommen, doch die Wohnung wurde so schnell gestürmt, dass er sie nicht erreichte. Er hielt die Polizisten für Killer. Wenn ein Killerkommando käme, wollte Papa sich wenigstens nicht kampflos verabschieden.

Papa war ein verurteilter Schwerverbrecher, also durfte er eigentlich keine Waffe besitzen, doch fand er immer, dass er eine benötige, falls irgendetwas passieren sollte.

Papa wurde in dasselbe Gefängnis gebracht wie wir, jedoch in einem anderen Gebäudetrakt festgehalten, sodass wir absolut im Dunklen darüber blieben, was mit ihm geschah. Meine Mutter und ich wurden am nächsten Tag gegen Kaution entlassen. Mein Bruder hatte sich freiwillig gestellt, doch vergingen noch einige Tage, bis meine Großeltern das Geld für seine Kaution zusammenhatten. Sämtliche unserer Bankguthaben waren eingefroren worden, also musste Gerard warten, bis meine Großeltern ihr Haus als Kaution stellen konnten. Mein Vater saß in Einzelhaft in einem Gefängnis in der Innenstadt von Phoenix. Seine Kaution wurde auf fünf Millionen Dollar in bar festgesetzt, die wir unmöglich aufbringen konnten, insbesondere, da alle unsere Konten gesperrt waren.

Etwa von diesem Tag an lief alles wie ein Theaterstück ab. Die Bullen wollten an meinem Vater ein Exempel statuieren. Sie konfiszierten unsere Häuser, Boote und Unternehmen. Sie teilten dem Gericht mit, mein Vater sei der Drahtzieher eines Ecstasy-Rings, in welchem sämtliche Familienmitglieder eine Rolle spielten. Sie behaupteten, Papas Ring verkaufe jede Woche fünfundzwanzigtausend Pillen zu je fünfundzwanzig Dollar das Stück an Teenager in der Gegend. Papa und Gerard wurde außerdem vorgeworfen, in New York dieselben Verbrechen begangen zu haben, da sie angeblich zwischen New York und Arizona dealten. Diese Anschuldigungen waren schlicht falsch. Doch »das Leben« verfolgt einen, wohin man auch geht.

Gerards Freund Mike Papa wurde ebenfalls verhaftet und als Mitglied des Rings angeklagt, den die Polizei mittlerweile als »Sammy the Bull Organisation« bezeichnete.

Als die Polizei von Gilbert der Polizei in Phoenix den Fall übertrug, hatten sie bereits jahrelang Nachforschungen über Mike Papa angestellt. Sie hielten ihn für den Anführer des Drogenrings, den sie die »Mike Papa Organisation« nannten. Sie wussten, dass Gerard erst seit kurzer Zeit mit Mike befreundet war. Doch als die Ermittlungen erst einmal in der Hand der Polizei von Phoenix lagen, war plötzlich mein Vater der Hauptverdächtige, obwohl er nie zuvor auf dem Radarschirm der Fahnder aufgetaucht war. Papa galt als dicker Fisch, also könnte es der Karriere dienlich sein, einen Fall zu lösen, an dem Sammy Gravano beteiligt war – selbst, wenn die Anklage an den Haaren herbeigezogen wäre. Unter Federführung der Polizei von Phoenix wurde der Drogenring plötzlich von »Mike Papa Organisation« in »Sammy the Bull Organisation« umbenannt.

Dave war an einigen Deals mit Gerard und Mike Papa beteiligt gewesen, also wurde auch er in Haft genommen. Da die Polizei ihn beim Betreten des Hauses gesehen hatte und wusste, dass er bei Debra Gravano wohnte, behaupteten sie, Dave sei der Läufer und bewahre seine Drogen im Haus auf, das nun zum »Hauptquartier« des Rings geworden sei.

Das war aber noch nicht das Ende der Geschichte, denn wie alle guten Mafiageschichten hatte auch diese eine unerwartete Wendung. Es stellte sich heraus, dass die Top-Mitglieder der Familie Gambino ein Attentat auf Papa planten. Papas Interview in der Zeitschrift *Vanity Fair* hatte Peter Gotti in eine Situation gebracht, in der er auf die Aussagen meines Vaters reagieren musste. In dem Artikel hatte Papa erklärt, er fürchte niemanden aus der Familie Gambino.

Als amtierender Capo erließ Peter Gotti einen Mordbefehl. Für die Planung des Attentats rekrutierte er meinen Onkel Eddie. Huck und Fat Sal sollten nach Arizona gehen und es ausführen.

Sie waren in Phoenix gewesen und hatten dort die Baufirma und die Wohnung meines Vaters ausgekundschaftet. Huck hatte sich als ungeschlachter, bärtiger Hells-Angels-Biker getarnt. Die beiden Männer zogen sowohl ein Heckenschützen- als auch ein Bombenattentat in Betracht. Schließlich entschieden sie sich für die Bombe, weil sie dies für einfacher hielten und sie sich meinem Vater dabei nicht allzu sehr nähern mussten. Da sie Sammy kannten, fürchteten sie, er könne sonst gewinnen. Es war schaurig, daran zu denken, dass Gerard, Nicholas, Mama, Karina oder ich mit im Auto hätten sitzen können, wenn die Bombe hochgegangen wäre. Das Attentat fand aber nie statt, weil Papa in Haft genommen wurde.

Kurz darauf kooperierte Fat Sal mit den Behörden und sagte in einem Fall aus, in dem alle drei Männer – Peter, Huck und Onkel Eddie – des versuchten Mordes angeklagt und zu einer Gefängnisstrafe verurteilt wurden.

Das Leben in Phoenix wurde nun für uns alle beschwerlich. Natürlich war ich dankbar dafür, dass ich auf Bewährung draußen war, aber schon bald würden Mama, Karina und ich keine Bleibe mehr haben, keinen Arbeitsplatz und kein Geld. Das FBI hatte alle unsere Konten eingefroren. Sie sagten, alles, was wir besäßen, sei mit Drogengeld erkauft worden. Obwohl wir einen großen Teil unseres Besitzes von Staten Island nach Arizona mitgebracht hatten und dieser somit aus einer Zeit lange vor den Drogengeschäften stammte, konfiszierten sie trotzdem alles. Unsere

Konten und Kreditkarten waren gesperrt, also hatten wir keinen Zugang zu Bar- oder Buchgeld.

Ich war verzweifelt. »Oh, mein Gott«, sagte ich zu mir selbst, »was soll ich nur mit meiner sieben Monate alten Tochter machen? Wie soll ich es schaffen, für dieses Kind zu sorgen? Was wird bloß aus Karina und Nicholas werden?«

Die Generalbundesanwaltschaft zwang Mama, ihr Haus am Secretariat Drive zum Verkauf auszuschreiben. Den dadurch erzielten Erlös wollten sie ebenfalls einbehalten. Wir hatten nur ein paar Monate, um unsere Sachen zu packen und das Haus zu räumen, also herrschte ein riesiges Chaos. Gerard war gegen Kaution auf freiem Fuß und wartete auf sein Urteil, aber Papa saß bis zu seiner Verurteilung im Knast fest. Ich war sehr gestresst.

Eines schrecklichen Tages im Juni war ich mit den beiden Kindern allein zu Hause. Hinter dem Haus war ein riesiger Swimmingpool. Das Anwesen war von einem ein Meter achtzig hohen Zaun umgeben, doch der Pool war nicht eingezäunt. Allerdings waren sämtliche Türgriffe im Haus ziemlich hoch angebracht. Mama hatte einen Pitbull namens Keisha, der eine Fliegengittertür selbst öffnen konnte, wenn er mal hinaus musste. Ich spielte gerade mit Nicholas, der damals noch nicht ganz zwei Jahre alt war. Dabei versteckte ich ein kleines Spielzeug, das er suchen und mir bringen musste.

Das Telefon klingelte, ich hob ab und sprach nur ein paar Minuten lang. Ich nahm an, Nicholas würde das Spielzeug suchen. Doch er kam nicht damit zurück. Ich bemerkte, dass der Hund draußen war und sah, dass sich die Gittertür, die er aufgedrückt hatte, nicht von selbst wieder geschlossen hatte. Ich rannte nach draußen zum Pool. Nicholas lag am Grund des Beckens und bewegte sich nicht. Ich sprang hinein und zog seinen leblosen Körper heraus. Er war blau und atmete nicht. Ich wusste nicht, wie man eine Herz-Lungen-Reanimation durchführte. Ich wählte die Notrufnummer und war hysterisch, doch dem Telefonisten gelang es, mich soweit zu beruhigen, dass er vernünftig mit mir sprechen konnte: »Sie müssen mir zuhören, damit ich Ihnen helfen kann.«

Ich war am Durchdrehen. Es war das schlimmste Ereignis meines ganzen Lebens. Als mich der Telefonist des Notdienstes wieder einigermaßen auf den Boden gebracht hatte, wurde das Ganze zu einer völlig mechanischen Angelegenheit. Ich führte die Wiederbelebungsversuche durch, wie man es mir erklärt hatte. Als der Notarztwagen eintraf, kam Mama gerade vom Einkaufen zurück und fuhr die Einfahrt hinauf.

Es klingelte an der Tür, und ich öffnete hastig. Es war der Beamte, der immer zu Gerard nach Hause kam und darauf achtete, dass er seine Ausgangssperre einhielt. »Oh, mein Gott, bitte sagen Sie mir, dass nichts mit Nicholas ist«, rief er. Der Beamte verständigte Gerard im Restaurant und sagte ihm, er solle zum Haus seiner Mutter kommen. Es habe einen Unfall gegeben.

Als mein Bruder eintraf, konnte ich ihm nicht einmal ins Gesicht sehen. »Ich habe beinahe dein Kind umgebracht«, weinte ich. »Es tut mir so leid, ich habe fast deinen Sohn getötet.«

Nicholas wurde mit dem Krankenwagen ins Desert Samaritan Hospital gebracht. Mich brachte man mit einem Schocktrauma in dasselbe Krankenhaus. Mein Vater war im Gefängnis, als an jenem Abend in den Nachrichten kam, dass Nicholas beinahe ertrunken sei. Ein Vollzugsbeamter suchte Papa in seiner Zelle auf.

»Sammy, ich glaube, du solltest mal zu Hause anrufen«, sagte er. »Bei deiner Familie ist gerade etwas passiert.«

Papa rief zu Hause an, aber niemand nahm den Anruf entgegen. Schließlich fuhr jemand vom Restaurant zum Gefängnis, um eine Botschaft zu überbringen: »Sagen Sie Sammy, dass alle wohlauf sind.«

Ich war entsetzt, als mein Gespräch mit dem Notruf-Vermittler an jenem Abend in den Nachrichten gesendet wurde. Bis heute kann ich den lähmenden Schreck spüren, der mich überkam, als ich bemerkte, dass ich Nicholas aus den Augen verloren hatte.

In Arizona ist der Tod durch Ertrinken sehr häufig. Niemand wusste das besser als wir, denn schließlich besaßen wir eine Pool-Firma. Man denkt, man kann sich für zwei Sekunden abwenden. Ich dachte, Nicholas wäre im Haus. Der behandelnde Arzt im Krankenhaus schätzte, dass er nur zwei Minuten unter Wasser gewesen sei, als ich ihn fand. Der Hund musste durch die Fliegentür gerannt sein, und Nicholas hatte wahrscheinlich versucht, sein Spielzeug ins Schwimmbecken zu werfen. Er hatte eine Schramme am Kinn, die er sich vermutlich beim Sturz zugezogen hatte. Jeden Tag danke ich Gott dafür, dass er am Leben ist.

Kapitel 19

»Lüg jetzt nicht, du stehst unter Eid.«

Am Tag der Klageerwiderung, dem 29. Juni 2001, gingen Mama und ich gemeinsam zum Maricopa County Superior Court. Wir wussten nicht, wann Gerard und Papa eintreffen würden. Sie kamen jedenfalls direkt aus dem Gefängnis, weil es meinem Vater nicht gelungen war, gegen Kaution freizukommen. Es war uns nicht gestattet, uns vor Prozessbeginn mit ihnen zu treffen.

An jenem Tag vor Gericht bekam ich zum ersten Mal die Klageerwiderung zu sehen. Es war ein umfassendes Schuldeingeständnis, in welchem wir alle aussagen mussten, Mitglied einer kriminellen Organisation unter Federführung meines Vaters gewesen zu sein. Dann sollten wir uns sämtlicher Anklagepunkte, die man gegen uns vorbrachte, für schuldig erklären, sonst wäre der Deal geplatzt, und sie würden alles Gerard allein anlasten.

Ich bekannte mich des »illegalen Gebrauchs einer elektronischen Kommunikationseinrichtung« für schuldig. Ich wusste nicht einmal, was das bedeutete. Mein Anwalt erklärte, es bedeute, dass ich ein Telefon benutzt hätte, um über ein Drogengeschäft zu sprechen. »Ich unterzeichne diese Klageerwiderung nicht«, sagte ich zu ihm. Ich wollte keinen Anteil daran haben, dass mein Vater und mein Bruder in den Knast wanderten. »Was habe ich zu erwarten, wenn ich selbst vor Gericht gestellt werde?«

»Ziemlich sicher eine Bewährungsstrafe«, sagte mir der Anwalt.

»Ich bekomme sowieso eine Bewährungsstrafe«, sagte ich. »Dann will ich auch eine eigene Verhandlung.«

»Karen, wir haben das mit deinem Vater besprochen. Du musst das unterschreiben.«

Mir war übel wie vor einer Klassenarbeit. Ich wollte das Schriftstück nicht unterzeichnen. »Wo ist mein Vater?«, fragte ich. Man teilte mir mit, Papa und Gerard seien noch hinten in zwei verschiedenen Hafträumen.

»Kann ich sie sehen?«, fragte ich. Die Antwort lautete nein.

Der Gerichtssaal war gestopft voll. Ich wusste, dass sich die Verhandlung in erster Linie auf die vorgerichtlichen Vernehmungen stützen würde. Alle, insbesondere die Medien, wollten Sammy the Bull sehen. Meine Mutter, die neben mir saß, war ebenfalls mit den Nerven fertig. Der Richter Steven Sheldon hatte seinen Platz noch nicht eingenommen, aber ich musste ohnehin erst die Klageerwiderung unterschreiben, bevor der Prozess beginnen konnte.

Ich hatte ein sehr wechselhaftes Gefühl. Ich wollte das nicht tun. Ich wusste, dass mein Vater bis zu zwanzig Jahre bekommen könnte. Ich wollte einfach nur aufstehen und sagen: »Die lügen doch alle wie gedruckt. So war das alles nicht. Geben Sie mir fünf Jahre und reduzieren Sie dafür seine Haftstrafe.«

Ich wusste, dass mein Vater nicht der Chef der Organisation gewesen war und nicht getan hatte, was man ihm vorwarf. Er hatte lediglich Geld geliehen, um Gerard aus der Sache herauszuhelfen. Er wollte nicht, dass wir seinen Lebensstil übernahmen.

Ich hatte ihn belogen. Ich hatte ihm nicht gesagt, dass Mike Papa schon ein Drogendealer war, als ich ihn kennen lernte. Ich hatte Angst bekommen, als Gerard gesagt hatte, er wolle zurück nach New York gehen. Ich sorgte mich stets um ihn – vielleicht würde er dort ausgeraubt, oder etwas Anderes könnte ihm zustoßen.

Ich war diejenige gewesen, die meinem Vater alles erzählt und ihn dadurch mit hineingezogen hatte. Die Tatsache, dass sich Gerard bereits einer ernsthaften Bedrohung gegenübersah, brachte uns ohnehin schon dazu, Dinge zu tun, die wir ansonsten nicht getan hätten. Zu jener Zeit versuchte Papa, die Beziehung zu seinen Kindern behutsam wieder aufzubauen. Uns zu warnen oder gar ein Verbot auszusprechen, hätte nicht funktioniert.

Zwei Monate später trat die gesamte Polizei von Phoenix unsere Türen ein und lastete alles meinem Vater an. Als die Medien die Sache aufgriffen, erklärten uns sämtliche Schlagzeilen für schuldig.

Ich fühlte mich mies. Was zum Teufel tat ich da? Erst wandte ich mich gegen diesen Mann, forderte ihn heraus, verbarg die Wahrheit vor ihm – was ich alles nie getan hätte, aber ich hatte jeglichen Respekt vor ihm verloren. Nun wollte er zwanzig Jahre Gefängnis auf sich nehmen, um seinen Sohn zu schützen, und mir würde gar nichts geschehen. Die Plädoyers, die wir unterzeichneten, waren sehr strategisch formuliert.

Papas letztes Schuldeingeständnis war quasi ein Freundschaftsdeal gewesen. Er hatte neunzehn Menschen umgebracht und dafür nur fünf Jahre gesessen. Nun kam es mir vor, als wollten die Behörden dieses Geschäft wieder ausbügeln.

Gerard und ich hatten den Behörden ermöglicht, auf andere Weise an Papa heranzukommen, und ich fühlte mich deshalb sehr schlecht. Damals glaubte ich, es wäre alles Gerards und mein Fehler. Ich wollte im Gerichtssaal aufstehen und aussagen, dass mein Vater nichts getan hatte. Es war, als stünde er für die neunzehn Morde vor Gericht, als wollten sie es ihm zurückzahlen. Jetzt konnten sie wenigstens behaupten, Sammy Gravano hätte Drogen verkauft.

Ich war bereits auf die Regierungsbehörden nicht gut zu sprechen, weil ich fand, dass sie meinen Vater fallen ließen, obwohl er sich auf ihre Seite geschlagen hatte. Da tut man etwas für sie, und nun das!

Als der Seiteneingang geöffnet wurde, wurde es unruhig im Gerichtssaal. Einige Hilfsbeamte eskortierten meinen Vater, der in Handschellen gelegt war. Er ging aufrecht und lächelte mir zu. Er war immer stark für uns alle, und auch dieser Tag bildete keine Ausnahme. Als nächster wurde Gerard hereingebracht, in Handschellen wie Papa. Er nahm einen Platz gegenüber von ihm ein.

Die erste Person, die vortreten musste, war ich.

»Können Sie für das Protokoll ihren Namen nennen«, bat mich Richter Sheldon.

Ich brachte nichts heraus und stand nur da.

Mein Anwalt neben mir drängte mich: »Sag ihn, Karen, sag ihn einfach«, raunte er mir zu.

»Fräulein, können Sie bitte Ihren Namen nennen?«, wiederholte der Richter.

»Karen Gravano«, sagte ich mit leiser Stimme.

»Würden Sie bitte Ihr Alter angeben?«

Ich war so aufgeregt, dass ich mich nicht daran erinnern konnte, wie alt ich war, und blickte mich zu meiner Mutter um. Sie formte mit ihren Lippen die Zahl neun-und-zwan-zig.

Papa redete dazwischen und sagte: »Lüg jetzt nicht, du stehst unter Eid.« Alles im Saal lachte, sogar der Richter.

Danach verschwammen die Ereignisse. Mama, Papa und Gerard nahmen nacheinander ihren Platz vor dem Richter ein. Es war wohl einer der schlimmsten Tage meines Lebens. Zum ersten Mal stand ich da und fragte mich: Was habe ich getan? Wie konnte das passieren? Wie konnte es soweit kommen?

Wir unterschrieben unsere Plädoyers und wurden angewiesen, uns am 28. September wieder im selben Gerichtssaal zur Urteilsverkündung einzufinden. Ich hatte mich des »Gebrauchs fernmündlicher oder elektronischer Kommunikationseinrichtungen« und »Transaktionen im Zusammenhang mit Rauschgift« für schuldig bekannt. Ich erhielt drei Jahre auf Bewährung. Mama bekam fünf Jahre auf Bewährung für »illegale Unternehmensführung«, was in aller Kürze die Vermutung der Behörden ausdrückte, dass sie die gesamte Unternehmung finanziert hätte. Gerard wurde zu neuneinhalb Jahren Gefängnis wegen »illegaler Unternehmensführung« und »Verkauf und Transport illegaler Substanzen« verurteilt.

Seine Strafe war ein halbes Jahr länger, als Papa im Gegenzug gegen unser aller Schuldeingeständnis vereinbart hatte.

Mein Vater bekannte sich in zehn Punkten für schuldig, darunter »organisierter Verkauf gefährlicher Rauschmittel«, »Mitgliedschaft in einer kriminellen Organisation« und »Geldwäsche«. Als er vor den Richter trat, verurteilte Sheldon ihn zu neunzehn Jahren Haft ohne Aussicht auf Bewährung. Das bedeutete, Papa würde frühestens mit vierundsiebzig wieder freikommen. Auch dieses Strafmaß war länger als vereinbart.

Mein Vater hatte stets darauf beharrt, dass die Anklage gegen ihn völlig überzogen gewesen sei. Ein paar Jahre nach seiner Verurteilung rückte ein Polizeibeamter, der an dem Fall von Anfang an beteiligt gewesen war, mit Informationen heraus, die für die Verteidigung meines Vaters entscheidend gewesen wären, von denen wir damals jedoch nichts wussten.

Der Beamte behauptete insbesondere, es gebe Abschriften von Aufnahmen, die mittels einer Wanze unter dem Schreibtisch meines Vaters gemacht worden seien. Diese Protokolle hätten gezeigt, dass mein Vater versucht habe, Gerard und Mike davon abzubringen, sich im Drogengeschäft zu betätigen, und sie zur Aufnahme einer legalen Tätigkeit zu bewegen.

Damals hieß es, die Aufnahmen hätten sich nicht transkribieren lassen. Wenn dieser Beamte jedoch Recht hätte, dann wäre diese Zeugenaussage gegen meinen Vater falsch gewesen – ob sich die betreffenden Zeugen der Folgen bewusst waren oder nicht. Außerdem erfuhren wir, dass Strafverfolger aus dem Eastern District von New York die Polizei gedrängt hätten, Mike Papas Rolle in der Drogenorganisation herunterzuspielen, damit er nicht als Anführer dastehe.

Man brachte meinen Vater und Gerard auch nach New York, wo sie wegen der angeblichen Verbindung zur israelischen Mafia vor ein Bundesgericht gestellt und des organisierten Rauschgifthandels angeklagt wurden. Es wurde behauptet, der Ring sei in Wahrheit ein Staaten übergreifendes Drogenkartell. Wir glauben, dass Mike Papa, als er in New York gegen meinen Vater aussagte, seine eigene Funktion in dem Drogenring klein redete und die Strafverfolgung beide Augen zudrückte – möglicherweise in ihrem Bestreben, Sammy the Bull endlich dingfest zu machen. Seine Zeugenaussage war es, die schließlich bewirkte, dass sowohl mein Vater als auch Gerard längere Haftstrafen erhielten als erwartet.

Mein Verlobter Dave wurde wegen Rauschgifthandels zu neuneinhalb Jahren verurteilt. Da er bereits wegen einiger Gewaltdelikte vorbestraft war, konnte man ihm die gesetzliche Höchststrafe aufbrummen. Er verbüßte seine Haftstrafe in verschiedenen Anstalten in Arizona und wurde im September 2010 entlassen.

Mike Papa kooperierte mit den Behörden, doch wurde die Dauer seiner Haftstrafe nie bekannt. Er ist heute im Zeugenschutzprogramm.

Unsere sämtlichen Konten waren eingefroren, und die Familien von Papas Opfern erhoben ungerechtfertigte Tötungsvorwürfe gegen meinen Vater. Da mein Vater seine Bewährungsauflagen verletzt hatte, waren sämtliche Schutzvereinbarungen, die nach seinem ersten Schuldanerkenntnis gegolten hatten, null und nichtig. Alle wollten sich nun an uns rächen.

Wir kamen nicht an unser Geld heran. Das Leben war ziemlich hart. Mama und ich halfen Gerards Freundin, Nicholas großzuziehen, also mussten wir uns praktisch um zwei Babys kümmern, meins und das meines Bruders. Ich fühlte mich rundum als Opfer.

Ich musste die Anwälte bezahlen und mich um die Familie kümmern, also legte ich einen Gang zu und begann zu malochen. Auch mein Vater war ein Malocher und hatte mich wenigstens gelehrt, wie man richtig zupackte, wenn es sein musste. Ich musste mich um Karina kümmern, so gut es ging. Ich wollte es unbedingt auf ehrliche Weise versuchen. Als ich an jenem Tag mit Mama in der Gefängniszelle gewesen war, hatte es mich plötzlich wie ein Blitz getroffen, dass ich außer für mich selbst auch für jemand anderen die Verantwortung trug.

Ich dachte, ich sollte etwas in Richtung Gesichtspflege versuchen, und begann, in den Salons der Gegend herumzufragen, ob jemand Mitarbeiter einstellte. Drei Monate nach meiner Verhaftung bekam ich endlich ein Vorstellungsgespräch. Ich erzählte der Dame ohne Umschweife, wer ich war.

»Ich bin Karen Gravano, und ich versuche, mein Leben in den Griff zu bekommen. Ich bin ausgebildete Kosmetikerin und muss für meine Familie sorgen. Ich werde das Gespräch jedoch sofort abbrechen, wenn Sie mir gegenüber Vorurteile haben.«

Der Eigentümerin des Salons gefiel es, dass ich so ehrlich zu ihr war, und sie dachte, ich wäre sicher eine Bereicherung für ihr Geschäft. Nach meiner Einstellung erzählte keine von uns beiden den Kunden, wer ich war. Wir fanden, das gehe niemanden etwas an. Wenn mich jemand direkt fragte, log ich nicht, aber das kam nicht besonders häufig vor. Um mein Geschäft voranzubringen, verteilte ich Flyer für Gratis-Gesichtsmasken. Ich versuchte, mir eine eigene Kundschaft aufzubauen. Ich fing ganz von vorne an. Niemand half mir. Allerdings freundete ich mich mit der Dame an, die den Salon betrieb. Nach einer Weile hatte ich mir einen großen Kundenstamm erarbeitet. Man sagte, meine Gesichtspflege sei die beste in ganz Mesa. Tagsüber arbeitete ich in dem Salon, abends kümmerte ich mich in einem Striplokal ums Make-up. Ich war total im »Machen«-Modus.

Meine Mutter verkaufte das Haus am Secretariat Drive, und die Regierung kassierte das gesamte Geld. Mama, Karina und ich zogen daraufhin in ein kleineres Haus nicht weit von meiner Tante Diane in Tempe. Meine Großmutter bot an, meiner Mutter das Geld für die Anzahlung zu leihen.

Nicholas' Mutter Mallory arbeitete ebenfalls in Vollzeit, also brachte sie das Baby vorbei, und entweder Mama oder ich beaufsichtigten beide Kinder gleichzeitig. Die Kinder waren vierzehn Monate auseinander, doch mit der Zeit wurden sie unzertrennlich. Obwohl Mallory und ich anfangs nicht gut miteinander auskamen, erkannte sie doch, wie familienorientiert Mama und ich waren, und gestattete uns, regelmäßig mit Nicholas Zeit zu verbringen. Im Gegenzug lud sie Karina häufig am Wochenende ein, wenn sie und Nicholas etwas gemeinsam unternahmen.

Es verging ein Jahr, bis ich in der Lage war, mich selbst in einem halbwegs objektiven Licht zu betrachten. Ich musste herausfinden, wer Karen Gravano eigentlich war, abgesehen von meiner Rolle als Tochter von Sammy the Bull. Außerdem musste ich mir darüber im Klaren werden, welchen Anteil ich selbst daran hatte, dass ich nun an diesem Punkt angelangt war.

Papa versicherte uns, er akzeptiere den Deal ohne Groll, weil es das Beste für die Familie sei. Er war jedoch immer noch sehr wütend und zornig. Er fand es schrecklich, dass seine gesamte Familie in die Sache mit hineingezogen worden war. Ich war es gewohnt, dass mein Vater stets die Ruhe bewahrte, doch hier ging es um seine Familie.

»Hättest du doch bloß auf mich gehört«, schimpfte er. Dann folgte eine ganze Tirade gemischter Gefühle, und ich kam mir auf einmal ganz schuldig vor.

Während der ersten fünf Jahre seiner Inhaftierung saß er in Einzelschutzhaft im ADX, einer Hochsicherheitsstrafanstalt in Colorado. Mama besuchte ihn einmal, doch da mein Vater nicht wollte, dass wir ihn unter den dortigen Haftbedingungen zu Gesicht bekamen, besuchte ihn keiner von uns jemals wieder in Colorado. Papa schrieb mir jedoch, und ich schrieb zurück.

Ich arbeitete weiterhin in dem Schönheitssalon in Phoenix und zog Karen und Nicholas groß, so gut ich konnte. Im Herbst 2004 war ich gerade bei Freunden in New York zu Besuch, als ich erfuhr, dass mein Vater vom ADX ins Metropolitan Correctional Center verlegt werden sollte, wo er vor vielen Jahren zusammen mit John Gotti eingesessen hatte.

In New York musste er sich wegen des 1980 begangenen Mordes an einem New Yorker Polizisten namens Peter Calabro aus Saddlebrook,

New Jersey, verantworten. Ein Mann namens Richard Kuklinski, Spitzname: Der Eismann, war verhaftet und des fünffachen Mordes angeklagt worden. Kuklinski war ein Auftragskiller, auf dessen Konto möglicherweise über zweihundert Morde gingen.

In seiner Aussage bei der Polizei erwähnte Kulinski im Zusammenhang mit dem Mord an Calabro auch meinen Vater. Er sagte, mein Papa habe ihn angeheuert, Calabro zu töten, und sogar die Tatwaffe, eine Pistole, besorgt.

Die ganze Anklage stand auf ziemlich wackeligen Füßen: Mein Vater hatte sein eigenes Killerkommando. Warum sollte er jemanden engagieren? Außerdem gab es keinerlei Motiv für dieses Verbrechen. Es sah nicht einmal aus wie ein Attentat im Mafia-Stil. Trotzdem wurde gegen meinen Vater ermittelt, der deshalb in New York untergebracht wurde, als ich gerade in Manhattan zu Besuch war.

Ich bin fast umgekippt, als Papa in den Besucherraum geführt wurde. Man hatte im Gefängnis die Basedow'sche Krankheit bei ihm festgestellt, und er sah aus wie eine Halbleiche. Er war weiß wie ein Gespenst, und ein paar Zähne fehlten. Der Besuch fing ganz okay an. Er sagte, wie sehr er mich liebe und vermisse, und fragte nach den Kindern. Es dauerte aber nicht lange, da hackte er wieder auf mir herum. Er war immer noch zornig und sagte viele verletzende Dinge. Er gab mir die Schuld an seiner Inhaftierung, weil ich mich geweigert hätte, erwachsen zu werden.

Er warf mir vor, dass ich mich gegen seinen guten Rat gewehrt hätte, mich mit seiner Assistentin Jen anzufreunden. Ich sei nicht zurück aufs College gegangen. Ich hätte die Augen davor verschlossen, dass Mike Papa ein gefährlicher Betrüger und ein schmieriger Kerl gewesen sei. Im Grunde versuchte er nur, seinen eigenen Standpunkt klarzumachen, auch wenn dies meine Gefühle verletzte. Das Ganze war mehr, als ich verkraften konnte. Ich fühlte mich wegen der Sache ohnehin schon schuldig und konnte nichts daran ändern. Doch er machte immer weiter. Schließlich fand ich den Mut, ihm die Stirn zu bieten.

»Lass mich dir was sagen, verdammt!«, schrie ich.

Papa lehnte sich zurück und sah mich an. »Mach nur«, forderte er mich mit gekreuzten Armen heraus.

»Ich kann nicht alles rückgängig machen, was ich getan habe«, sagte ich wütend. »Ich lebe damit jeden Tag meines Lebens. Wenn ich fünf Jahre hätte absitzen können, hätte ich das getan. Mein Bruder sitzt im Gefängnis…« Ich wollte fortfahren, aber Papa unterbrach mich.

»Ich könnte kotzen, dass mein Sohn im Gefängnis sitzt. Und ich finde es auch zum Kotzen, dass ich dir den rechten Weg nicht weisen konnte…«

Diesmal unterbrach ich ihn. »Du konntest uns den rechten Weg nicht weisen, genauso wenig wie deine Eltern dir den rechten Weg weisen konnten. Ich kann nicht ungeschehen machen, was ich getan habe. Ich kann mich nur bei dir entschuldigen. Aber du musst die Verantwortung dafür übernehmen, was du als Sammy the Bull getan hast. Wenn wir die Kinder von irgendeinem John Smith wären, wäre Gerard wahrscheinlich nicht im Gefängnis gelandet.«

Ich empfand es als Befreiung, meinen Ärger endlich loszuwerden. »Als ich gerade neunzehn war und du mit dem FBI kooperiert hast, dachtest du wohl, ich könnte einfach weitermachen wie bisher. Du wolltest immer nur das Beste für uns, hast du gesagt. Du hast geglaubt, dein Leben völlig geheim und getrennt von unserem zu führen, aber du hast nicht gemerkt, dass auch wir es gelebt haben. Du weißt nicht, was das für ein Gefühl war, als Onkel Eddie vorbeikam und mich beauftragte, dir Zyankali in die Zelle zu bringen, oder als die Leute mich wegen dir nicht bei sich zu Hause haben wollten. Ich musste mit alledem ganz alleine fertig werden.«

Ich konnte auch den Teil nicht weglassen, dass sogar meine eigene Familie, vor allem mein Baby Karina, beinahe von Peter Gotti in die Luft gejagt worden wären – nur wegen ihm. »Um Haaresbreite hätte man uns hochgehen lassen«, wetterte ich. »Wie soll ich da ein neues Leben anfangen?«

Mein Vater war sprachlos. Schließlich sagte er: »Du hast Recht, du hast zu hundert Prozent Recht.« Er entschuldigte sich.

Das war ein Wendepunkt für uns zwei. Es war gut. Als ich an jenem Tag das Gefängnis verließ, hatte ich den Eindruck, dass wir unser Verhältnis auf eine neue Ebene gebracht hatten. Seit unserer letzten Begegnung war ich erwachsen geworden. Ich befand mich privat in einer ganz anderen Situation, in der ich mich sicherer fühlte. Ich ging nicht als Tochter von Sammy the Bull, sondern als Karen Gravano, und ich spürte, dass auch mein Vater das begriff. Er betrachtete mich als Erwachsene, unabhängig von sich. Um hierher zu gelangen, waren viele langwierige Grabenkämpfe notwendig gewesen. Ich war inzwischen einunddreißig und verfügte endlich über ein klares Selbstverständnis. Ich beschritt einen Weg meiner Wahl.

Ich war eine allein erziehende Mutter, die einen Neffen und eine Tochter aufzog, und für sie wollte ich mein Bestmögliches geben. Ich beschloss, allen Ärger und allen Groll fahren zu lassen, den ich Menschen gegenüber hegte, die mir meiner Ansicht nach Unrecht angetan hatten. Ich musste in der Lage sein, meine eigenen Fehler einzusehen, ohne jemand anderen für meine Entscheidungen und Handlungen verantwortlich zu machen.

Trotzdem ist mein Vater immer noch ein sehr wertvoller Mensch für mich. Wenn ich etwas vorhabe, spreche ich mit ihm darüber. Seine Meinung ist mir wichtig, auch, wenn ich seinen Rat nicht immer annehme. Ich glaube, auch Papa respektiert mich inzwischen als Erwachsene.

Die Zeit, die ich in Arizona mit meinem Vater verbracht habe, also jene anderthalb Jahre, in denen er nicht im Gefängnis oder im Zeugenschutz war, war für mich sehr wichtig. Damals erzählte Papa viel über sein Leben in der Mafia, und ich verstand, warum er seine Entscheidungen so und nicht anders getroffen hatte. Am wichtigsten aber war, dass ich begriff, wie sehr er seine Familie liebte. Er sagte immer: »Jede Richtung, die du im Leben einschlägst, weist denen, die nach dir kommen, den Weg.« Ich begriff endlich, was das bedeutete.

Ich wünschte nur, Gerard und ich hätten früher verstanden, was er uns damit zu sagen versucht hatte. Vielleicht säße mein Vater dann nicht zwanzig Jahre wegen Rauschgifthandels im Gefängnis. Vielleicht wären wir alle ganz woanders, hätte mein Vater seine eigene Lebensweisheit früher im Leben verinnerlicht. Wer weiß. Vielleicht wäre er aber auch tot.

Ich weiß, dass sämtliche Entscheidungen und Schritte eines jeden von uns Auswirkungen auf die Anderen gehabt haben. Doch bei allem, was wir durchgemacht haben, sind wir doch eine Familie geblieben. Wir arbeiten jeden Tag daran, das alles endlich hinter uns zu lassen. Mafia-Kinder leben mit Narben und werden schrecklich verletzt. Es gibt keinen Ausweg. Doch eines habe ich gelernt: dass es einfacher zu ertragen ist, wenn man eine liebende und fürsorgliche Familie hat.

Epilog

Fünf Jahre nach meiner Verhaftung lieh ich mir Geld von meinen Großeltern und kaufte meiner Chefin ihre Firma The Body Wrap and Company ab, einen Wellness-Salon, in dem auch Heilanwendungen durchgeführt wurden. Mein Traum wurde wahr: Ich besaß ein eigenes Unternehmen und verdiente damit genug Geld, um meine Familie versorgen zu können. Meine Mutter arbeitete ebenfalls dort. Kurz nach unserer Verhaftung im Jahre 2000 war sie gezwungen gewesen, das Restaurant zu verkaufen und den Erlös herauszugeben, weil der Staat Arizona den Betrieb gepfändet hatte. Auch unser Grundbesitz wurde gepfändet.

Ich fand es toll, dass sie bei mir im Body Wrap arbeitete. Wir boten alle erdenklichen Kosmetikanwendungen an, von Packungen und Peelings bis hin zu Masken und Bräunungen. Etwa ein Jahr, nachdem ich das Geschäft übernommen hatte, begann ich meine eigene Hautpflegeserie zu entwickeln. Ich bereitete Cremes und andere Pflegeprodukte speziell nach den Bedürfnissen meiner Kunden zu. Der zweihundertundachtzig Quadratmeter große Salon war zu seinen Spitzenzeiten so beliebt, dass ich über zehn Mitarbeiter einstellen musste.

Als es 2009 zur Wirtschaftskrise kam, litt darunter leider auch mein Unternehmen. Zwischen Hypothekenkrise und Rezession ging das Geschäft zurück. Die Leute konnten sich einfach keine Luxusgüter wie Gesichtsmasken und Massagen mehr leisten und sparten ihr Geld für das Notwendigste. An diesem Punkt wurde mir klar, dass ich mich in anderen Bereichen orientieren musste, um weiterhin für meine Tochter sorgen zu können.

Etwa zu der Zeit, als die Probleme mit dem Salon anfingen, nahm ich wieder Kontakt zu Jennifer Graziano auf, meiner Kindheitsfreundin aus Staten Island. Jenn hatte noch nie etwas anbrennen lassen. Mittlerweile leitete sie ihre eigene Marketingfirma und war in der Unterhaltungsbranche tätig. Jennifer blickte bereits auf eine erfolgreiche Karriere bei Sony Music Entertainment zurück und hatte ebenfalls beschlossen, sich geschäftlich neu zu orientieren. Wir trafen uns gelegentlich in Los Angeles, wenn sie dort beruflich zu tun hatte.

Jenn und ich wollten sehen, ob wir nicht irgendwie zusammenarbeiten könnten. Wir wollten sehen, ob es nicht ein Projekt gäbe, das uns beide interessierte. Wir sprachen darüber, das Drehbuch für eine Serie über meine »Aromatherapie« in New York zu schreiben.

Jennifer kam außerdem mit der Idee für eine Reality-Show daher, die heute als *Mob Wives* bekannt ist. Schon 2007 hatte sie mit mir darüber gesprochen und seitdem daran gearbeitet. Sie war in jener Welt aufgewachsen und stellte nun fest, dass die Figuren für die Sendung die meiste Zeit über direkt vor ihrer Nase gewesen waren – Drita, Renee und ich.

Als Jennifer die Idee zum ersten Mal vor mir ausbreitete, war ich davon nicht sonderlich begeistert. Mein persönliches Leben war stets meine Privatsache gewesen, vor allem, was den Lebensstil betraf, mit dem ich aufgewachsen war. Ich fand, dass Reality-TV nicht gerade der richtige Ort sei, alles von mir preiszugeben. Doch nach einigen weiteren Gesprächen erkannte ich Jennifers Vision. Sie wollte sich nicht so sehr auf die Mafia an sich konzentrieren, als vielmehr auf den Lebensstil und dessen sowohl positive als auch negative Auswirkungen auf die Familie. Nachdem sie Drita, Renee und mich engagiert hatte, fand sie, dass sie noch eine vierte Person brauche. Renee schlug ihre Freundin Carla Facciolo vor, die mit einem Typen im Gefängnis verheiratet war und durch ihre Familie einen guten Einblick in den Mafia-Lebensstil hatte. Drita hatte zwar absolut keine Verbindungen zur Mafia, aber Renee fand, ihre Figur eigne sich gut fürs Fernsehen.

Im April 2010 beschloss ich, den Salon dichtzumachen. Finanziell war ich seit dem Ende der Rezession nicht mehr recht auf die Beine gekommen. Außerdem hatte ich nun andere interessante Dinge am Laufen. Ich hatte einen Punkt in meinem Leben erreicht, an dem ich mich endlich mit allem abgefunden hatte, was mir widerfahren war. Ich war bereit, meine Geschichte zu erzählen und Amerika durch meine Teilnahme an *Mob Wives* zu zeigen, was für ein Mensch ich war.

Als die Sendung von VH1 gekauft wurde, hatten die anderen Mädchen hinsichtlich ihrer Zusammenarbeit mit mir noch einige Vorbehalte: Renee, weil sie sich sorgte, was ihr Vater wohl dazu sagen würde; Carla, weil sie sich Gedanken machte, was die anderen Leute wohl über sie sagen würden; und Drita, weil sie es unangenehm fand, wenn bekannt würde, dass wir befreundet waren und sie meinen Ex-Freund geheiratet hatte.

Jennifer ließ sich dadurch aber nicht von ihrer Vision abbringen. Sie fand, dass wir alle vier etwas Eigenes in die Sendung einbrachten, wenn wir zusammenkamen. Ich hatte durch meinen Vater den bekanntesten Familiennamen in der Mafia. Renee hatte eine ausufernde Persönlichkeit, und Jennifer hatte schon immer gewusst, dass ihre Schwester ein Star werden würde, wenn sie es erst einmal ins Fernsehen schaffte. Drita und Carla waren Originale.

Für mich war es kein Problem, die Sendung gemeinsam mit den anderen zu bestreiten. Ich fand, dass wir alle in derselben Situation waren, und mehr oder weniger auch alle allein erziehende Mütter. Ich will nicht lügen: Als wir mit dem Dreh zur ersten Staffel begannen, war mir doch ein wenig unbehaglich zumute, weil alles über meinen Vater nochmals aufgekocht wurde. Ich war immer schon ein Mensch, dem seine Privatsphäre sehr wichtig ist, und fühlte mich schutzlos. Nach ein paar Drehtagen fand ich mich aber damit ab, weil ich es schließlich selbst so gewollt hatte, und begann, den weiteren Kontext zu sehen. Es war schön für mich, wieder zurück in New York zu sein. Als ich Staten Island verlassen und nach Arizona gegangen war, hatte ein Teil von mir bleiben wollen. Nun, als ich zurückkehrte, kannte ich mich selbst viel besser.

Nach einer Weile hatten Renee und ich die Schwierigkeiten, die wir miteinander hatten, überwunden. Wir wurden uns immer sympathischer und sind mittlerweile gute Freunde. Was Drita anbelangt, so erkannte ich, dass wir im Grunde nie befreundet gewesen waren, aber das ist auch in Ordnung. Es war toll, wieder da zu sein und mit Jennifer zusammen zu arbeiten. Inzwischen ist auch unser Neuzugang Ramona Rizzo in der Sendung zu sehen. Ich zähle sie zur Familie.

Ramona ist eine alte Freundin von mir, sie versteht mich. Dass sie nun mit in der Sendung ist, hat dem Ganzen einen neuen Dreh verpasst. Es tut gut, jemanden an Bord zu haben, der loyal ist. Ramonas Mitarbeit lässt Erinnerungen an das Leben in unserer Kindheit und Jugend wach werden. Eine Weile lang hatten wir uns aus den Augen verloren. Sie war verheiratet und zog vier Kinder groß, während ich in Arizona war und mein Leben in den Griff bekam. Als wir zur zweiten Staffel wieder zusammenfanden, war es, als wäre keine Sekunde vergangen.

In der zweiten Staffel konzentrierten wir uns mehr auf die fünf Frauen, unsere Geschichten und unser Berufsleben. Ich war schon immer eine Geschäftsfrau gewesen, also fand ich es spannend, unseren Zuschauern diese Seite von mir zu zeigen. Ebenso spannend war es, die Sendung einem internationalen Publikum vorzustellen und zu wissen, dass sich auch Menschen außerhalb der Vereinigten Staaten für unsere Geschichten interessierten.

Das Schwierigste für mich ist, von Karina getrennt zu sein. Sie ist in Arizona bei meiner Mutter. Ich bin meiner Mutter sehr dankbar. Sie hat bei Karinas Erziehung stets eine zweite Elternrolle übernommen und tut dies bis zum heutigen Tage. Daneben verbringt meine Tochter aber auch Zeit mit ihrem Vater, was ich sehr gut finde. Sie und Dave bauen eine neue Beziehung zueinander auf, und das ist wichtig.

Ich habe in New York eine ganze Menge auf die Beine gestellt. Ich bin gerade dabei, wieder ins Kosmetikgeschäft einzusteigen, und habe beschlossen, meine eigene Pflegeserie weiterzuentwickeln. Das ist etwas, was ich schon immer machen wollte, und wenn ich mich einmal für etwas entscheide, dann, glaube ich, muss ich es auch tun.

Meine Mutter und mein Bruder leben in Arizona. Gerard wurde am 19. Januar 2009 aus der Haft entlassen und arbeitet seitdem wieder als Küchenchef. Im Augenblick macht er aus Rezepten, die er während seiner Jugend gesammelt hat, eine Soßen-Produktreihe. Das Unternehmen heißt The Gravanos, und Gerard verkauft seine Soßen über unsere Familien-Website thegravanos.com.

Mein Vater sitzt immer noch im Gefängnis, wo er den Rest seiner neunzehnjährigen Haftstrafe wegen Drogenhandels verbüßt. Dass er sich in diesem Fall auf ein Geständnis eingelassen hat, ist etwas, womit ich nur schwer umgehen kann, also beschloss ich, den Fall neu aufzurollen. Dabei stieß ich auf Informationen, die meiner Ansicht nach beweisen, dass mein Vater nur einen minimalen Anteil an dem Ecstasy-Ring gehabt hat und sein einziges

Verbrechen darin bestanden hatte, meinem Bruder und Mike Papa Geld zu leihen. Ich weiß nicht, wohin meine Nachforschungen führen werden, aber mit einem Rechtsanwalt an meiner Seite glaube ich, dass man noch etwas Licht ins Dunkel bringen sollte. Ausgehend von meinen bisherigen Erkenntnissen könnte dabei hochexplosives Material zu Tage kommen.

Mein Vater und ich sprechen regelmäßig miteinander. Er ist mit dem Inhalt von *Mob Wives* nicht hundertprozentig einverstanden, aber er versteht, warum ich die Sendung mache und unterstützt meine Entscheidung. Ich habe mit ihm über das Buch gesprochen, und wie alle anderen wartet er schon gespannt darauf, es zu lesen. Er ist wie ein Freund für mich da. Obwohl er nicht immer gleicher Meinung mit mir ist, tut das unserer Beziehung keinen Abbruch. Nichts wird diese jemals erschüttern. Er ist mein Vater, und ich liebe ihn.

Er kämpft sehr hart um seine Gesundheit und trainiert jeden Tag. Sein Haar wird er zwar nicht wiedererlangen, aber sein geistiger Zustand ist gut. Er ist fit, hat wieder etwas Farbe im Gesicht und sogar ein wenig zugenommen. Dafür bin ich dankbar.

Wenn ich alles noch einmal durchleben müsste, würde ich nicht ein einziges Detail ändern. Alles, was unserer Familie widerfuhr, macht uns heute aus. Ich wünschte nur, dass mein Vater bei seinen Enkeln sein könnte. Ich wünschte, er könnte Nicholas Baseball spielen sehen. Nicholas ist so gut, dass er für eine vor-olympische Mannschaft ausgewählt wurde. Ich wünschte, er könnte uns besuchen und Karina beim Volleyballspielen zusehen. Ich wünschte, er wäre ein Teil ihres Lebens. Aber wir tun, was wir können, telefonieren häufig und statten Papa von Zeit zu Zeit einen Besuch ab. Und ich versuche, ihn zu einem Teil des Ganzen zu machen, indem ich hier draußen bin.

Als ich New York 1998 verließ, war ich in einem labilen Zustand. Ich war verwirrt und suchte immer noch nach Antworten. Nun, da ich wieder zurück bin, glaube ich, diese Antworten gefunden zu haben. Alte Freunde haben mich zu Hause willkommen geheißen, und einige alte Freunde meines Vaters sind sogar aus der Versenkung aufgetaucht, um mich zu sehen. Es ist, als schlösse sich ein Kreis für mich.

Selbst mit Tante Fran und Onkel Eddie habe ich meinen Frieden gemacht. Eines Tages, als ich gerade in dem Kosmetiksalon in Arizona war, schoss mir plötzlich Tante Frans Telefonnummer durch den Kopf. Ohne viel nachzudenken, wählte ich sie. Sie dachte, ich riefe sie an, um ihr mitzuteilen, dass meinem Vater etwas zugestoßen sei. Ich sagte, es gehe ihm gut und dass ich sie habe anrufen wollen, um unsere Beziehung zu erneuern.

Wenn wir uns heute unterhalten, sprechen wir nicht über die Vergangenheit, sondern konzentrieren uns auf die Gegenwart und die Zukunft. Es ist dasselbe wie mit meinem Onkel Eddie: Er ist immer noch im Gefängnis, und ich bin inzwischen soweit, dass ich ihm vergeben kann. Er unterscheidet sich nicht von meinem Vater. Wie mein Vater hat auch er seine Fehler gemacht. Meinem Vater habe ich vergeben, warum also nicht auch ihm?

Um unserer Kinder Willen müssen wir den Teufelskreis durchbrechen. Wir wollen nicht, dass dieses Vermächtnis immer wieder an die nächste Generation weitergegeben wird. Das ist es, was wir getan haben. Wenn ich etwas gelernt habe, dann, dass man sich seine Familie nicht aussuchen kann. Ich möchte meine nicht gegen eine andere tauschen. Ich bin vollkommen glücklich mit ihr. Ich liebe sie und werde es immer tun.

Danksagung

Ich möchte mich bei meinen wunderbaren Freunden und meiner Familie bedanken, die während all meiner Höhen und Tiefen stets zu mir gehalten und an mich geglaubt haben.

David, ich danke dir, dass du unserer Tochter Karina ein so guter Vater und immer für uns da bist, wenn es darauf ankommt.

Karina und Nicholas, ihr seid der Sonnenschein in meinem Leben. Ich bin sehr stolz auf euch zwei.

Papa, Mama und Gerard: Ihr seid mein sicherer Hafen und gebt mir Rückhalt. Bei allem, was wir im Leben gemeinsam durchgemacht haben, sind wir doch stets eine EINHEIT geblieben. Ich bin sehr stolz, dass wir eine Familie sind. Ich liebe euch alle.

Allen, die Tag für Tag an der Produktion von *Mob Wives* mitarbeiten, ob im Büro oder draußen vor Ort, danke ich, dass sie uns ertragen.

Für alle Menschen, die *Mob Wives* anschauen und mögen, lohnt es sich, diese Sendung zu machen. Besonders danke ich denjenigen, die sich die Zeit genommen haben, persönlich mit mir in Kontakt zu treten; so etwas ermutigt einen sehr, das können Sie mir glauben.

Schließlich geht mein Dank noch an alle, die mitgeholfen haben, dieses Buch aus der Taufe zu heben. Lisa, unsere harte Arbeit ist nun getan.